被时光雕刻的少年

杨献平 主编

天津出版传媒集团
天津人民出版社

图书在版编目(CIP)数据

被时光雕刻的少年 / 杨献平主编. — —天津: 天津人民出版社, 2013.1(2019.7 重印)

(散文中国精选)

ISBN 978-7-201-07904-2

Ⅰ. ①被… Ⅱ. ①杨… Ⅲ.①散文集-中国-当代 Ⅳ.①I267

中国版本图书馆CIP数据核字(2013)第000295号

被时光雕刻的少年

BEISHIGUANGDIAOKEDESHAONIAN

出　　版　天津人民出版社
出 版 人　刘　庆
地　　址　天津市和平区西康路 35 号康岳大厦
邮政编码　300051
邮购电话　(022)23332469
网　　址　http://www.tjrmcbs.com
电子信箱　tjrmcbs@126.com

责任编辑　伍绍东
装帧设计　汤　磊
印　　刷　天津兴湘印务有限公司
经　　销　新华书店
开　　本　700 毫米×960 毫米　1/16
印　　张　13
字　　数　150千字
版次印次　2013年1月第1版　2019年7月第4次印刷
定　　价　32.00 元

目录

壹 书生

贰　民间

叁　女红

壹 书生

吴昕孺作品

吴昕孺，1967年12月出生于长沙，1985年考入湖南师大政治系，同年开始文学创作，于诗歌、散文、小说、评论等均有所涉猎，有作品发表在《读书》、《天涯》、《书屋》、《散文》、《散文天地》、《青年文学》、《诗刊》、《南方周末》、《纯文学》（中国香港）、《创世纪》（中国台湾）、《一行》（美国）等海内外报刊，并被《读者》、《青年文摘》、《杂文选刊》、《意林》、《视野》等转载。2003年参加台北第23届世界诗人大会。出版有长篇小说《高中的疼痛》、《空空洞洞》，散文集《自己是谁》、《声音的花朵》，诗集《两个人的书》等十余部。现为湖南省诗歌委员会委员。职业编辑，业余作家。

日常物事的诗意

1. 椅　子

椅子蹲在客厅墙角的阴影里，像一只落魄的鹰，忘记了天空。它忘记了自己消磨的岁月。年龄堆积在深厚的空虚里。那空虚宛如千年庭院高悬的匾额，给喧闹的客厅勾勒出一抹沧桑。上午九时，阳光从窗口跳进来，它板着面孔不予理会；中午十二时，暖风从门缝冲进来，它正襟危坐不予理会；下午五时，霞光从屋顶漏进来，它纹丝不动。岁月成功地雕塑了它，但它与流动的岁月无关。它只在晚上八点，月色不知从哪里渗入客厅时，有一丝不易察觉的颤动，仿佛祖父临终前微弱的声息。

我收藏了它。它收藏了记忆。或者说，它被我和记忆同时收藏。

我牵着祖父的衣裾，奔跑在消亡的路上；而记忆举着时间的杯子，行走在复活的途中。我和记忆，谁是椅子真正的主人呢？

椅子蹲在客厅墙角的阴影里。阴影是它永恒的位置，它因此得以逃遁于其他表述之外，在语词之外，在牵挂之外，在谎言之外，在遗忘之外，也在地久天长之外。

它固执地，把那片阴影魔幻成时间的墙纸，魔幻成像天上云朵一样的东西。它固执地，在灰尘与蛛网的宏大叙事里，娶二百年前一位女子的背影为妻。

2. 花　瓶

白底青花。一眼永远也不干涸的泉水，在白色的壶里煮沸，泡一掬清明前的毛尖。烟雨的词章和雾霭的道德，都在壶底翻腾。青气如花，泛上季节的眉额，江南顿时便春意迷蒙，隐隐可听到各种节气或匆忙、或悠缓的脚步声。

在炽热的窑灶里，汗水洗劫了春天最后的任性。缠绵的泥土被火的怀抱冶炼成坚硬的瓷，一种坚硬的脆弱在火候臻于化境时炼成。冷却，冷却，冷却。冷出雪的明丽，冷出玉的清亮，冷出梅的香艳，像一段段被爱情折磨的肝肠，佐以二两《诗经》的奔放纯朴、五钱唐朝边塞的月色、一碗明朝女子锁闭深闺的悲凉……

长颈，狭口。花瓶遗落了自己的前生，靠一把凋残的鲜花濡染旧事。它拼尽全力支撑着短暂的花期，让人欣赏的不是怒放，而是凋零。花瓶于是成为鲜花的一部分，成为鲜花怒放和凋零的主角。每一束鲜花的凋零，都是花瓶的一次死亡；每一次鲜花的怒放，都是花瓶的临渊一跃。

花瓶是一片薄命的土壤，是一种用姿势说话的美妙沉默，是一块用破碎来溅起惊叹的瓷，是迟早会发出“砰”的一声的宿命。

故事结束了，可命运，仍在继续……

3. 餐 桌

四条坚实的腿立在大地上。立在悬于四楼的地板上。

因为有粮食撑腰，你显得那么潇洒自如，随遇而安。我亲眼看到你，曾厕身于摩天大楼顶部的旋转餐厅，你和游人一起观赏楼下的风景，你好奇怪那些发自恐高的惊叫和发自赞叹的咋呼。你觉得这些都不是亲近粮食的人。你觉得一切太平常了，这里见到的灯光和乡村见到的灯光没有两样，只是多蓄了一把胡子；这里碰到的云朵和乡下碰到的云朵没有两样，只是多长了一口龋牙；这里看到的月亮和乡下看到的月亮没有两样，只是多穿了一件衣服，那衣服太不合身了，紧得月亮都喘不过气来，面色苍白，站立不稳，城里的月亮确实没有乡里的月亮健康、漂亮。

你会产生一种不露声色的失落，你常常情不自禁，想起大地上的某些事情，比如谷雨的鸟叫、惊蛰的雷鸣、秋收傍晚铺满田野的金黄……即使你现在挺立在四楼我家的地板上，我也看得出你掩饰不住的落寞，只有当饭菜端上来、一家人围着你一日三餐时，你才露出开心的笑颜，默默而坚实地承载着粮食赋予的使命。

你常常想象自己是一亩田，是一池水，或者是一座大大的粮仓；你常常梦见青蛙、蟋蟀和黄鼠狼，你甚至渴望恼人的蚂蟥叮在你的腿上，永不松口。你愿意流血，愿意受伤，愿意筋疲力尽地倒在丰收的门槛上。

然而，你只是一张普普通通的餐桌。大部分时间，被一张藏青色的桌布遮盖着。泼在你身上的油污和碎屑没人数得过来，可你依然坚实地挺立在大地上。虚拟的大地，伴着虚拟的梦境。

4. 扫 帚

在一间干净的屋子里，没有人去注意那个角落。就像一个句子里一带而过的助词，读得不顺时可以删去；但一旦删去，再读，你会觉得更不顺口，甚至根本不成为句子。

这时，让我们把目光平静地送过去，望一望那只不起眼的扫帚，它终日和自己丑陋的妻子撮箕靠在一起，相依为命。它们没有任何宣言，却是世界上独一无二的最佳搭档。它们的忠贞，让豪华卧房里的婚纱照黯然无光。

扫帚从一个角落走向屋子的所有角落。它是追问细节的导师，一本有关事物的百科全书的编撰者，是“垃圾派”诗人的杰出代表，是唯物主义最伟大的实践者，是传统文化精华的继承人。

小时候，我曾被父亲拿着扫帚扑打过。奇怪的是，扫帚扑打在我身上一点也不疼，还有一种舒筋活骨的畅快。我站在那里，父亲手中的扫帚像一片巨大的树叶落在我身上。在扫帚挥动的后面，父亲脸上的气愤和焦虑被打扫得干干净净，像刚做完大扫除的学校草坪。

十岁那年的某个夜晚，我发现了一个极大的秘密，始终没对人说起：一到晚上，扫帚就离开墙角，飞到天庭去，变成一束束月光，把天庭清扫完后，赶在黎明前回到墙角。

原来，世界上所有圣洁，都是它留下来的；世界上所有的美好与明亮，都与它有关。

5. 床

在所有家具中，床最像一头猛兽。它始终张开巨口，吞噬着休憩的恬逸和梦幻般的激情。床是家庭不可或缺的成员，是挂在隐私墙壁上的一幅油画，旁人尽可驻足观看，但无法置身其中。

床是移动距离最小、却具有最丰富阅历又守口如瓶的大师。床上发生的一切，已成为人类生活最诡秘暧昧的那部分。但床上的哲学不外乎两种范畴：合，或者分。

床把细致、大气与坚忍融合得天衣无缝。床不得不简单。只有简单才能包容，才能化干戈为玉帛，才能变尴尬为从容。人一天几乎有一半时间在床上，但人永远也达不到床的境界。人死的时候，躺在床上，由床接纳，一如平时安睡。床是日常生活的教主，它爱惜神仙眷侣，也不嫌弃吵架夫妻；它尊重单人世界，也庇护群居生活。

我曾体会过两个人挤在一张单人床上，和一个人在双人床上打滚的感觉。我得出的结论是，没有任何不同。缺乏的，床都会给你，比如柔软，比如温暖，比如梦想；多余的，床都会卸除，比如贪恋，比如慵懒，比如孤寂。

床的勇猛和贪婪，全是为了人的舒展铺平道路。只有像猛兽一样的床，才能伺候、驯服人内心的猛兽。床用低下和卑贱承接人类的劳累与狂欢，若干年之后，床架子松了，发出吱吱呀呀的叫声，床最后在衰朽中删除它自己。

6. 书　架

书架成为我书籍唯一的分享者。之所以能分享，是因为它能与我平和相处。我需要的书，它能主动献出；我不需要的书，它能妥善收藏。

书架是一颗恒星，它有着永不枯竭的光能和热量。它的光热在内部不断循环、置换、发散、凝聚，不断形成新的发光体和发热体。书架又像一把钝刀，它所有部位都含蓄着内敛的锋芒，它的锋芒面向自身，一点点地融入、沉积到自己的心灵。书架的心灵窝藏在最晦暗的明亮处、最枯黄的新鲜处、最脆薄的坚硬处、最寂寞的喧嚣处。

我无法同时看到书架的全景，在任何角度都不能。我只有转身、再转身，一头扎进书的迷宫里。有一头叫阅读的怪物驱赶着我，逼迫我尽快找到迷宫的出口。但我太笨，我总是围着那些交叉的小径打圈，我对每一个地方都是那么熟悉而陌生。我不能停下来，但也找不到出口，哪怕是一扇半开的窗子或虚掩的门。

有时我的胳膊被一本书的扉页扯住，有时我的腿被一首诗的标题绊着，有时一篇小说的情节似乎让我看到了出口的微光……但一切都是徒劳。书架庄严地站在那里，它在任何角度都可以看到我的全景，它不需要转身。它本身就是一座迷宫，它由我的分享者，变成赐予者。它轻而易举地赐予我有关出口的秘密——入处便是出处。不断地进入，就是出口。

书架外表斑驳陆离的油漆，正好可以作为人类文明的封面。没有人可以打开它，但所有人都可以抚摸它。

7. 杯　子

我总是凝望着一只杯子与桌面形成的优美角度，像一只鸟栖止在树枝上。

我喜欢杯子留在桌面的小块阴影。盛满水的杯子，阴影显得凝重；空着的杯子，阴影便透出柔媚。于是，阴影仿佛一面镜子，成为杯子内心的反映。无论多么深的杯子，它的内心总是明亮的。

杯子的姿势就是站立。它不能躺着，更不能翻转。即便一只空着的杯子，它也是为水而生，为饮而生，为禅而生。

端起一只盛满水的杯子，水微微漾出来，打湿我的手指，一如海浪轻抚远航的船舷。远方悄悄植入我的视野。飘摇的沙滩、棕榈和三色堇让我泪流满面。

端起一只空着的杯子，依然能够感觉到，杯子里的空，微微地漾出，好比春蚕吐出的丝缠绕我的手指。春天梦境般降临在尖尖的柳梢。万物在杯子的空里欢跃。

杯子是最近的温暖、最无私的浸润、最切实的关照和最朴质的安慰。杯子里面没有太阳，没有月亮，有的只是不同的脸，表情不同，厚薄不同，颜色、胖瘦不同，但杯子都给予他们同样的映照，给予他们日常生活同样的光辉。

遥望林徽因

天热，开窗纳凉，坐在桌前读林徽因。不知怎的，读着读着，就想写点什么，几次拿起笔，又不知道如何写，从哪里写起。窗外，烈日炎炎，像一面火红、飞扬的大旗，席卷着整个大地；偶尔有一些风，带着谄媚的表情，在阳光间穿梭、忙碌，试图找到自己的安身之所。当代社会是一个发着高烧的名利场，真正淡泊宁静的文人和清远雅致的女子，如凤毛麟角。

让我们悄悄回到上世纪二三十年代，不要惊动太多人，绕开那些信口雌黄的政客、附庸风雅的商贾、著作等身的教授、喊穷叫屈的作家，还有招摇过市的红粉女郎；小心，不要让肥皂剧里涌出的泡沫滑着，也不要让自己过于激动的心情绊倒。我想，如果我们要见林徽因，安静是最重要的。

于是，她出来了。

我们没有惊艳。林徽因不是天人。如果这个时候出来的是陆小曼，我们眼睛里可能会放出光来，因为她美艳绝伦，而林徽因却是清丽无方。陆小曼的美一览无余，好比秋天枝头成熟的果子，伸手即可摘食；林徽因的美则宛如夏夜的圆月，很早挂在天庭，不甚起眼，越是夜幕降临，越发显示其清丽的光辉来。及至月照万川，它便成为一切美的源头、核心与终结。我曾跟一位朋友说过："像林徽因这样的女子，以前有过，以后也许会有，但现在绝对没有。"显赫的出身、高贵的气质、深厚的才学和"极赞欲何词"的美貌，这四个缺一不可的要素孕育出神一般的林徽因。

生活在一个势利时代，我们看到的是熙来攘往的匆匆过客，他们中有的貌美，有的不乏才学，但他们心中没有一块明镜，即便有也被尘埃扑满，或者早早跌落在地，化为碎片。没有明镜，人们常常看不清自己，本来面目极易迷失在万丈红尘之中。

于是，我们便看到这样威武的社会景观——广场变为市场，书业挤进商业，文化翻成异化，人们的心机越深而感觉愈钝，尤其是对美的事物，在追腥逐臭的习惯里，在猎奇求怪的心理下，粉墨登场的竟然都是冲击感官、肆虐美学的不尤之物！木子美、芙蓉姐姐、流氓燕等等，这些名利的走狗、欲望的帮凶、恶俗的姐妹、美的天敌，她们的流行让我深深感到，一个缺乏林徽因的时代，无论对于男人还是女人，都是一个悲哀的时代。不幸，我们只能踮足遥望；所幸，我们依稀还能瞥见前辈的衣香鬓影。

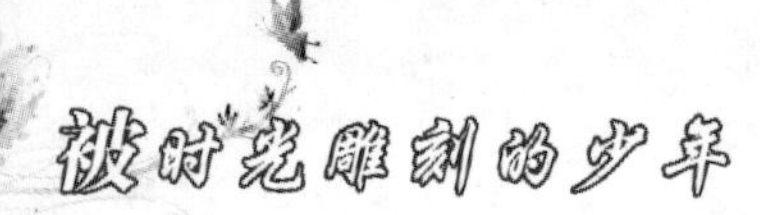

林徽因生活的年代不是治世，更不是盛世，国家政治混乱，经济低迷，文化正在转型。但林徽因以其举世无双的才貌气质，迅速形成一个以自己为核心的精英圈，这是一种自然的形成，不是人为的做作，因而它产生的巨大能量，默默浸染着当时的文学、艺术、科学、哲学领域。围绕在林徽因身边的，是中国整个20世纪最有活力的诗人（徐志摩）、最优秀的建筑家（梁思成）、最伟大的作家（沈从文）、最具个性的哲学家（金岳霖）、学贯中西的大学者（胡适、费正清）……这样一个精英群体，因了自己心目中崇高的美，发乎情、循乎理、止乎礼，相知、相爱、相敬，既有徐志摩“甘冒世之韪，竭全力以斗”的痴狂爱慕，又有金岳霖因爱一人、终身不娶的情感传奇。我不是说林徽因造就了这些名人大家，但上升到文学与哲学意味的“美”，绝对是任何一个领域的助推器。好比但丁《神曲》中的贝雅特丽齐，一个引领人类向上的女性。这个“女性”已超越作为身体存在的“女人”，而成为一尊牵引心灵的“神”。这也许就是让金岳霖先生能终身不娶的原因，他在灵魂上一直与林徽因为侣，并不觉得自己单身。所以林徽因死后多年的一天，金岳霖郑重其事地邀请一些至交好友到北京饭店赴宴，众人大惑不解。开席前他款款地说：“今天是林徽因的生日！”顿使举座皆为叹服。

我以为，不能说娶到了林徽因的梁思成更幸运；只能说，做林徽因的男性朋友都是幸运的。事实证明，林徽因与梁思成确实是天作之合。林徽因的容貌、才气都不用说，在我看来，她的容貌与才气不是绝无仅有。在林徽因身上，最值得珍视的是她的性情，但她的性情也不是绝无仅有。能把这种容貌、才气和性情集于一身的女性，才是绝无仅有的。于是，林徽因站在那里，便成了文化的标尺、气质的范本，进而成为美的象征。

性情除了自己的修为外，不能忽视家庭的熏染，因为中国文化在某种程度上就是一种家庭文化、家教文化。出身好是林徽因“美”的一个重要元素，梁思成和林徽因的父亲分别是梁启超和林长民，在那个年代，不可能碰到比这更好的出身了。那一种与生俱来的高贵，使林徽因清而不傲、淡而不孤、乐而不纵，真像一株亭亭净植的荷莲。我觉得，林徽因在处理自己的人生问题上有两处做得极为漂亮：一是她在徐志摩与梁思成之间，选择了梁思成；二是她与梁思成结婚后依然是徐志摩最好的朋友。

谈林徽因，必谈徐志摩。

我一直不太喜欢徐志摩的诗文，那只是就他诗文的艺术含量而言，但翻开中国现代文学，徐志摩的地位不可抹杀。尤其在新诗刚刚萌芽的时候，新文学运动的两位主将，一个胡适把诗写得不文不白，一个鲁迅写了几首不太有水平的诗之后，掉头弄白话小说和旧体诗去了，是徐志摩以他非凡的活力撑持着当时的诗坛，并基本规范了新诗文本。徐志摩和郭沫若是新诗发展初期最为重要的两名诗人。徐志摩对文学新人不遗余力的提携更值得大书一笔，最具代表性的是力救沈从文于穷困潦倒之间，最大的受益者当然还是中国现代文学。

我通读韩石山先生编著的《难忘徐志摩》，惊讶于那么多人难以忘怀徐志摩的天真、旷达与包容。排除一些对死人的修饰与美化，徐志摩高蹈飞扬、热情如火的赤子形象依然跃然纸上。可以看出，不管徐志摩诗艺如何，但他满怀诗心与童心，不晓得世道深浅，不琢磨人情炎凉，直以为自己的灵魂是钢铁制品，却把肉体生生抛到那情感的烈焰中去，最终借着飞机在空中化为灰烬。

徐志摩好比喝着诗歌之酒的“酒神”，在自我消耗和毁灭中释放能量，有一句话可以比拟：“燃烧自己，照亮别人”；林徽因则仿佛从容巡视天河的“日神”，于举手投足间焕发光芒，有一个词正好形容：“移步生珠”。他们都不是凡间的人物，但都在凡间引领着一批人，他们只要结识，便注定会碰出火花，甚至引起一场大火，却无法结合成世俗的婚姻。在徐志摩狂热寻访、追求“唯一灵魂之伴侣”，而不惜弄得抛妻弃子、世人侧目时，林徽因理性地回避了徐志摩。她太了解徐志摩，他“爱的并不是真正的我，而是他利用诗人的浪漫情绪想象出来的林徽因”，也就是徐志摩亲口告诉林徽因的那种“诗意的信仰”。在徐志摩心目中，“林徽因”已经被想象力反复加工，她不仅被美化，而且被神化；如果她以一个女人的身份走进徐志摩的生活，哪怕是一个爱人、一个情人，一旦面临世俗生活的挑战和拷问，他们同样无法交出一份满意的答卷。

是故，林徽因“无情”拒绝了徐志摩的求婚，而坦然大度地呼应着徐志摩的激情。他们在中国这样苛刻的社会环境里，依恃心灵和文化的强大力量，依靠一位女性将自己才气和性情发挥到极致的巧施妙手，成为相印相通的异性知己。林徽因以同样方式赢得了金岳霖一生的挚爱。

但徐志摩的“火”已然烧起，林徽因施凌波微步在极小的感情罅隙里从容腾挪，可如此身手能有几人？陆小曼被卷进来是迟早的事。陆小曼同样有才有貌，连胡适都说陆小曼是“一道不可不看的风景”。与林徽因相比，她们的差别就在性情上，一个温婉蕴藉，一个张扬任性。果不其然，徐志摩与陆小曼经过努力打拼出来的婚姻生活很不如意，陆的奢华铺张，把徐志摩折腾得天上地下不停地跑，怪不得很多人把徐志摩的死算到陆小曼账上。

死是天命，不能、也不要怪任何人。但徐志摩的死，陆小曼是一个原因。这才有陆小曼在诗人亡灵前发誓痛改前非，“一定做一个你一向希望我所能成的一种人”，她戒烟学画，倾其全力编成《志摩全集》。从某种程度上说，是诗人的死解救了她的灵魂。

徐志摩坐飞机失事看上去偶然，其实蕴含着必然。诗人浪漫的理想主义一旦尘埃落定，马上就会暴露出理想与现实的格格不入来。结婚后，诗人无法超脱现实，家事纷纭难解，人生一头雾水，像一只苍蝇在一间密闭的房屋里苦寻出口。没有。到处都是严密的封锁，都是冰冷的隔墙。于是，飞啊，飞啊，直至跟着飞机一头撞落在济南郊外的开山。

从世俗意义来说，徐志摩是死得早了；但从本体意义来说，徐志摩圆满完成了自己的人生。他的价值要超过好多好多寿终正寝的人。这几年，我明白了一个道理，人的肉体一个最重大使命就是培育自己的灵魂。灵魂与肉体不是同步生长的，大概肉体强健的时候才开始有灵魂的生长。如果一个人用较短的时间就能把自己的灵魂培育得强健有力，那么，他离开人世早或者晚不说明什么问题。有些人拼了自己的肉体来培育灵魂，灵魂强健有力肉体却成蒲柳之质，生病早夭照样风流后世，像李贺；有些人肉体与灵魂同样强健，由于意外很早结束自己的生命，但他们在一瞬间已融入永恒，雪莱、普希金，包括徐志摩，同属此列。更多的是，把肉体练得非常强壮而灵魂渺小萎缩，在任何社会都只能构筑成金字塔的底部，这些人奔波劳碌，辛苦恣睢，被动地跟在历史车轮后面苦苦追赶。

有人说，徐志摩那么爱林徽因，为什么他不能像金岳霖那样终身不娶呢？徐志摩和金岳霖对林徽因的爱都毋庸置疑，他们态度的不同我理解为"诗意信仰"与"理性信仰"的差别。诗意信仰是不断地追寻，即便徐如愿娶到了林，徐的诗意信仰仍然不会停止，当然未见得会以婚变的方式出现，但势必影响日常生活的平静。这也正是林徽因果断拒绝徐志摩的主要原因。金岳霖的"理性信仰"却是坚守已经追寻到的，哪怕名分上不属于自己，他也能由衷体会到那一份心灵的默契和情感的皈依，金先生随时在说："我能感受到她的存在，她一直在我身边。"

因其如此，我冒昧地说，娶不到林徽因，都不是徐志摩和金岳霖的遗憾，他们爱自己所爱，追求各自的信仰，他们要的都是一个刻骨铭心的过程。即便徐志摩娶到了林徽因，徐对美和爱的追求肯定不会停滞不前；即便林徽因嫁给了金岳霖，也只是让金的坚守多了一个物质依托而已。所以，早夭的徐志摩和长寿的金岳霖(活到九十岁)以不同方式的信仰，都圆满完成了自己的人生。

林徽因是一种整体的"美"，乃近于神。这种美无法用语言来形容，如果硬要诉诸文字，可以借用贾宝玉所作《芙蓉女儿诔》对晴雯的礼赞，聊窥一斑："其为质则金玉不足喻其贵，其为性则冰雪不足喻其洁，其为神则星日不足喻其精，其为貌则花月不足喻其色。"当然，这个里面不仅有林徽因本人的资质，还有情人眼里出西施，还有时代和艺术的需要，还有美好的想象与传奇，共同书写一篇爱与美的童话，让人唏嘘慨叹，让人流连不已。

林徽因让天下男子爱慕，让天下女子钦羡，似乎一切美好的东西上帝都给了她。但上帝还是在尽量做到公平，他没有给林徽因一样东西：健康。肺痨陪伴了林徽因整整半生，最终由它把林徽因接回上帝那里。肺痨是一个幽灵，也是林徽因的好朋友、贴身丫环，它使林徽因更加美艳，更加楚楚动人，也更加发愤于自己的专业。这样，林徽因不仅成了一位美人，她还成了一位完人——完美的人。随着这个完美的女人，或许是女神，在缠绵病榻后咽下人生最后一口气，标志着中国古典时代的真正终结。

现代社会的大幕徐徐开启。

我必须停下手中的笔，来人为地终止这一份怀想。窗外依旧尘烟滚滚，但只要有怀想，心中便会留一块净土。一个朋友问我，要是你生活在林徽因那个年代，你会追求她吗？我笑着说，即便我生活在那个年代，我可能也见不上林徽因，照样只能通过报刊书籍感知她的存在。其实，任何一个时代、任何一个人都有自己对美与爱的追求，未见得是一个具体的人，但一定会有一个理想，有一个梦，像星星一样挂在空中，我们永远不能抵达，但总是能给人以遥望。

林徽因，对于她那个时代的大多数人和以后时代的人们，都会是这样的一个梦、一颗星。用俄罗斯作家帕斯捷纳尔克的一句名言作为该文的结束吧：

“艺术家将死去，但他所经历生活的幸福是永恒的。”

我们不追求永恒，但我们有权利追求幸福。祝福我们这个时代的每一个人！

所有人都走在我的前面

所有人都走在我的前面。所有人都在我前面走着。我望着他们的背影，徒然地追赶着。而我，总只能望到他们的背影，像一页页纸，像一片片云，像一缕缕雾。我奇怪只有我一个人在后面。我不知道这个秩序是谁安排的。

我很气馁。脚步迈得比车轮还快，但我赶不上任何人，这使我想起了宿命。即使跑得快过光速，我依然会落在最后面。

不由得放慢了速度，因为速度对于我没有丝毫意义。于是，我寻思着如何丢掉速度，既然赶不上，索性不赶了，免得累人。我坐在路边一块石头上，这块石头似乎是专门为我布设的，正好在我想坐的时候出现在路边。我又想起宿命。我随便什么时候想坐，路边都会出现这块石头的。

我对这块石头所产生的亲切感，让我于生命有了一些依恋，让我在漂泊的命运中有了一点点着落。苦涩的情绪在冲高回落中不期然与一滴蜜相遇，将我的内心荡漾成一杯恬静。我真的就想永远坐在这里，哪怕坐成一尊雕像。如果后面还有来人，他坐在我的身边稍事休息，凝望我一眼，甚至对着我弯腰鞠躬，算是生命给予我的最好回报了。

我对“生活”这件事已经厌烦，不，也许更准确的说法是，“生活”已经厌烦我了。谁都不喜欢落在后面，但更大的悲剧是，谁都不会喜欢落在最后的人。

悲剧容易生发卑贱的感觉，同样容易鼓动勇气的洪流。我的牙关紧咬着，其实我什么东西都没有吃，连空气也不愿意进去。我之所以紧紧咬住，是因为我必须以此来保持信心。

正准备重新上路，忽然听得后面有“呼哧呼哧”的喘息声。谁？难道我还不是最后一名？还有比我更落后的吗？

果真还有一位“后生”！我虽然高度近视，但我现在能够清楚地看到他了。身材不高，偏胖，手长脚短（难怪走得比我还慢），秃头，面容苍白，有一股清秀之气（大概也是一个无用书生），衣衫褴褛，竟然是一双赤脚……

我对他陡生怜悯之情，也许同病相怜吧。

“喂，我是光荣，你叫什么名字？”

“哦，我终于赶上你啦。我，我是上帝。”

“你是上帝？你会是全能的上帝？你这副样子像吗？别骗我了！”

“我不会骗你。人不可貌相，上帝也是。”

“既然你是上帝，为什么你会落在最后一名？为什么你也在苦苦追赶别人？”

“最后一名？追赶别人？我怎么会是最后一名呢，哈哈哈哈，我是第二名，我只是在追赶你一个人！你遥遥领先于别人，包括我。你不知道吗？”

我惊呆了。我一直以为自己是最后一名，看到这个自称是上帝的家伙时，我还庆幸自己是倒数第二名，怎么一下我就“遥遥领先”了呢？难道我看到那么多的背影都是虚幻？

他一下猜透我的心思。他果然是上帝！

“不，不是虚幻的。你几乎领先他们一个圈了。”

“连你全能的上帝也追不上我吗？”

“我这不是追上了，只不过费了一点力气。我造人时，最先造了你，你最像我，你到那湖边照照自己，看是不是和我一模一样。结果，你一成型便从我身边跑开了，你说伊甸园太没味道。我连忙胡乱造了些人来追你，哪晓得他们根本不是你的对手，我只好亲自出马。幸亏你还只是像我，而不是我，否则，我真的望尘莫及了。”

竟没有发觉，我的脚边躺着一汪湖泊，像镜子一样明亮，像眼睛一样灵活。我走过去，面临湖水——啊，我如果不掐自己一下，还以为那水中的倒影是上帝哩。我抬起头来，远处的青山悄然低首，湖水是那么温柔，看得出她对我的依恋。我想起刚才我对生命的依恋，心中激荡着虔诚与喜悦，以前的沮丧和疲惫在不知不觉中转换成另外一种能量，牵引着我向前。

“原来如此。那你要把我带回去吗？”

“不。我追你时看见一路上青山秀水，风光旖旎，那劳什子伊甸园确实如你所说，没有味道，还不如在这路上竞走。怎么样，再比赛一盘，你追我？”

“好，即使追不上，也有个目标。不过，那些人呢？”

“不要管他们，比赛总会有先后。最重要的是，不要弃权。大家都在路上，这不很好吗？你放心，这条路是没有尽头的，只要比赛始终进行，就没有谁能说他肯定是冠军，包括我。”

“这么说，我们只是在一个圆圈上做着游戏。所有人都走在我的前面，并不是错觉。”

“你真聪明。”我看见上帝诡秘而天真的笑脸。

我这一分神，他倏忽到了前面。我大步流星地追赶过去。

永恒的寓言

我从偏远的乡村来到都市谋生。不知道走过多少路，经历多少风雨，最后我的身上披了一些阳光的碎屑，而我的脚下已看不到泥土。在那样平坦的路上行走，我感觉自己在飞。

当然，不停地飞，也会要累的。于是，张望四周，我开始渴望在钢筋水泥的森林里，找一可栖之枝，筑巢安居。

我一眼喜欢上了那些富丽堂皇的门面、威武雄壮的高楼，还有小巧玲珑的别墅。我不认为那是虚荣的产物，而应该是智慧的结晶。我将眼前陌生的一切都看得神圣而高大，甚至对装在金丝笼里的画眉都起了艳羡之心。我跟着一只鸟笼子走了很久，直到它被挂在公园的一株树上。我想起小时候，常常爬到树巅上扑酸枣，嘴里大喊大叫，把树震得摇摇欲坠，何曾有如此满足而优美的歌咏？

我在一栋大厦前停下来。我以为那扇门是开着的，就走了进去，结果额头和鼻梁都被厚实的玻璃狠狠教训了一顿。玻璃里面的人发出明亮的笑声，但屋子里昏暗得让我寸步难行。好不容易，我才找到自己的眼睛。我分不清对面是男人，还是女人，或者根本就是另一种动物，比我更高级。而我在他们眼里，可能还抵不上一只掠过墙角的老鼠。

我灰溜溜地走了，去敲另一扇门。这次玻璃门对我和蔼可亲，我据此认为自己已经适应城市生活，成为一个“城里人”了。我心里有了一点骄傲情绪，这种浅薄令我脸红。但我没有料到，这不过是诱敌深入。我随即被凌乱的面具绊倒在地，地上好滑，到处是唾液。奇怪的是，唾液里还伸出许多脑袋，大的，小的，美的，丑的，油光发亮的，干巴巴的……我惊骇道：“鬼！鬼！”那些脑袋都发出同一种声音：“不是鬼。我们是在开会。”声音殊为不恶，慢条斯理。

我不知不觉，在上楼了。楼有多高，我不清楚。我爬了许久，始终没有尽头。不断长高的梯级，像迷宫一样的回廊，偶尔从紧闭的房间里漏出的诡秘笑声……我浑身充满着敬畏和躁动。忽然，我的面前飞过无数钞票，像一大群蝴蝶，那正是我梦寐以求的。我来到这座城市就是为了这个目的。激奋之中，我跃然而起，欲将它们悉数纳入怀中。身子跃起的刹那，我大叫不好——糟透了！我竟然失去了所有依恃。但为时已晚，我从高楼径直扑向地面，仿佛是被某扇窗户用力推出去的。

我看见街道上立马围满了人。他们一个个至少睁开了三四双眼睛，有的整个面部都闪闪发光，他们神采飞扬地欣赏着一场壮观演出，却没有一双手想到要来接住我。

但奇迹发生了。一片落叶托住了我的身体，那是枯黄瘪瘦的一叶，像一艘破烂漏水的船。我就这样，从明媚春天跌入秋的深处。从昏迷中醒来，自己已置身于城市边缘，在一条乡村惯见的小径上，隐隐萌动泥土的气息和野菊的身影。人倒是见得少了，几个佝偻的老者和玩着竹马游戏的孩童，他们都没有注意到我，而是专注着他们自己。

哦，路边有一间茅舍。不知是什么年代筑的，看上去马上就要倾圮，却又从容地立着，似乎是一种精神的力量在支撑着它。

我倾身踅进虚掩的木门，走入了它的内心。屋子不大，很干净，墙角燃着一坛檀香，轻烟缕缕。这里住了人，还是经常有人来打扫呢？

正中一方桌，桌上一烛台，台下摆着一本厚厚的书。我走过去，那书竟揭不开，封面上只有两个字“永恒”。字迹模糊，烫金宋体，不过金已剥落得差不多了。素朴凝重之中，自有一种光芒，徐徐吐出。我的目光不觉晃了一下，再定睛，桌上的书已不见了，原来的位置放着一张小小的白纸条，上面写着一句留言：

引到永恒，那门是窄的，路是小的，找到的人也少。

这是谁留的呢？

段炼作品

段炼，二十世纪六十年代初生于四川成都，在国内学习文学，后到加拿大研习艺术理论，曾在美国高校执教多年，现居加拿大蒙特利尔，任教于康科迪亚大学。八十年代中期开始发表作品，九十年代起在纽约、中国香港等地报刊发表散文，近年作品入选百花文艺出版社之年度散文精选集，并出版有译著、专著、文集多种。

古典之美

1

我不懂音乐，却喜欢听古典作品，尤其是巴洛克和浪漫派，比方说巴赫和肖邦，帕格尼尼和柴科夫斯基。他们那火一样的激情，总让我的心燃烧。有次在纽约，与深通音乐的画家陈丹青聊天，说到巴洛克，画家有点不以为然，认为巴洛克音乐太肤浅。可是我想，那澎湃的激情总该有动人之处吧，要不，为何连这位大画家也喜欢巴洛克绘画呢，他对意大利十七世纪的巴洛克大师卡拉瓦乔便深有心得。

后来陈丹青回北京，在新浪的名人博客设摊，收摊前不久我在他的博客上读到关于欧洲早期绘画和中国清代绘画的文章，才悟到巴洛克的动人之处，无论音乐还是绘画，都在于激情背后的古典之美。

我有一对好友，他们的孪生女儿都擅长音乐。从这对小姐妹八岁起，我就常常欣赏她们练琴，直到她们从音乐学院毕业。在毕业演奏会上，个子高挑的妹妹身着一袭曳地黑色礼服，衬着她淡蓝色的双眼和淡褐色的卷曲长发，显得典雅端庄。她那一曲古典黑管，将音乐的激情表达得淋漓尽致。演奏时她的神情配着容貌，尤其是她在音乐的起伏中闭目陶醉的那一刻，愈发美得让人心动。那一刻，我看到她父母的眼里闪着泪光。

在我眼里，她的美，称得上古典之美。

在这对姐妹还小的时候，我常带她们到美术馆看画。稍大点，同她们聊音乐，我说只喜欢古典，不懂得前卫。未曾想，她们便让父母请我去听了一次前卫音乐演奏会，想必是要给我一点不带偏见的艺术教育。说实话，那场音乐会，我有点昏昏欲睡，她们也看出来了，大概觉得我不可教育吧。她们的母亲有次忍不住了，对我说，既然你懂画，怎么可以不欣赏前卫音乐呢。

与画家朋友们交往，我多谈当代艺术；与音乐家朋友们交往，我只谈古典。这既是个人偏好，也是欣赏能力的局限。有时我只好自问：当代艺术中存在古典之美么？若是，我为何会对前卫音乐视同陌路？若否，我为何又对古典绘画和当代绘画都情有独钟？

思而不得解，唯有自寻烦恼。

2

在音乐里没有寻得答案,但感受到了音乐的氛围。

绘画亦营造氛围。

前不久逛书店,见到一本关于意大利文艺复兴时期画家波提切利的书,立刻买了下来,因为波提切利是我最喜欢的古典画家之一。买到书,我立刻翻看书中收了他哪些画作。不用说,《维纳斯的诞生》和《春》这样的传世名画是一定收入了,但我真正想看到的,却是两幅名不见经传的画,《向洛伦佐引见文艺女神》和《乔万娜迎接维纳斯和美惠三女神》。果然,在书的末尾,我翻到了这两幅画,以及这两幅画的若干局部放大图版。

我是因为这两幅画,才喜欢上了波提切利。

那是多年前去巴黎看画,在艺术之都结识了一位时装设计师,我们相约一道去参观卢浮宫。卢浮宫收藏的古代名画多不胜数,我们参观了一个又一个展厅和画廊,见到了许多耳熟能详的大家之作。在穿过一处通道时,我突然在走廊里看到了波提切利的这两幅壁画,以前从未见过,惊为天作,不由得停下了脚步。

第一幅画中的男主角洛伦佐像个小青年,一脸生涩的表情;第二幅画中的众女神像是小家碧玉,又如《红楼梦》里的史湘云和秦可卿。在文艺复兴时期,这种图画充满现世情致,婉约动人。波提切利将佛罗伦萨的真实人物,同古代神话中的女神画在一起。他笔下现实中的人,都是当时的贵妇人,她们是艺术家的赞助人,而画中的女神,均为司文艺者。这现实和超现实的并置,赋予壁画独到的寓意。

不过,我对这两幅画的内容和主题并不太在意,因为打动我的是画家营造的氛围,一种温馨的氛围。波提切利的人物造型,时有青涩感,例如,脖子的结构略显生硬。在文艺复兴早期,画家们也许对人体的解剖结构还把握不准,但到了波提切利时代,这种生硬便有可能是着意而为。看画中乔万娜的双手,再看众女神的双唇,那世俗的情欲无不刻画得老练精到。波提切利的氛围,便来自这青涩与老练的交融,交融中酝酿出一种独特的审美效果。

后来回味这两幅画,意识到波提切利营造的氛围,与自己当时在卢浮宫所处的氛围相通。他笔下的洛伦佐和小家碧玉,打动了我和我的时装师朋友,我们由画及己,心里微微颤动。在这微妙的氛围中我们两手相执,与壁画产生了共鸣。正是这共鸣,让我在温馨的气氛中体会并享受了波提切利的古典之美。

3

当今的艺术家，早没了波提切利那种生涩的古典魅力。

有次在课堂上我对学生说，画家是白痴，诗人是疯子。这些洋学生先是惊诧，然后争辩。于是我不得不说得逻辑一点：不少画家都是白痴，不少诗人都是疯子。学生们还是不服，要我改成“有些画家是白痴，有些诗人是疯子”。于是我想起一部老书的书名，便说，钢铁就是这样炼成的，棱角就是这样磨平的，所以我不改。

德国当代著名画家里希特(Gerhart Richter)也说过类似的话，认为画家比较愚蠢，并不真的清楚自己为何要这样画而不那样画。还好，里希特没说及诗人的癫狂。

虽然我不喜欢现代诗，但读到舒婷写顾城在新西兰之艰难生活的回忆文章时，却有点为顾城鸣不平。不管怎么说，顾诗人早已不在了，舒婷写字应该厚道些，要积点德才好。

我喜欢古典诗。比如《诗经》，翻开其中的《七月》，一句“七月流火”，立刻能让人掉眼泪。不是说这四个字写了作者的悲欢离合，而是说它们道出了一个农耕民族的沧桑沉浮。这四个字如泣如诉，两千多年来中国诗歌的力量，就是这些字的沉淀。

说到读诗，我偏好结构的辨析。三十年前初读《七月》，不明白为何一开始就写七月，而非按时节顺序来写。大概两千年前的诗人不懂结构，但是据说孔子修订过《诗经》，莫非圣人也没有结构的概念？今天，我们可以从结构主义和解构主义的视角来重读《七月》，说不定还能在那混乱的时序中看到结构的内在秩序。问题在于，究竟是两千年前的诗人已经把握了叙事的内在结构，因而抛弃外在结构，还是我们今人牵强附会。若是后者，《七月》的无比力量又该作何解释？

宋末元初关于诗词的理论，当推张炎《词源》。张炎名句“写不成书，只寄得、相思一点”，可印证他在《词源》中主张的“清空”一说。我看张炎论词，其“清空”有四个层次，一是选字用语之清空，二是构句修辞之清空，三是造境写情之清空，四是构思命意之清空。这四个层次贯通一体，便是清空理论的内在结构。我相信，无论音乐、绘画还是诗歌，都自有其内在的结构模式。

其实，不仅是艺术活动，就是人的通常行为，也都有内在的秩序和结构模式，这是由人所难以自知的心理意向决定的。

古典之美，就在于内在结构的完整与和谐。且让我们再读《诗经·七月》:“五月斯虫动股,六月莎鸡振羽。七月在野,八月在宇,九月在户,十月蟋蟀入我床下。”大自然的造物与节序的运行,有着音乐般的对应,这就是结构的秩序。那位两千多年前的诗人,悟到了这结构的美,成为这奇妙对应的欣赏者。

关于诗歌之内在结构四层次的模式,来自我对张炎的研究,但我们也可以用这一观点来看《诗经》。尽管这观点可能有欠精致,棱角太多,但我不想打磨,不希望它太圆滑,我宁愿有一点青涩。

我想说,古典之美,是完整与和谐中悄悄透出的一种青涩,一种朴拙。

4

这朴拙是人性的一种品格。

十多年前,因为对古典文学的兴趣,我开始在蒙特利尔一所名校攻读这个科目的学位。几年后完成学位课程,未及写作毕业论文,便到了美国的明尼苏达州,任教于一所著名的文理学院。明尼苏达的乡下生活五味杂陈,我对那里的朋友们说,我喜欢与蒙特利尔毗邻的美国东北地区。不久,果然在东北部谋得一教职,任教于纽约郊区的一所大学,自此便时常驱车于八十七号公路,为的是到蒙特利尔与导师讨论学位论文的写作。

八十七号公路南起美国纽约,北到加拿大蒙特利尔,全程六小时余。这条公路给我的感情很复杂,因为它见证了我在北美生活中的起伏跋涉,见证了命运的无常,对我具有象征意义。

那时,我几乎每一两个月就北行一次,但每次北行,都是不得已而为之。向导师讲述论文的构思和初稿的写作进展,并不是真正探讨学术问题,而是硬着头皮去忍气吞声、自取其辱,去领教其嘲讽、羞辱和心理折磨。

凭了对古典文学的不切实际的喜爱,也凭了对学位的实际需求,我就这样在八十七号公路上往返了三四个冬夏。

这条公路要翻越纽约州北部的阿巴拉阡山主峰。冬天在山路上行驶,每遇大型货车,便如经历人间地狱。运原木的大货车先将雪浆摔满我的前窗,让我一无所见。刚刷净车窗,大货车又溅起一片水雾。我在雾中穿行,仍然一无所见。糟糕的是,每到山峰高处,雨刷竟然不再喷防冻液,原来防冻液已经冻成了冰。这时只好停下车,在零下二三十度的风雪中,用自己喝的水来洗车窗。有时候刚能看清路了,却已到一个大下坡的拐弯处,而在落满厚雪的山路上却不能踩刹车。更有甚者,在几乎荒无人烟的深山老林里,寂寞的货车司机欲寻开心,要么同我比赛车速,要么两三辆大货车对我围追堵截,就

像猫玩老鼠。

这便是我的古典文学之路。才翻过阿巴拉阡山，前面等着的又是心理折磨。终于，我不堪其教，不忍其辱，只得不辞而别，到另一所大学去完成了学位论文。对我来说，学术研究就像八十七号公路的冷酷和险峻，就是透过车窗却看不清前程，就是翻越阿巴拉阡山后的片刻小憩，以及在小憩中反省人性的缺陷。

5

当初刚到美国任教，头两年是在明尼苏达州的大学城诺斯菲尔德。这座小镇只有一万多人口，却远近闻名。因为一百多年前的某个初秋，全体镇民曾合力抗匪，以后每年的九月初，这里都有热闹非凡的嘉年华会进行纪念，为时一周，吸引着各地游客。好莱坞有十多部西部牛仔电影，都以这个小镇的抗匪故事为蓝本。

那时候我喜欢读历史，接触到二十世纪早期英国史学家科林伍德的古典史学观，即著名的“重演”(re—enactment)理论。科林伍德主张历史学家在大脑中重演历史上发生过的事情，以避免今人对史实的扭曲。科氏的理论比较抽象，我读史书时，很难想象自己该怎样在大脑中“重演”过去的历史。八月底一到诺斯菲尔德，就听当地人大谈重演历史，好像镇民们个个都是史学家。原来，他们谈的是一年一度的嘉年华会，他们要重演当年抗匪的历史。

嘉年华会的日子很快就到了，“重演”开始了。先是三个穿长衫的牛仔骑马进了小镇，直奔镇中心的银行。一镇民见情况有异，便尾随而至，却被一牛仔挡在银行外面，于是两人扭打起来。银行对面一商号的店东见状，高叫窃匪来了，并拿出长枪向匪帮射击。这时，又有三个牛仔从大街的另一头飞马而至，他们不断开着枪，高叫着让镇民们滚开，并冲入银行，将里面的人绑作人质。匪帮让银行行长打开金库，行长拒绝交出金库钥匙，结果被强盗开枪打死。银行的斜对面是一家卖枪的商铺，镇民们纷纷从那里拿起武器，包围了银行，从银行附近的建筑物里向土匪射击。盗匪的一匹马被打死了，然后有盗匪也被打死了。末了，强盗们一无所得，仓皇逃窜，镇民们紧追不舍。最终，那个匪帮头目，名叫杰西·詹姆斯的汪洋大盗被捉拿归案，在诺斯菲尔德镇中心被送上了绞刑架。

小镇上有个历史博物馆，游客们可以在那里看到关于这个故事的所有好莱坞电影，可以买到关于这段历史的全部书籍，甚至还可以买到被打死的土匪的照片，而当时照相机才刚发明不久。

在好莱坞的经典牛仔片里，牛仔们通常都是英雄侠客，他们路见不平拔枪相射。可是在诺斯菲尔德的历史重演中，这些牛仔却是汪洋大盗。小镇上的历史重演，可以看作是对好莱坞经典套路的颠覆，但同时也展现了另一种古典之美，这就是镇民们的正义感和勇气。

我寻思，这正义和勇气，乃人性中古典之美的至境。

2007 年 3 月，蒙特利尔

艺术的真诚

有天去纽约市立图书馆看书，见大厅内有台式橱窗陈列馆藏的各种善本书，多是欧洲早期的手抄本，书页一律打开，翻到其中的某幅插图，以便读者欣赏那些中世纪手工绘制的精美作品。其中一部书的插图，是几个苦行僧在教堂后院浇花。画面的构图比较简单，人物造型甚至稍嫌稚拙，但画面四周的装饰图案却精雕细刻，匠心尽现。看着这幅插图，我竟有点感动：虽然画家的技艺或许不是炉火纯青，但其虔诚和纯朴却在认真的绘制中显露无遗。

这时，听到附近教堂的钟声，我收回思绪，抬眼望去，见图书馆大厅的高墙上挂着一幅巨大的壁毯，上面的图案，是十九世纪英国拉斐尔前派画家本·琼斯设计的亚瑟王和十二个圆桌骑士的故事，壁毯由拉斐尔前派的另一位画家莫里斯所经营的纺织公司编织。莫里斯不仅是一位画家、设计师、诗人、小说家，也是一位乌托邦的理想主义者，同时还是一位经营出版和纺织的企业家。

不知道图书馆是否有意将善本插图陈列在拉斐尔前派的壁毯前，当教堂钟声将这二者联系起来时，我突然领悟了为什么拉斐尔前派画家们要推崇拉斐尔之前的艺术。过去我写作关于拉斐尔前派的文章，查过一些文献史料，知道这些画家不喜欢拉斐尔以后的艺术，他们认为，文艺复兴以后的艺术有欠真诚与自然，多矫揉造作。我在各地美术博物馆看到过不少中世纪和文艺复兴早期的作品，但很少把这些作品同拉斐尔前派联系起来看待。直到此刻我才领悟，早期艺术家们的虔诚和纯朴，正是拉斐尔前派艺术家们一意追求的精神，是与英国工业革命时期的社会环境格格不入的一种乌托邦精神。

这精神就是对艺术的真诚。试想，中世纪服务于教会的艺术家们，哪里有余钱去享受奢侈的物质生活。教会保障了他们的一日三餐和憩息之处，于是他们便有可能专注于艺术。这就像古代艺人，对身外之物毫无企盼，唯其如此，才能静心静气、全神贯注地建造金字塔、刻铸青铜器。文艺复兴拉开了西方现代史的序幕，工业革命则将其推向了高峰。今天，我们面临的是后工业和后现代之后的二十一世纪，一个用高科技来屠杀古代文明的世纪，一个丧失了真诚的世纪。这个世纪的艺术，一如旅游工艺品，充斥着自欺欺人的虚假、伪善和浅薄、愚蠢。

于是，我想起了法国乡下的米勒，想到了巴黎城里的莫迪利阿尼。尽管这两位画家迥然不同，但他们的真诚却是一样的。米勒笔下那些身体微躬的农民、莫迪利阿尼笔下那些斜躺的女子，无不呼应着文艺复兴以前的虔诚和纯朴。还有塞尚，有谁知道他为什么总要画苹果、有谁知道他为什么不区分树林与远山的空间关系？塞尚哪里是在写生，分明是在写意，抒写他对艺术的一腔真诚。

于是我又想到了明末清初的禅僧画家担当。看担当的山水，首先看见的是董其昌和倪瓒，随后看到的是米家父子和黄公望，再后来还可以看到北宋诸家。那么担当自己在哪里？其实，担当的画是不能看的，只能悟，因为我们看不见担当自己的笔墨，而担当根本就不在乎笔墨，他也许不认为自己是个画家。但是，担当有一点非常清醒：他是一位僧人，画是身外之物，画之于他，是悟禅的工具。悟到了这一点，我们才能看见担当笔墨的随心所欲、浑然天成。在担当而言，对禅的虔诚，产生了笔墨的纯朴。

前辈画家学者陈师曾在《中国文人画之研究》中提出了人品、学问、才情、思想的命题，我觉得这个命题同牛顿的例子相关。牛顿毕其一生研究物理学，最后将自己的研究引向宗教，探讨上帝的存在。过去我们替牛顿惋惜，认为他将自己的学问和才情，浪费到了荒唐的课题上，否则他可以为人类和科学作出更多贡献。可是，对牛顿来说，从科学走向神学，是自然而然的事。在他那个时代、在当时的科技条件下，他已将物理学推进到了最前沿，使其在理论上升华为哲学，而那时的哲学与神学是难以划分的。如果没有哲学，科学便无法升华，科学家便永远是工匠，永远提不出万有引力或相对论这样的科学哲学理论。在艺术中，牛顿的例子类似于陈师曾所说的思想。这种思想，来自人品，来自对科学和艺术的真诚。

传入纽约市立图书馆的晚钟声，提醒我夜幕的降临。在车流的灯火中，我沿着百老汇大街，跟随熙熙攘攘的人流，信步走到时代广场。眼前那巨无霸的电视墙面上是伊拉克战场的隆隆炮火和股票交易所的闪烁指数，可是我却一无所见，保留在我脑海中的，只是那部中世纪手绘插图和本·琼斯设计的壁毯。

2003 年 4 月，麻省荷里山庄

艺术家眼中的自己

在某种意义上说，“艺术家眼中的自己”这个话题，是一个关于视角的话题，也就是从何种视角来进行艺术观照。无论观照的对象是什么，对艺术家和批评家来说，视角都涉及到观点和立场。

二十世纪中后期的法国心理学家雅克·拉康为我们提供了“凝视”的观点，认为婴儿通过凝视镜像来认识自己。按照拉康的说法，婴儿在镜像中不仅看到了自己，还看到了自己屋子的环境和屋里的其他人，于是逐渐意识到自己存在于他人和他物所形成的环境中，认识到自己同周围世界的互动关系，并由此而确认了自己的独立存在。我们据此引申，可以说“艺术家眼中的自己”是一种自审的凝视，其要义在于通过视觉图像来认识我们的生存环境及其与自己的互动，并在这互动中完成自我确认。

然而，拉康却忽略了这样一个事实：镜像所呈现的，不仅是左右互换的错误图像，而且是一种依赖于镜面质量的扭曲了的图像。这也就是说，一个艺术家在自己的眼中究竟是什么样子，我们作为局外人是无法知道的。即便是艺术家自己，也无法知道，因为艺术家没法看到自己。古希腊时期的思想家阿基米德曾提出过一个设想，他说，如果在地球之外给他一个支点，他就可以用杠杆撬起地球。问题是，在阿基米德时代，无人能够离开地球，而在今天，即便有人离开了地球，这个人也没有办法在地球之外设置一个支点，更没有足够的力量利用那个支点来撬起地球。

正是由于人类在现实中的无能，才使得阿基米德虚构的设想，充满了智慧和力量的魅力。换言之，人类虽然无能，却有足够的想象力，来提出这样一个美妙的假设。对我们今天的艺术家来说，这个假设的意义和价值，就在于提醒艺术家，也提醒我们普通人：认识你自己吧！

当然，在时下的商业社会和消费文化语境中，“认识你自己”是一个非常流俗的说法，就像当红歌星用肤浅的词语和肉麻的音调去说唱古人的深刻哲理，直把先贤的微言大义，恶搞得体无完肤。幸好，阿基米德的设想，并不仅仅在于自我认识，而更在于提出了一个悖论，一个科学、哲学和艺术的悖论。而这个悖论的精妙之处，是商业社会的流行文化所无法企及的。

这悖论的精妙，让人联想到二十世纪前期著名诗人卞之琳的短诗《断章》。全诗就四行，字字珠玑：

你站在桥上看风景，
看风景人在楼上看你，
明月装饰了你的窗子，
你装饰了别人的梦。

很多读者都喜欢这首诗那悠远的意境和玄妙的哲理，因为这几行诗将诗人认识世界、认识自己和被人认识的互动关系视觉化了。可是，我欣赏的却是这首诗的禅机，也即智慧与力量的合一。这无言的禅机，让我理解了关于螳螂捕蝉的古训。试想，当螳螂正准备奋力一扑，去捕捉那鸣蝉时，它可曾想到，一只狡猾的黄雀就躲在近处的树枝上，正对着螳螂准备俯冲。而那只黄雀，却又可曾料到，一个小顽童此刻正拉长了弹弓，屏息向它瞄准。或许，看菜园的老头，此刻也正手握黄荆条，要抽打那糟践菜园的坏孩子。

这不是达尔文进化论所描述的食物链，而是艺术家的自审过程。这过程的每一步，都处处陷阱、险象环生，因为艺术家无法抓住自己的头发将自己提起来，无法看见自己。螳螂捕蝉的故事，是一系列互动的故事，卞之琳诗歌的机锋，也展现了一系列互动的魅力，而艺术家眼中的自己，更是这一系列互动的结果。

尽管艺术家本人和我们这些旁观者，都不可能知道艺术家眼中的自己是何模样，但正因为这一系列互动，艺术家对自我的探索便得以推进，我们对艺术家的了解也得以推进，而艺术本身的发展更得以推进。

2007 年 8 月，成都

隐逸江南

夏天带学生回国学习，周末每每旅行于江南水乡古镇，向学生介绍中国的地理山水，解说江南的历史人文，尤其是我个人所喜好的诗文绘画。古人今人对江南的记述已经很多，我另辟一径，从文学和艺术的角度，来说江南水乡古镇之喧嚷与宁静中的文化意蕴。

1

江南以水乡著称，在上海与苏州之间，太湖东南岸水网连片，那里水乡小镇星罗棋布。江苏水乡最有名的古镇，要数角直、周庄、同里、木渎，浙江水乡的古镇则有乌镇、南浔、西塘。

今夏游水乡，我们先去的是角直（“角”读作“陆”）。出苏州城，往上海方向开车半个多小时就到了。进得小镇，有数条狭长的小巷，弯曲转折，绕过无数老屋，有玉兰花在屋旁盛开。这些老屋都是水乡风情画中常见的那种白墙黑瓦的老式民居，墙壁斑驳陆离，似画中笔触的抑扬顿挫。我用照相机拍下了这样的老屋老墙，其中一幅，墙上挂着几双草鞋，互衬出古旧的意味，也透出挥毫作画之轻重缓急的笔墨韵律。

角直的古老，可以追溯到神话时代。传说中远古的独角兽角端，在巡视大地时到了这里，认为这是块风水宝地，便落足于此。到了唐代，著名诗人陆龟蒙也到此隐居，其名号“浦里”成为这里的地名，直到明代才更名为角直。

角直的水巷很窄，水边的小街两旁全是小店，一律出售旅游工艺品和当地土特产。水中时有游船划过，街上游人往返，旅游和商业气息颇浓。大半个世纪前，这里也很有商业气息，只是没有游客。二十世纪早期的著名作家叶圣陶于二十年代任教于角直的一所小学，并在角直从事小说创作，写下了名篇《多收了三五斗》。小说一开头，叶圣陶就描述了角直的商业味和古旧乡气：

“万盛米行的河埠头，横七竖八停泊着乡村里出来的敞口船。船里装载的是新米，把船身压得很低。齐船舷的菜叶和垃圾给白腻的泡沫包围着，一漾一漾地，填没了这船和那船之间的空隙。河埠上去是仅容两三个人并排走的街道。万盛米行就在街道的那一边。朝晨的太阳光从破了的明瓦天棚斜

射下来，光柱子落在柜台外面晃动着的几顶旧毡帽上。”

我们沿着水边的小巷，踩着路面的青石往前慢行。六月是江南的黄梅天，这时天上落下雨来，我便想象着江南诗人戴望舒的《雨巷》意境，想象着诗人“撑着油纸伞，独自彷徨在悠长悠长又寂静的雨巷”。可是，二十一世纪的古镇早已不再寂静，游人的喧嚷使雨巷的安宁成为过去。

走到一座石拱桥旁，见墙上写有白底黑墨的大大的“米”字。好几个旅游团聚集在大米前，听旅游团的导游们争先恐后地大叫大嚷“这就是万盛米行”，让我又记起《多收了三五斗》。据说，叶圣陶写的就是角直的这家米店。当年上大学，有位来自江南的老师主讲现代文学，还记得他讲叶圣陶时，在讲台上一边着急地踱步跺脚，一边充满激情地对我们说：“每亩地多收了三五斗米，真是谷贱伤农啊，就因为多收了三五斗”，仿佛讲的是他父母的遭遇。叶圣陶的小说，写农民丰收、谷米掉价的故事，暗示西洋经济对中国小农经济的冲击，与同为水乡作家的茅盾之小说《春蚕》，有异曲同工之妙，都写丰收成灾的不幸。

与戴望舒的诗歌相比，叶圣陶的小说现实得过于沉重，一点也不浪漫。到如今，角直往日的浪漫不再，连宁静也一去不返。据说，现在要想找个安静的水乡古镇度周末，唯有同里尚可。但是，同里就在上海西面，开车才一小时，我怀疑那里能否真的安静。

其实，浪漫一语对今日的作者来说，并不是一个好的评价。时下的作家和艺术家们，讲究观念，若以浪漫评价其作品，无异于讥讽。现在几乎无人再写戴望舒那种浪漫中带着感伤的诗了，往日的诗神早已离去，留下的只是观念的喧哗与浮躁的骚动。

2

既然得不到戴望舒的寂静，何不就去凑热闹。于是，我们前往的第二个水乡古镇，便是已经十分商业化了的周庄，号称“中国第一水乡”，离角直也就一小时车程。

一入周庄，首先看见的是两块石碑，左边的刻着“中国文联文艺家生活创作基地”，右边的刻着“中国作家协会江南水乡周庄文学创作生活基地”，刻写的日期是1999年。当年叶圣陶将角直视为自己的第二故乡，在那里谋生并写作；十九世纪的俄国大文豪托尔斯泰，也在自己的乡下农场里生活写作，将农场作为自己的基地。曾几何时，列宁说文学是革命机器上的齿轮和螺丝钉，于是作家们便有了指定的创作和生活基地。只是到了二十世纪末，位于工厂和农村的基地摇身一变，易为旅游胜地，于是商业化了的周庄，便成为作家们操作机器的作坊。

此前我从未到过水乡，仅在鲁迅和叶圣陶的小说散文中读到过水乡的乌篷船。八十年代初，在杂志上看到吴冠中的彩墨画和油画，多为水乡风景，讲究色、线、形的视觉效果，即所谓“形式美”，这才知道江南水乡竟有这般美丽。

不过，吴冠中并不是一个单纯的形式主义画家。这位画家是太湖边上的水乡人，早就开始描绘水乡风景。据说，他在八十年代来到周庄，见老屋拆去、新房林立，不禁悲从中来，遂著文呼吁保护古镇，这才使周庄幸免于难。如此说来，在吴冠中的色、线、形之下，有着看不见的文化思考，唯其如此，他的形式主义，才不至于单薄肤浅。

水乡的点睛之笔，是石拱桥，周庄的石拱桥之最，非双桥莫属。双桥位于两条水巷的交汇处，建于明代万历年间。二十世纪八十年代前期，上海画家陈逸飞到周庄采风，画了不少水巷，多以石拱桥为主体，其中最动人的一幅，名为《故乡的回忆》。那时我得到一册印制精美的陈逸飞画集，看他笔下那些古桥老屋，看那些我们熟视无睹的石壁青苔，突然明白了什么叫“化腐朽为神奇”。陈逸飞笔下构筑双桥的老石头，像是一部史书，无言地述说着水乡古镇的历史，也像见证者一样目睹着桥下的缓缓流水。

周庄的北面有澄湖，湖底有座陷落的古城，二十世纪七十年代曾发掘打捞出新石器时代至宋代的文物。显然，周庄的历史与吴越古国的历史一样久远，只是到一千年前的宋代才被湖水淹没了。在周庄的一座古宅博物馆里，陈列着许多来自湖底的陶器，向我们宣示了这个水乡古镇的历史和人文情怀。

上个世纪的八十年代中期，电视里播过一条新闻，报道美国石油大亨哈默拜见邓小平，他送给邓小平的见面礼是陈逸飞的油画《故乡的回忆》，描绘周庄的水巷双桥，隐约有一点伊人远去的伤感。吴冠中的画比较简约抽象，偏重于视觉印象；陈逸飞的画则写实而且精细，朦胧中偏重气氛的渲染。我猜想，这思旧怀乡的离愁别绪，该是水乡的迷人之处。也许，吴冠中笔下的色、线、形，以及陈逸飞渲染的情绪，可以帮助我们理解英国形式主义艺术理论家克里夫·贝尔所说的“有意味的形式”。

历史的变迁在表面上是一种形式，但在表面之下却是一种心态和思维方式。今人失去的，不仅是老屋古桥，而且更是一份自然和纯朴。从双桥往前行，我们来到一处码头，随即登船巡游。摇橹的船娘穿一身江南农服，蓝底碎花，红色镶边，让人联想到六朝时代的采莲女。朱自清在《荷塘月色》中引过梁元帝关于江南的《采莲赋》诗句：“妖童媛女，荡舟心许；……尔其纤腰束素，迁延顾步；夏始春余，叶嫩花初，恐沾裳而浅笑，畏倾船而敛裾。”

于是我们问船娘可否唱一支采莲曲，船娘笑允，并说小费无定价，随便给。船娘先唱了一首江南小调，然后又唱茉莉花，唱得我们心荡神摇。学生们虽然听不懂中文歌曲，但显然很受感染，竟入了角色。小船沿窄窄的水巷前行，轻轻地左右摇晃。午后的斜阳缓缓地照过来，落在船头，让人想起威尼斯的小船 gondola。随着船身的晃动，有学生用法语和英语唱起歌来，像是呼应船娘。未几，一个女生动了感情，说想在这船上结婚了。于是同学们七嘴八舌地建议她闭上眼，然后再睁开，就嫁给她第一眼看见的那个人。

离船登岸时，我递给船娘十元小费，船娘说，两首曲子应给二十元。

3

角直和周庄，都是太湖东岸的水乡古镇，而在太湖的湖心，也有一个著名古镇，那就是位于湖心岛西山的古镇明月湾。与水乡的喧嚷比较，明月湾相对安静，透出隐逸的意味。

西山在太湖湖心，与东岸的苏州之间，有一串岛屿相连。现在这些岛屿间建了三座大桥，诸岛连成一线，从苏州可以驱车直达湖心。可是在古代，西山却因交通不便而远离尘世，成为人们的避难所。古籍记述这里“山深水阔，兵火所不及，力耕其中以免其患”。两宋时期战乱频仍，北宋皇室南渡，南宋官员隐居，其中多有选西山者。现在的西山村民说，他们的先人，有些就是南宋皇戚。古代江南的文人士大夫，有仕途不畅者，也多选西山隐居。唐代诗人皮日休有名句写这里的幽静：“试问最幽处，号为明月湾”，“野人波涛上，白屋幽深间”。王昌龄、白居易、刘长卿、贾岛、陆龟蒙等唐代诗人，也都在西山留有足迹墨宝。

明月湾在西山尽头，三面背山，一面朝水，水天一色，烟波浩渺，尽得风水之利。明月湾的民居，除了近年修复和新建的白墙黑瓦，便是明清时期遗留下来的老建筑。据史料所记，西山的民居建筑，可以追溯到唐代，但考古的发现却更早，在明月湾曾掘出过汉魏六朝时期的地砖。实际上，早在两千多年前的春秋战国时期，吴王夫差就曾带着美女西施进西山避暑，并修建行宫。这对神仙眷侣在湖湾赏月，将下榻处命名为明月湾，此湾就此成为退隐佳处。

北宋末代皇帝宋徽宗，喜爱艺术成癖，当金人兵临城下，他仍然作画赏石，乐此不疲。宋徽宗所赏之石，是中国园林中的名石太湖石，产自西山明月湾一带。在中国的园林艺术中，无论是北派皇家园林的大气，还是南派私家园林的精巧，都有太湖石点缀其间。由于道家出世思想的影响，传统的中国艺术总是暗含着隐逸情绪。太湖石有的出自湖底，有的是西山溶石，有青、白、黑三色，质地轻巧空洞，以皱、漏、瘦、透为四大特征。太湖石的怪异，暗合了中国文人不随世俗的精神，所以常见于古代绘画中，成为高蹈精神的象征。

太湖的隐逸和高蹈精神，也见诸桌上盘中。我去明月湾时，就餐于太湖边上的农家菜馆，品尝到当地著名的“太湖三白”，即白虾、白鱼和银鱼。那天桌上的水产，还有田螺和湖蚌，让我想起苏东坡游赤壁时写下的“侣鱼虾而友麋鹿”。我猜测，这可能就是古代渔父樵夫的生活方式了。

这渔父樵夫的生活方式，让我回想到北美的尘世喧嚣，一如角直和周庄的喧嚷。在纽约大都会艺术博物馆的中国馆内，有一处仿苏州园林，园中无水，唯有江南文人的私宅书房，芭蕉树下放置一大块太湖石。这块怪石，在纽约这样喧嚣的都市里，有大隐隐于市的意味。在波士顿的艺术博物馆内，也有这样一个闹中取静的隐逸处。在蒙特利尔，十多年前建了一个山水皆具的梦湖园，是北美最大的仿苏州园林，园中的太湖石，也有隐逸的蕴涵。

去西山那天，适逢苏州桃花坞年画博物馆在明月湾落成开馆。如果我们将个人的隐逸，推演至一个民族，那么桃花坞年画的重新得宠，便可以说是一个民族从隐逸向入世所走出的一步。为何有此说？自清代以来，院体画和文人画渐趋衰落，西洋画来势汹汹，民间年画更被边缘化了，不得已变成艺苑隐士，至今才得以重见天日。

作为个人，选择道家的出世是一种生存态度，但是，如果一个民族以隐逸为追求，而体现民族良知的知识分子也以隐逸为价值取向，那么，这个民族离衰落便不会太远了。

2006 年 7 月，南京

贰

民间

李天斌作品

作者简介：李天斌，男，70年代生，贵州关岭人。有作品发表于《岁月》、《辽河》、《散文诗》等刊物，作品入选《散文中国1》等选本。

隐约的时光

纸　牌

校园里的樱桃林依旧茂密，只是枝叶间却已隐约挂着一些微黄。风有些凉，偶尔还会变得迅即，把凳子上的纸牌掀翻来，落到地上……中秋前后，这所民办小学刚刚开学，老师们总爱坐在樱桃林下玩纸牌。没有任何惩罚，也没有任何刺激，但他们并不觉得枯燥，在不断重复的简单的游戏里，我不知道他们最终获得了什么。我也曾经疑惑过，他们几乎都是民办教师，一边教书，一边还要下地干活，但他们似乎都喜欢把时间和精力耗在纸牌上。我就是带着这样的疑惑成了他们中的一员——对我而言，他们并不陌生，但对我的到来，他们还是表现出了极大的新鲜感——就像一块平静的湖面，突然掷入一块石子，而后卷起水波。在我之前，这里仅仅分配来了一个师范生。多年以来，其他教师就一直在这里，没有调出，也没有调进，平静得就像这乡村的日子。日出而作日落而息般的轮回，让他们习惯了平淡与无奇。所以当我来到这里，他们就迫不及待的跟我说起他们的游戏——在贫乏与庸常之上，我似乎预见了我未来的某种荒芜。

我开始跟他们玩。黑桃、梅花、方块、红桃，四种图案，54 张纸牌。大压小，恒久不变的秩序。就像学校或者教学的某种规律一样，不断地开始和结束。应该说，我是投入其中的。在固定而又简单的规则里，我的目光总被先我而到的女教师牵引着。她大我整整八岁。她二十六，我十八。但望着她捽过头发时的那份妩媚，望着她漂亮的脸蛋和偶尔撞过来的隆在胸前的曲线，我依然有一种隐约的冲动——我总会不自觉地把目光移向她，羞涩而又怯弱。

而我其实是懵懂的——师范三年，除了打篮球和下象棋，根本没有任何理想。一直读到二年级，我仍然是全校年龄最小的学生——这让班主任错认为我一定是个勤奋好学之人。他的错觉让我极不称职地当了一段时间的学习委员，最后不得不因为我平平的考试成绩把我撤掉——我居然没有任何的羞愧，初中时因为成绩偶尔下降就会感到屈辱的习惯早已荡然无存。而我也终于知道，我只是个俗人——农民的安于现状和容易满足，原来一直在我的骨子里根深蒂固。考取师范，端上铁饭碗，理想已经实现，我想，我并不需要拔尖的成绩，更不需要向师范大学进军，只需混张毕业证书，我的生命就已经圆满。所以我并没有失落或者忧郁——甚至有一种恍惚的优越，正规师范学校毕业的这道光环，已足以让民办教师们羡慕不已。所以当我也像他们一样对54张纸牌沉迷时，他们甚至觉得了我合群与质朴的品质。

没有谁知道我对纸牌的投入和始终游离在纸牌外的目光。

也没有谁知道，在54张纸牌的不断起落里，一些故事，已经开始酝酿。

L老师的丈夫原本是个公办教师，后来却因为赌钱抢劫杀人被判死刑，当年的市报还在显要的位置刊登了《从赌场到刑场》的报道。这一直让她对赌钱的行为深恶痛绝。所以玩纸牌时，她总是拒绝实行惩罚——她说任何惩罚的形式从本质上来说都是赌博。我们知道她的偏激，但都不曾说出——这让我很是惊讶，为着一份不能捅破的心伤，我们竟然不约而同完成了一份诚挚的守护！我们就这样不断地跟她玩纸牌，跟她说着纸牌之外的话——学校，学生，当然也还有她的日常——一个独身的女人，带着两个孩子，一边教书一边下地干活的艰辛……而故事也就在这些题外话里不知不觉地诞生，正如我对纸牌的投入和始终游离于纸牌外的目光一样，L老师的目光竟然落在了H老师的身上。

H老师尽管也跟我们玩纸牌，但他最大的爱好还是四处赌钱。因为赌钱，他一直生活在温饱线下——逢赌必输的结果，让他不多的工资总是入不敷出，甚至使得妻子远嫁外省。他总是债台高筑。就在我们一起玩纸牌时，也总会有人撞进来向他索债。他是尴尬的，常常满脸羞红，语无伦次——而让他想不到的是，有一次L老师突然站了起来，在问清楚所欠数目后，一次性替他还清了欠款——他是惊疑的，我们也是惊疑的，我们都有一种隐约的预感——特别是当我们都看见了L老师眼神里的一抹娇羞和温柔时，故事即将来临的预感竟然让我们莫名的兴奋。

我们依然在玩纸牌。从纸牌出发，那个预料中的故事终于如约来临——H老师说，在一个纸牌散尽的夜晚，L老师在他的寝室里整整坐了一夜。她跟他谈起了赌博，她说，她曾经恨过，但经历了生命的寂寞与孤独后，她已经觉得并不重要……而他是理智的，他说，他只是缺钱，还没有孩子，不可能因为暂时的困难就毁了一生——我已经记不得故事最后是怎样收束的，只是记得，从此，我们不再玩纸牌。此后不久，L老师就匆匆嫁给了她丈夫的堂兄——一个有妻子和儿女的男人，一个同样爱赌的男人。

雪 地

我想我应该说说那个女教师的名字：荷。她跟我教毕业班。师范毕业，他们都认为我们水平比他们高——这一直让我心存敬重，特别是当我经历了太多的文人相轻、互相诽谤甚至蝇营狗苟后，对他们的这一份真实和质朴，总会有一种感动。而我也敢肯定，当我与荷被一致推荐教毕业班时，我们同样是感动的——我们后来的认真和出色的教学成绩，充分证实了我们对这份信任与支持的珍视。

不过，我想说的并不是我们的教学成绩。在那些隐约的时光中，我企图记起的，是一块雪地。尽管那块雪地对我而言，并没有任何实质的意义，尽管我知道那块雪地在荷的心里并没有留下任何痕迹，但我仍然固执地相信，那块雪地，是我感情萌动的最初——对爱情的向往，生命从混沌走向清晰的转折和指引。

而现在，我始终不敢急迫地进入那块雪地。它是故事的开端也是终结。我一直惧怕这种短暂，尽管它也是一种存在，但毕竟是破碎和残缺的——而我不得不进入那块雪地，它所勾勒的瞬间，一直在提醒我该写下一些文字。

我跟荷之间的故事，其实不过是一块雪地的影像。而这块雪地，也似乎仅是一种偶然——一个冬日的早晨，山川、田野、道路、河流，所有的一切，全都覆盖在一层晶莹的雪白底下。她先到学校，没人，转回来。我后去学校，在路上遇着她，然后一起回来。四野寂静，只有我们俩，在雪地上走着，谈着……当终于走到路口，她说，没想到路这么短，真想再跟你走一程……我那时是激动的，但竟然没有说出一个字。我不知道后来是否后悔过，但有一点可以确定，当一切都成为过往，我依然能清晰地想起她得不到回应的尴尬和失落——她远去的消失在雪地里的背影，一直撞击着我莫名的忧郁。

这不得不让我想起跟她仅有的几个细节。一个寒风呼啸的午后，我和她一起带着学生，亲自动手用稻草编成一根根绳子，然后绕着窗子的钢筋，把它编成密密的屏障，作为抵御寒风的玻璃。编好之后，我们就一起给学生上了一堂课，她唱了《山乡小渡船》，我则朗诵了《沁园春·雪》，她优美的歌声和我高亢的音调，让学生们忘却了寒冷……还有，我甚至替一个乡卫生院的医生给她送过求爱信——那天放学后，看着她走出学校，我急忙追上她，有些口吃，说：我，我有一件事要对你说。她回过头，微笑着面对我——她漂亮的脸蛋和隆在胸前的曲线，再一次撞过我的视线。我的心狂跳不止，激动让我说不出原本简单的几句话——而当她知道事情的原委，我突然看见她刚才的微笑，就像瞬间凋零的花瓣……我一直不明白这些细节是否就是连接我与荷之间的纽带，只是，当我木然望着她远去的背影时，一场雪的落寞，早已注定成为永远的怀念。

我终于没有机会再跟她说话。不久，突然传来她结婚的消息。而如果仅是这样，那段未曾展开的爱情，也许就不会一次次让我无法释怀——事实是，就在她等待着迎亲队伍的前夕，她对她远方的同学说，她跟我谈过恋爱，而且是最珍惜的一次……那天晚上，有很皎洁的月光，在月光下，我在笔记本上写下林清玄的几句话：有些事，你错过一小时，也许就错过了一生……

那一年，她二十七岁，我十九岁。那一年，她调离了这所民办小学，而我，依然在一荣一枯的樱桃林里继续我的守候和等待。

文　字

就在荷调离这所民办小学之后，我终于学会了守候和等待。荷嫁的男人，是县委副书记的堂弟。所以有人说，她其实是个被世俗和名利所左右的人——尽管我并不相信这些捕风捉影的诟病之词，也知道这并没有对我构成伤害，但还是激起了深深的自卑——一所民办小学的教师，卑微的身份让我自惭形秽。我就是在这个时候开始打量自己曾经的优越——我开始觉得脸上的火辣和内心的羞愧，像燃烧的火焰，灼烫着我的每一寸毛发、肌肤和骨骼，我开始觉得，一个农民的安于现状和容易满足，原来是那样的不堪一击！

现在，当我在那些隐约的时光中不断沉沦、穿越并企图升华时，这些最初的情结，一直贯穿着我的过往与来去——以至于当我要提起有关文字的故事时，首先就想起了这些无关文字的内心。

而我终究是释然的。在这件事的背后，我开始写下一些文字，也正因为这些文字，让这所民办小学演绎了一段让我毕生铭刻的记忆。

我想我其实也是被世俗和名利所左右的人——我开始订阅大量的文学读物，比如《诗刊》、《诗神》、《民族文学》……等等，我企图通过文字改变命运——我一直觉得奇怪，当那些诟病之词传进我的耳朵时，我竟然也有一种遭遇忽略和蔑视的危机感。而意想不到的是，我的关于文字的梦想竟然在这所民办小学掀起了一场关于文字的精神之旅——许多年后，当我想起那些熟悉而又陌生的名字时，我甚至会忍不住一次次泪流满面。

陶正书。他是这所民办小学的元老之一。上过高中，因为不堪高考的重压，曾经精神失常。在我还很小的时候，他常常头顶农具，在院坝或学校里疯癫着跑过，有一次甚至翻出我父亲放在枕头下的匕首，疯狂地在太阳下挥舞——他夸张的不受意识支配的动作，常常让我们四处逃避。而就是这样的一个人，后来却成为我文字上的良师益友。自我开始订阅刊物后，他每年也坚持订一份名叫《南风》的关于民间文学的杂志。他每月的工资不过二十几块钱，没有房住，一家人挤在临时搭起的草棚里。但他依然把一本本装帧精美的杂志抱回去，在一盏昏暗的煤油灯下或者是燃起的柴火旁翻阅。我就曾不止一次跟他在这样的环境下翻阅着这些杂志——那种奢侈的享受，如今想来，竟然充满了无限的温润。

然而他后来却离开了学校——我一直在想，如果不离开学校，他一定早就转为公办教师，所钟爱的文字也许已经开花结果。然而事实是，就在接连生了两个女儿后，他选择了离开，带着一家人去了一个非常偏僻的山村躲计划生育。就在去年，因为工作，我到了他所在的那个村庄，特意去看望他，但却没有遇上。只是看见他临时搭起的那个似曾相识的草棚，听说他果然生了一个儿子……现在，他还会记起曾经的文字么？

陈天海。他是我小学的启蒙老师，直到现在，我依然清晰地记得这样的场景——1981 年或者 1982 年，在这所民办小学的操场上，在一抹春天的阳光里，我们围着他，无限崇拜地看着他在我们的作业本上打钩或者打叉。总想着，如果有一天，也能像他一样，那该多好。而现在，一个让我无法回避的现实是，我曾经崇拜的启蒙老师，竟然受我的影响而谦卑地跟我坐在一起讨论起文字——他的确是谦卑的，说话时总是小心翼翼，包括他拿出已经发表了的文字时，仍然用最诚恳的态度请人挑毛病——我其实是羡慕他的，那一年，县报创刊，我跟他一起投了稿，投稿之前，我还对着他的文章说了许多不是。而后来，他的文章发表了，我的则杳无音讯——我是惭愧的，在他的谦卑里，我第一次知道什么叫气度和胸襟。

再后来，我离开了这所民办小学——因为文字，我一步步离开了这个让我一度自卑并自惭形秽的乡村。走进了城市，当上了领导，坐上了小车，甚至在全市都有了一定的知名度。我原想当这一切实现时，我一定意气风发，指点曾经的潦倒和失意。但事实却出乎我的意料，这个时候，我涌起的已不是预想中的自豪和骄傲，而是安静又从容——在一场关于文字的精神之旅中，内心的虚荣与浮华早已被那些质朴与温情消弭。这也一度让我心怀感激，以至后来，我特地回到这所民办小学，想专程拜望一下一直在这里任教的陈天海老师。只是，听到的却是他积劳成疾因病去世的消息……

只是，他们是否知道，一直到今天，我依然在文字的故事里不断失落，不断的温暖、宁静。在这个秋天，他们是否知道，我再一次想起了那所遥远的民办小学。

寝　室

我总会梦到一间寝室，在隔三岔五的梦境里，它总是模糊的，熟悉而又陌生，我好像有一些书本，或者其他物件，遗失在里面。我企图寻找——时间幻化成隐约的线条，真实的抑或虚构的，我的目光和双手，一寸寸被覆盖和淹没——仿佛身陷沼泽，我不断下降，再下降……我总努力记起什么，隔着一扇忽明忽暗的窗户，我像隔世的一个符号，寂寞而又惶惑……

我总是在一滴湿湿的泪里醒来。我知道，梦里的场景——那些似是而非的道具，来源于十多年前的一所戴帽初中。那是一间不足二十平方米的寝室——我栖居了整整四年的小屋。

现在，当我端居在时间的另一隅，当那幢瓦房，那间寝室，都已全部消失，突然就有一种隐约的冲动——或许，在抹不去的记忆里，它的存在，一直联缀着我的某种遗失？

我不得而知。一个事实是，此刻，就在想起它时，那些时光，影像般开始切入我的记忆——凌厉或者温婉，那些混沌的内心，纷纷蔓延或者逃遁。

那的确是一间狭窄的寝室。但从一开始，就具有了特别的意义。当我从那所民办小学调到这里时，学校所有的寝室都已被占满。那是一个秩序很乱的环境——没有任何分房的纪律和制度，也没有谁能够管束住谁，在“先下手为强”的约定俗成下，学校所能够住人的房子都已没有任何遗留。就连那些家住学校附近的老师，宁愿在一间空空的寝室门上套上一把冰硬的铁锁，也不愿让出空着的寝室——这种强有力的占有欲和不愿吃亏的心理，就像野草般蓬勃生长在每一个教师的心里。而我所要说的寝室，同样也套着一把这样冰硬的铁锁，在两堆煤棚（走廊上所能用的空间都被两旁的老师寸土必争地占据）的中间，一条狭长的通道，连着一扇淡黄色的门，逼仄而且压抑。门上的淡黄漆，蒙着一层厚厚的灰尘和密集的蜘蛛网，门顶上的玻璃已经破裂，那些细碎的曲线，倒也像极了花瓣的组合……我发现它时，W老师正闪着一双不容置疑的眼睛望着我——他说，你就别费心了，这间寝室，我给Y老师要过多次，但她始终没有答应……而我之所以要重复这个细节，是因为现在，我仍然会想起那个让W老师们惊疑无比的场景——在办公室，当着大家的面，我对Y老师提出要房的想法……我其实也没有任何把握，我敢开这个口的唯一依凭，仅仅是在此前，我在市报上为她写过一篇题为《讲台上的青春》的通讯。我当然听到了一个让人兴奋和激动的肯定的答复！我的确是兴奋和激动的——一种找到归属和安稳的幸福感，像一些针尖的锋芒，一直刺在悬着的心上。

我几乎是在别人的羡慕中搬进这间寝室的。因为是用教室改造的，所以当我推开关闭已久的门，墙壁上一块又黑又厚的黑板就突兀地出现在眼前——像身体上的赘生物，丑陋而不协调。四围的墙壁，被从瓦缝中漏下的水留下点点斑驳的湿痕，地面是泥巴铺成的，一些尖削的小石头，顽强地伸出棱角，参差不齐地占据着某一隅……我是失望的。当我接到调离那所民办小学的通知，其实是怀着某种憧憬的。但没想到，作为条件比民办小学好的戴帽初中，竟然连最起码的栖身需求也是这样的艰难。

我已记不得当我终于在这里安顿下来，是否想过自己的未来。但我却牢牢记住了一点，为了让那块黑漆漆的黑板注入一些鲜活的色彩，我用白色的水粉在上面抄下了李白的《将进酒》。我也不知道，我选择这首长诗的真正目的，是不是为了某种写照和寄托——对于未来，对于理想，对于精神的困境，我其实是混沌的——先前的那种优越，虽然被一场未能展开的爱情所冲击，但并没有从本质上唤起我不断反叛命运的勇气。先前的安于现状和容易满足，依然贯穿我的每一寸血脉。所谓西西弗式的苦难和精神——我并不理解这其中的要义，在所遭遇的困厄里，或许至多有一份“今朝有酒今朝醉，管它明日是与非”的麻木和自慰。

我终于在这里躺了下来。只是，很快就发现了自己的孤独——我抱着厚厚的教案，穿过狭长的通道，往教室走去，然后又折回来，时光千篇一律，脚步也千篇一律，我甚至发觉，在来去的路上，我的脚步总是重叠在相同的位置——我开始失落，开始希望有一个人，两个人，三个人……来到我的寝室，我失落的心需要倾诉。然而我是彻底的失望了——除了学生之外，始终没有任何一个老师，或者是其他人，走进我的寝室。我开始读梭罗的《瓦尔登湖》：“1845 年 3 月尾，我借来一柄斧头，走到瓦尔登湖边的森林里，到达我预备造房子的地方，开始砍伐一些箭矢似的，高耸入云而还年幼的白松来做我的建筑材料……那是愉快的春日，人们感到难过的冬天正跟冻土一样地消融，而蛰居的生命开始舒伸了……”然而我始终没有读懂这位与孤独结伴的大师，他的文字乃至生命的隐喻毕竟太浓缩，太艰深，甚至晦涩。我想我必须把我的双脚，重新落到寝室来——我必须简单，甚至潦草，在真实的生活里完成某种真正意义上的消融和舒伸。

我开始留意我的学生。或许，只有在他们的身上，才能真正实现我对于孤独的突围——我开始跟他们打成一片，并由此记住了一些名字：胡江仲、邓成龙、陈小勇、卢维……由此写下了一些文字——我办黑板报，写下对于理想和青春的引言，然后发表他们的文字，然后，在我的寝室燃起泥巴炉，跟他们一起吃不是烧得很熟的饭菜和谈着也不是很熟的文字……我始终没有想过，正是这间寝室，成为我和他们精神的出发地。不论是读大学的，还是打工的，都没有忘记，文字是慰藉我们精神的入口——而许多年后的今天，当我一边读着我们的文字，一边记录着对这间寝室的怀念，竟然找不到最恰当的形容

词来描述我的心情——感动？感激？……就像一些似是而非的答案，我无法知道，他们是否切近了我的内心。

蜡　笔

如果不是那支蜡笔，我万万不会发觉，在老师们的心目中，我早已成为另类。

我确是封闭和疏忽的——就在我沉溺于自己的寝室时，他们的教学观念，早已跟我遥隔千里。我不断强化对学生各种能力的训练，不断用蜡笔刻下试卷（这或许与素质教育相悖）检测学生对所学知识的把握……而那个令我吃惊的发现就在这一过程中显露了出来——当我到H老师处再次借蜡笔刻试卷时，他疑惑不解地看着我——他的目光充满了怜悯，他说，你看，除了你，谁还在做这些无聊的事情？谁不在拼命地找钱？……我的确是吃惊的，回到寝室，就失眠了。我辗转反侧，隐约感到一种危机——我披衣起床，在那张盖住书桌的绿色胶纸上，写下了一篇题为《困惑》的散文。现在，我已经无法找寻这篇已经遗失的文章，但一直记得有这样几句：……他们都是双职工家庭，他们栽杜仲，开铺子，当司机……第二职业在他们手中演得轰轰烈烈……我不敢说他们是在玩错位的游戏，只是常常困惑：如果每个人都这样，那么今天坐在教室里的学生们，明天，他们究竟该做些什么？……我是忧心如焚的，却不知道这只是我的一厢情愿——我原想唤醒老师们的责任意识，所以当文章见报后，就有意识对他们作了宣传……我后来一直为自己的天真和幼稚感到无地自容，同时也为自己的言行尝到了应有的苦果——他们再也没有一个人，跟我谈起教学，他们跟我，始终隔着远远的距离。特别是后来那场洪水来临时，我对他们的不敬得到了应有的"回报"——那天晚上，暴雨如注，越下越大，激烈的雷声和闪电使得电源早被截断。没有灯，我早早就躺在了床上。而一场有关生命安全的危机却已悄悄向我靠近——就在我熟睡之时，整个校园已被洪水吞没，老师们也早已互相通知，在洪水中转移。但没有谁通知我，我是在睡梦中被淹上床的洪水刺激后才醒来的……

现在，当我记起这个场景，我竟然没有一丝一毫的愤懑和无可奈何。我的确是安静的，因为从一支蜡笔开始，当我再次对戴帽初中的恩恩怨怨进行审视，我就想，或许，人性的自私和对宽容的拒绝，就像农民的安于现状和容易满足一样，其根深蒂固的秉性，由来已久。

我始终弄不明白，一所简单的戴帽初中，老师不上四十人，办公经费也就是学生交来的为数不多的杂费（那时还没实行义务教育），至于权力，更无从谈起。但就是在这样的环境之下，我竟也知道了什么叫尔虞我诈和互相倾轧——我的单纯，我的唯美，在这里被击得粉碎。

最直接的事件是从希望工程款开始的。那天，为了如何确定希望工程款的发放问题，学校召开全体教职工大会研究。我起初并没有发言，因为我相信讨论的结果一定是遵循上级的原则发放给贫困学生。但想不到讨论的结果是，在发放给贫困学生之前，必须保证每个教师子女享有一份（整个学校未婚教师只有三人，其余的都有子女）。我就是这个时候开始发言——当然，我的反对最终犹如一块投入大海中的石子，还没卷起波澜，就已沉入海底。而我也像一只孤独的被遗弃的羊，在落日的余晖里顾影自怜——望着他们拂袖而去的背影，我的自尊受到了前所未有的蔑视和践踏。直到后来，当校长因为希望工程款被处分时，我或多或少才得到一点安慰——我倒不是对校长的落井下石，只是觉得内心的单纯和唯美得到了一定程度的修复和维护。

而X老师和S老师的矛盾，则让我增加了对这所戴帽初中的反感。我甚至有调回那所民办小学的念头——当我在寝室里躺下来，想起的已经是蝇营狗苟一类的词汇——他们矛盾的焦点，竟然是为了争夺校长的位置！我当然无从知道他们争夺的过程和手段，也无意记录这其中的细节。我想我该置身矛盾之外——我开始读一些并不相关的文字，比如卢梭的《忏悔录》，小仲马的《茶花女》，曹雪芹的《红楼梦》，还有许多零碎的报刊杂志——在闷热的午后，或是灰蒙蒙的雨晨，抑或是月光无限凄迷的夜晚，我始终端居在我的寝室——我甚至把门关上，把音量调到最高，反反复复播放着《我的未来不是梦》、《再回首》和郑智化的《星星点灯》——我疯狂而又绝望，那些文字，那些歌声，我分不清是混沌还是清晰，是沉静还是虚妄。我同样不知道这些不相关的细节，是否能让我学会忘却和漠然——一个事实是，一首没有署名的嘲讽两位老师争夺校长位置的打油诗，就在此时出现在办公室的黑板上。而我，作为能写几个字的所谓"文人"，成为被一致怀疑的始作俑者——我无法申辩，也不想申辩。只是当面对着李白的《将进酒》再次躺下来，一滴眼泪，就莫名地染湿了眼角——我被告到了乡政府，分管教育的副乡长找我谈了一个下午。紧接着，一个关于我跟我的女学生谈恋爱的谣言开始出炉，并逐渐沸沸扬扬，直至让我声名狼藉……

我想我是该走了。但我真能离开这所戴帽初中，离开这间栖息了整整四年的寝室么？

调　动

我确实想到了调动。但很快就告诉自己，必须停止这种想法——同事们为着调动四处奔忙的身影和他们让人羡慕的社会背景，让我感到深深的自卑，同时也让我明白，自己想调动的想法，就像无根的漂蓬和断梗，悬浮而且虚幻，没有任何依凭。

X老师的姨爹是教育局长，W老师的妹夫是地税局长，S老师的大哥是某乡的党委书记，R老师的姐夫是教育局秘书……当我终于理清这些关系，也听到他们在跑调动的消息，我就紧紧告诫自己：必须把离开这里的想法深深埋葬。我感到了自己的痴心妄想——我所能联结起来的关系网，除了农民，还是农民。在我的亲戚链条上，根本没有任何一个哪怕是混迹官场的小小公务员。所以我终于又安静地在寝室里躺了下来，尽管我也会木然地望着李白的《将进酒》而茫然无措，但我知道我是安静的——我不得不安静，我一向是个有自知之明的人。

而现在，当我想起我再次躺下去的身影时，或许也曾经有那么一滴泪，流过我无助的荒凉和悲伤——因为此时，我被遗弃的孤独正不断地与日俱增，我基本上断绝了与任何一个教师的交往——在他们的日常生活里，总是没有我的身影。而在他们对我明显或不明显的挖苦里，我知道，作为他们眼中的另类，我已坠入万劫不复的深渊！

我开始不断地听到有关他们调动的消息：X老师准备调教育局，S老师和W老师准备调乡党政办，R老师准备调乡教育辅导站，Y老师则准备调县城的某小学……整个学校是沸腾的，这种沸腾甚至让我开始替这块土地担忧起来——在人们纷纷想要离开的背后，我似乎看到了这块土地跟我相似的某种命运——在被遗弃的瞬间，那一份苍凉，是否在告诉某种不可挽回的不幸？

但我终究没有看到他们离去的背影。只是在那些迅速生长又迅速枯萎的传闻里，等来了Z老师抽调乡党政办的一纸通知。Z老师是兴奋的，更是自豪的。直到现在，我始终记得，当她跟着乡党委书记回到学校检查工作，当她对着每一个教师的工作进行指导性的评价时，我想，她内心的虚荣和快意一定得到极大的满足。而也就在此时我听到了有关她跟乡党委书记的绯闻——在人们似是而非和点到为止的语言和笑容里，我似乎明白了什么，又似乎失落了什么。

现在，我想我该回到那个场景了——直到现在，当我企图为那所戴帽初中写下些许文字时，那个场景，仍会不期然地撞进我的记忆。我曾探寻过这其中的缘由——也许，在我孤独的背影里，那个场景，曾给了我一瞬的自信和安慰。

那是一个午后，乡党委书记、乡长，还有其他的班子成员，都到学校开会，并指名要调我到乡党政办当秘书。会上，乡党委书记还提到了我在市报上发表的那些文章，对我的写作水平作了公开的表扬……我当时因为有事没有在场，但我内心的振奋依然充盈胸间，我似乎看到了希望——面对隐约朦胧的未来，似乎抓到了那么一根引路的稻草。

就在我准备去乡政府报到时，一辆白色桑塔纳的到来，改变了我的另一种航向。我没有想到，县教育局副局长竟然会为了我专程前来学校——在简短的交谈后，我便得到了明确的答复，我现在就跟他一起，到教育局从事文秘工作……我是否意识到，我的已有七年的教书时光，是否将从此终结？而现在，隔着十多年的遥远时空，当那些隐约的时光也将随着我的文字一起尘封时，我突然就想起当年读到的卢梭《忏悔录》开篇的引言，仿佛偈语，一语成谶：

> ……我以同样的坦率道出了善与恶。我既没有隐瞒什么丑行，也没添加什么善举。万一有些什么不经意的添枝加叶，那也只不过是填补记忆欠佳而造成的空缺。我可能会把自以为如此的事当成真事写了，但绝没有把明知假的写成真的。我如实地描绘自己是个什么样的人，是可鄙可恶绝不隐瞒，是善良宽厚高尚也不遮掩：我把我那你所看不到的内心暴露出来了……

黑夜里的稻子

在黑夜里，它们在那里站立，形成一块块厚实的屏障，密不透风。它们是神秘的，我无法看清它们的表情。那些黑夜里的稻子，毛糙和粗砺的身体，在朦胧的月光下呈现或者藏匿。像整齐的士兵，在既定的秩序里等待那些不可知的命运。

而此刻，我分明看见，一把在夜里晃动的弯镰，正往它们的头部或者根部划过去，引领着我完成对一场预谋和杀伐的构想。

那应该是多年前的一个黑夜：那是镰刀与稻子撞击的声音呵——多年后，潘大爷爷老泪纵横，他已经无法描绘出那声音的情态，他说，要是他没有听到那声音，那该多好……他一次次欲言又止，但又一次次忍不住为我们描述那场景——他说，他双手紧紧握住火药枪，静静匍匐在那块岩石背后，四野静寂，夜黑如墨，他看不见任何一点身影，也听不到一点声响，但他还是强迫自己睁着鹰隼般的眼睛和耳朵，努力地想看见一点身影和听到一点响动——他在这块岩石背后匍匐已将近一个月，从这些稻子开始变黄的那天起，就在这里匍匐了下来，就是要发现、阻止并消灭这些身影和响动。他要保住这些稻子，绝对不能让这些稻子在黑夜里进入别人的口袋，他必须保住一家人的口粮，就像保住命根子一样……就在这个时候他听到了声音，那分明是镰刀与稻子撞击的声音呵——潘大爷爷浑浊的泪水终于沿着脸上的沟壑淌了下来，也终于把这个让他一生为之悔恨为之沉重的故事讲述完毕——他终于扣动扳机，朝着镰刀与稻子撞击发出声音的方向射击……

他没有说出最后的结果。每当讲到这里，他就不再说话。他的沉默，总是长长的，在没有任何血色的表情里如河一样流淌。他总是三缄其口——在人们进一步催问故事最终的结果时，他总是摇摇头，然后索性向别处走去……但实际上，人们都知道，当他扣动扳机，终于听到一声惨叫，并清晰地看到一个身影重重地倒在稻子上，当他怀着兴奋与仇恨的心情跃到稻子上并把那具尸体拉出来的时候，他却痛苦地哭了——盗窃他稻子并死在他枪下的，不是别人，而是他唯一的亲兄弟，他的大哥……

他始终弄不明白，大哥为何偏要去偷他的稻子？他为何就听到了镰刀与稻子撞击的声音？他射出的火药和沙子，为何就偏偏打在了大哥的身上？……他始终像被套子套住一样，百思不得其解。我不知道这是否成为纠缠他一生的死结，也不想去探寻他与这个黑夜还有黑夜里的稻子的关系，但却无疑地对他事后的举动获知了他深深的忏悔和自我的救赎。而我也终于知道，我之所以要添上这一笔叙述，绝对不是为了一件故事的完整性，而是从这一笔叙述里，我清晰地窥见了潘大爷爷不能弥补的痛苦，还有那些静立在黑夜里的稻子所不可知的悲剧和罪恶。

就在他含着泪水把大哥埋葬后，大嫂丢下不足三岁的女儿，远嫁他乡。他开始抚养她，直至抚养成人，并在后来倾其所有为她准备了嫁妆……我也是在后来听奶奶她们无意中描述那个场景的，当他终于很风光地为侄女办完婚事，他就来到了大哥的坟上，整整坐了一夜……我已经无从知道潘大爷爷那时的心情，但我一直敢肯定，这件事，毫无疑问成了缠绕他一生的死结，他毫无疑问也一直试图打开但却无法打开——他的痛苦，他的悔恨，他用对于侄女抚养的自我救赎的方式，使他的生命充满了沉重，直至离世。

我想我正是因为这一份沉重提起他的……当我提起他的时候，我还想起了自己，想起了那些岁月。我始终不敢想象，那些黑夜里的稻子，竟然紧紧与生命的存在或者消亡息息相关。生命的厚度，竟然抵不上一株轻微的稻子。

我记录的全是事实。潘大爷爷在黑夜里的匍匐，是在兵荒马乱的年月，而我在黑夜里的匍匐，却是八十年代。我不知道，这一个相同的姿势，为何会这样根深蒂固和一以贯之——我无意抨击什么，事实是，在那些粮食就是命根子的年月，我必须跟父亲一起，手握火药枪，静静匍匐在某块岩石的背后，跟潘大爷爷一样试图看到和听到一切欲对稻子图谋不轨的身影和响动。我是紧张的，就在这些夜里，村里许多人家都传出稻子被盗的消息。村里许多人家，稻田不止一处，而每一家都没有足够的人手可以分配看护每一块稻子，所以被盗窃的事件总是防不胜防。我总是努力地睁着双眼和竖起耳朵，一只田鼠的走动和风的声响，我都尽收耳底，我绝对不能放过任何的响动。我的右手紧紧扣住扳机，不能有任何的麻痹。因为父亲不止一次对我说，这稻子，就是一家人活命的根本，没有它，一家人就无法活下去。所以我在紧紧扣住扳机的时候，内心忍不住就涌起了仇恨——我至今不知道，当时所谓的仇恨对象是谁，而导致我仇恨的原因又是什么？对于稻子的依恋？对于黑夜的恐慌？对于盗贼的愤恨？还是对于生命轻微与低贱的质疑？实际上，当在黑夜里匍匐的那些夜晚，我始终没有发现任何一个欲对我家稻子图谋不轨的人，我扣住的扳机，始终没有最后扳动。在我的内心深处，我既为稻子的没有被盗感到高兴，又为没有显示出我的胆魄和敢于开枪射击盗贼的勇猛而遗憾。这种矛盾的心理，甚至成为我一再想要提起那些夜晚里的稻子的另一种缘由。此刻，我就站在这片稻子之外，中秋的月亮刚刚越过白石崖的上空，万物岑寂，一层如缎的光芒，包裹着这些静立的稻子，宁静并充满了温情。一切的预谋和杀伐，早已销声匿迹，荡然无存。但此刻，当站在这里，当这种矛盾的心理，再次涌现，我忍不住再次想起了那些年月，那些因为黑夜里的稻子而引发的罪恶与悲剧。

我一直不知道顺贵跟他姐夫是如何靠近那块稻田的，也不知道他们在走进那块稻田之前，是否作过侦察。总之，他们没有料到，当他们靠近那块稻田的时候，死亡之神正一步步向他们逼来。就在他们认为绝对安全，心安理得地忙着割取稻穗的时候，一声枪响，穿过墨黑的夜，朝着他们宿命般袭来……我想我一定是痛苦的，正如潘大爷爷不忍讲述的那一幕。许多年来，我总无法面对那个场景——就在白天的时候，我还跟顺贵坐在树林里的岩石上，听他讲他是如何用火药枪的枪管把邻村的长贵揍趴在地，如何将他的脑门砸出血来，又如何朝他开枪但却为没有打着感到遗憾，如何为村里长了威风等等，而我，对他的勇猛和豪气又是怎样的佩服得五体投地……但到了后半夜，我就听到了他父亲慌张地喊我父亲开门的声音，他说，顺贵被打死在了邻村的稻田里……

我已经记不清楚这件事后来是如何处理的。只是清晰地记得，那一年，顺贵十二三岁，他的胸部、手臂和大腿，被火药裹着的石砂射穿，沾满血污。事发之后，公安局派出所四处收缴火药枪，所有村寨的火药枪全被收缴，专门制造火药枪出售的我的堂外公被判刑……而我，也因此告别了那些在黑夜里匍匐的日子，只是不知道，是否还会有人，继续匍匐在黑夜里，继续注视着那些随时有可能遭遇不测的稻子？是否还会有人，继续在黑夜里游荡，继续对那些稻子图谋不轨？

我的记忆应该是断裂的。如同一些忘却的时光一样，那些不能记起的地段，一直让我苦苦搜索而又无果而回……当我终于把那些真实的沉重的故事叙述完毕，我却突然感觉到一种断裂的茫然——在故事无法完整链接的那一端，我的思想，因为叙事的中断而理不清必要的方向！

我的对于黑夜里的稻子的回忆，究竟是要唤起自己对于往事的诅咒，还是对于生命的怀疑与诘问？——映入眼帘的竟是：一派混乱/几件污秽衣裤，几个张口创伤/还有那些血淋淋的毁灭器官……这是波德莱尔的《毁灭》，这罪恶的花朵，此刻，当我想起那些黑夜里的稻子的时候，它们竟然就连同记忆一起出现，仿佛神的口谕，似乎照耀什么。

而我终究是释然的——当我打捞那些断裂的记忆，一个事实让我无比兴奋和激动。当我终于停止在黑夜里匍匐，那些黑夜里的稻子，也就逐渐不再会为那些图谋不轨而担惊受怕。随着物质生活水平的不断提高，一块稻子的存在与否，跟生命的存活或者消亡已无必然的联系。那些悲剧，那些罪恶，早已成为远年的祭奠。那些旧日的时光，早已成为某种悲悼的注脚。

而此刻，多年后，在这宁静并充满了温情的中秋的月光底下，沿着这些稻子毛糙和粗砺的身体，沿着那些焦灼或者安静的、模糊或清晰的纹理，我知道，我该为那些黑夜里的稻子写下一篇祭文，时时擦亮内心坚持的那一缕圣光。就像一种祈祷和悲悯——在神的刻度上，珍惜和守护一份来之不易的美艳的光芒！

失忆的忆

我开始变得恍惚起来。阳光明亮。这种色彩让我想起那些隐没在岁月深处的时刻。我一直有个奇怪的感觉，当我置身阳光底下，就会想起一些久远的时光——模糊、凝滞而又带着几分忧郁的时光。这让我怀疑阳光与时间的联系，在恒长的交错里，是否互为映衬？这还让我怀疑阳光是否就是一种过滤的容器，当一种记忆跌落，便会一点点呈现。但我很快就否定了，事实是，在想起那些时光时，我立即就变得恍惚起来——我究竟想起了什么呢？

记忆——失忆——记忆——失忆……我分明被什么牵扯着。一只蝉，正一点点撕破时间的静谧，嘹亮而且义无反顾——它也是来自亘古吗？这不变的旋律，是否在提醒我们内心的某种固守？

恍惚，猜疑，固守，这些暧昧的词，与她们究竟有什么关系？

她是我奶奶的大姐，我们称她大姨奶奶，今年八十七岁。

她是我奶奶的二姐，我们称她二姨奶奶，今年八十四岁。

她们都还活着。在我的奶奶死去十四年后的今天，她们依然还在活着。她们跟时间抗衡的姿态，让我为过早失去奶奶的遗憾多了一丝安慰。我是兴奋的——我先是扶着她们走过来，接着找来一张矮矮的小板凳，然后撑着她们一寸寸地降下身子，最后跟她们一起坐在秋天的树荫下。空白。时间分明已经断裂——记忆的起点，应该从奶奶开始。而这十四年，或许更多的年月，关于奶奶的记忆，早已消隐——像一些溃烂的照片，在一层暗黄的颜色里逐渐褪色并腐朽。当二姨奶奶转过头来，我仿佛看见了奶奶的脸——陌生，熟悉，那些若隐若现的痕迹。她们相似的容貌，的确让我兴奋无比。

十四年前的深秋，我清晰地记得，在我奶奶的灵柩前，她的两个姐姐，用青色的长袖蒙着双眼不断哭泣。她们是悲伤的，她们说，奶奶是小妹，按理她们应该先她死去——这种颠倒的秩序，让她们感到人事的无常。而更让她们悲伤的是，因为她们没有哥也没有弟，奶奶的死，注定不会有跟她们一样姓氏的侄儿前来祭奠——她们一致认定这是一种凄凉的结局！而多年后，我依然记得一个细节：每年七月半，当奶奶挂上祖宗牌的时候，总忘不了要我添上她父母的名字，她说，他们没有儿子，就只有三个女儿，所以逢年过节，要对他们祭奠，并希望在她死后，我们也能继续在祖宗牌上保留她父母的名字……我们的确做到了这一点，尽管我们知道写在纸上的那些名字，并没有实在的意义，但我们知道，保留那些名字，就守住了来自血脉的温度——这一直是奶奶不能释怀的情结！

我却企图从另一个细节出发，寻找奶奶和她的两个姐姐互相牵挂的故事。奶奶临死时，并没有给我们交待有关家里的任何事，只是郑重地说，二姨奶奶家境贫穷，子女没有出息，一定要把这套自己还来不及穿过的衣服送给她。至于大姨奶奶，你们有时间去看看就行了，她女儿在贵阳，很有钱，不用担心……这让我一直有着别样的感动。其实，在平时，奶奶和她的两个姐姐，很少互相走动，尤其是二姨奶奶，因为她家住在另一个县，距离很远，当我还很小的时候，几乎没有看见过她。只是在奶奶的只言片语里得知她的一些信息，比如长相跟奶奶相似，丈夫很早就因病去世，生了两个儿子和一个女儿，大儿子有疯癫病，二儿子因为憨厚直到四十多岁都讨不到老婆，女儿的丈夫最后也患了疯癫病，等等。尽管是零碎的，但我还是从这里大约知道了二姨奶奶生活的困境——也许，在很少走动的背后，除了距离之外，更有一份来自生活的压力。在生活的重压之下，对亲情的记挂，只能退居其次。

但毫无疑问，她们三姊妹始终一直互相牵挂着。

奶奶还只有四十多岁时，就患了肝硬化腹水。我是在后来听大姨奶奶回忆的那个场景——当她和二姨奶奶相约赶到我家时，奶奶已被人们抬到堂屋里，爷爷和大爷爷他们，正忙着准备后事。而我的大爷爷，甚至酝酿着给爷爷再张罗一门亲事。屋后的一群老鸹在高一声低一声地乱叫，我的父亲坐在奶奶的旁边嚎哭不止。大姨奶奶以为奶奶已经死了，但当她走近奶奶的时候，才发觉奶奶只是处于病危的边缘……她终于暴跳如雷，冲着我爷爷他们命令，必须赶快把奶奶送进医院，否则，要是奶奶死了，就把她煮给他们吃……奶奶一直很庆幸地说，如果不是大姨奶奶的强逼，她早已死去。对于大姨奶奶，她总是很感激，而对于爷爷，她总是满怀怨气地骂他挨千刀和没良心……当我再次想起这些，我的大姨奶奶，早已经不再记得——她患了失忆症，她不再认识我们，她跟我们坐着，不知道我们在说些什么，她的与主题不相关的话，常常让我们忍俊不禁而又失落无比。

她似乎只记得了二姨奶奶——她的在贵阳的女儿说，她连自己的女儿都已认不得，但似乎还记得二姨奶奶。就在昨天，当二姨奶奶赶过来看望死去的大姨公时，她一眼就认出了她。她显然是兴奋的，说了一句让大家都惊奇无比的话：小万明那烂私儿回家和你住没有？小万明是二姨奶奶的二儿子，我的表叔。早在八年前，因为讨不到老婆，不知是谁牵线搭桥，他到了广东一个村子里当倒插门女婿，帮助对方抚养前夫死后留下的两个孩子，去了之后再也没有回来。所以大家都是惊奇的——因为在此之前，她所说的一切，都是一些离题万里的话，比如有时候正在吃饭，她却急忙站起来，说是要上山去掏玉米；有时大家坐在一起闲聊，她却突然说，她要去麻龙宫（她和大姨公年轻时居住的另一个村子），家里还有两个小孩没得饭吃，她要回去给她们煮饭；当问及她是否还认得自己时，回答却是你今年又长高了之类的话；大姨公的灵柩就停放在堂屋里，她竟全然不知，总是说大姨公去玩麻将了等等。我是伤痛的——她对于二姨奶奶瞬间的清醒，充分证实了二姨奶奶已然成为她深刻的记忆。我甚至想，这种记忆，也许正是来源于她对二姨奶奶生活困境的无法忘怀？

二姨奶奶的确是困苦的。直到现在，仍然以一副风烛残年的身躯，自己为自己遮挡风雨。她的两个儿子和一个女儿，对她而言，其实早已是一种虚无的存在——我的患疯癫病的大表叔不可能知道他还有一个老母亲，我的跑到广东上门的二表叔或许已经忘记了他还有一个老母亲，我的因为丈夫也患疯癫病的表姑妈竟然也有整整十多年未能前来看望她一眼（我一直不知道这究竟是为什么）。许多年来，二姨奶奶已经没有感受到他们作为儿女的概念。但二姨奶奶是平静的，她说，她最小的曾孙已经六岁，最大的十二岁。她还说，因为坚持下地赶活，身子骨总算不错。这不，从她家到大姨奶奶家，五十多里的山路，她就拄着拐棍走了过来。也有人劝她不要来了，她说，我的大姨公只能死这一次，作为姊妹，她必须要来看最后一眼。而且，她相信在这里一定会遇到我们，她说，自从奶奶去世之后，她一直记挂着我们……我突然有些哽咽——她竟然一直在牵挂着我们。也许，在奶奶逝去的十四年的时光中，她把对我们的牵挂，作为对奶奶怀念的延续。

我，我的弟弟，还有我的父亲、三叔，都纷纷掏出了钱，送给她。当着大姨奶奶的儿子和孙子的面，我们说，二姨奶奶环境不好，我们表示一点对她老人家的孝敬。至于大姨奶奶，她有钱用的，就不考虑了。而大姨奶奶却似乎就在这个时候清醒过来，看着父亲把那些人民币小心地折叠好揣进二姨奶奶的荷包时，她竟然嘱咐二姨奶奶一定要揣好不能把钱弄丢了……

我似乎明白了什么。也许，在失落的记忆里，有一些记忆，注定无法忘记。正如这只蝉，在一点点撕破时间的静谧，用不变的旋律，不断切进我温暖的内心。

师永涛作品

师永涛，男，1983 年生于陕西秦岭腹地凤县。2006 年毕业于广西师范大学，现暂居西安，业余写作。曾经在秦岭山里当农民的时候，一辈子最大的愿望是进城；后来进城了，又想回山里去种洋芋。但是人生就是这个样子，出来容易，再回去就没有路了。

○ 云下的村庄（系列）

云下的村庄(系列)

粮 食

在我的村庄里,如果你的妹妹已经二十岁了,你还没有为她准备好红嫁妆,那你就不是一个称职的长兄。

你必须挑选几件洗干净的衣服,背上一口袋干粮和一罐罐臊子,搭乘班车,过夫子岭、核桃坝和油房沟,然后在某个矿山,让相识的人给工头说个好话,你再把你买的好烟恭恭敬敬递给人家,你就可以进洞子背矿了。如果你命大,手小,那么两三年下来,你没出矿难,身子没垮,还能够攒万把块钱。这样,你完全可以收拾一下行头,回家给你妹妹置办嫁妆,托人物色好人家,今年摆个三五桌订婚,明年再让两个年轻人熟识一下,明年后半年,挑选个农闲的黄道吉日,放出去口信,到时候远亲近邻过来操办三天,好事情就成了。你也备受乡人尊敬,因为你没有让你的父母操心,而你自己,此时才出落成真正的男人。

还有一条路,就是奔广州、江浙,进城务工。

在我的庄子里,就有这么一家子,父母早逝,六畜尽亡,剩下兄妹俩相依为命。当哥哥的眼看妹妹快成人了,而自己还没置办下像样的嫁妆,心里就害急了。他也上过矿山,但是洞子塌死个人,老板把钱卷上跑了,大半年辛苦也就作废了。渐渐地,他的心里要长出鸟来了。最后,手一拍:"尿,咱下广州务工去。"

对于陕西人来说,离家远行是一次壮举。老辈人说:"少不下川,老不出关。"出了潼关,就是关东六国,那不是秦人的天下,几辈辈人在土地上牵扯惯了,非到没奈何的时候才出门寻饭吃。车过潼关时,当哥哥的特意多看了几眼,当年,秦人就是从这里走出去,取了天下的。

哥哥走了,妹妹就把家里的活儿揽了下来。春耕秋收,夏忙冬不闲。此外,每年夏季还跟人到百十里外的双石铺去摘花椒,秋季里到安河上游的平木摘苹果,赚的小钱就买了针线布料,做布鞋,纳鞋垫。她还在河滩上收拾了半亩荒地,点上苞谷种子。九月是她最忙碌的时候,先要掰河滩的苞谷,砍、捆、堆放、码齐,接下来种篱笆院子里的蒜苗菠菜香菜,还要去自留地割了黄豆用车拉回来晒上几个日头,再用连枷敲打裂开嘴的豆角。九月,是安河的盛水期,那些在秦岭南麓河岔沟壑里的小村庄,丰富,膨胀。

两年后,哥哥从广州回来,没带回一分钱。

哥哥回来了,整天也不说话,饭好了就吃,其余时间就蜷缩在炕上发抖。

没有人知道他遭遇了什么。

在他躺了一年,只剩下自己的影子时,妹妹要出嫁了。

出嫁那天,村子里来了好多人,对于孤苦的人,我的亲戚们总是怀了巨大的人情,尤其是在比较重大的事情面前,他们会觉得对不住那个人情,于是婚礼沸沸扬扬,礼金也没有让那个勤快的女子丢面子。但就在新娘上车过门的时候,麻烦来了。

她的哥哥,那个瘦得只剩影子的男子,抓住妹妹的红嫁衣死死不放。众人好说歹说,威逼利诱都不顶事。最后妹妹只好脱下嫁衣,流了眼泪。

如果我没记错,那是刚收过苞谷的时节。金黄的粮食码在廊院台上,黄澄澄的,那影子般的男人就抱着红嫁衣坐在苞谷上,远远看上去,有一种触目惊心的美。

那个夜晚,那当哥哥的唱了一晚上秦腔,没有人能够听清他在唱什么,他是用哭腔唱的。我的老祖父,叹了一口气:"造孽啊!"那个晚上,老祖父就陪伴着秦腔声抽了一夜的烟锅。

耳朵,耳朵

有一年春天,在一个叫"铜铃沟脑"的地方,青草燃起了白色的火焰,用手摸上去,银子一样的沁凉。银子生了芽,于是,天堂失火了。我和父亲拉着砍伐的木头,从一片漆黑的森林中爬出来时,发现淡青色的秦岭已经变成了白色的帐篷,大片的雪朵从天而降,落在近处的状如蓓蕾,倏的绽放,再重重落入大地深处;远处的雪则轻飏着飞旋成花朵的圆柱体,垂罗曳锦,微风动裾,然后展成长发的样子,于是大地上出现许多交颈站立的天鹅,圆弧的身体自由游弋在天宇下。最后,雪越下越大,游弋的角度无迹可寻,整个天空就只有雪花和红尘接触时轻微颤抖的唇音。

铜铃沟脑在海拔 2156 米的潮起山颈部,巨大的褶皱让那些并排站立的白桦和青冈木呈现出彤色的迷雾。木头在雪地上划出清晰的声音,潮湿的底部残留的黑色树皮和淡黄色汁液涂抹在雪上留下的痕迹,很快被湮没。我和父亲匍匐在雪地里,死命拉着那些沉重的木头,父亲的鼻子喷出许多白雾,让我看不见他的脸。雪落在领子里,钻进皮肤,心窝里就会吱一声响。

在那一刻,我发现我的父亲变成了另外一种动物。他的耳朵跟没长翅膀的鸟一样迅速飞动,我问父亲,没有翅膀鸟怎么飞?父亲说,雪就是它的翅膀。我呆呆地趴在父亲的后面,回过头,银子的碎片,已经填满了巨大的空间。

村庄地理书

我的村庄叫下坝村。和安河流域其他的村庄一样,我的亲人们对下坝这个名字抱以漠然的态度,在他们的观念里,下坝就是四队茂林选矿厂里那栋二层空心砖结构的小楼,以及挂在大门上的村委会牌牌。除了出门时人家问及出处时,他们才回答是下坝的,其余时间,他们对这个出现在官方文件上的名字闭口不提。这个名字远不能符合他们对这片土地的熟悉,甚至不能和与他们朝夕相处的植物生灵相配。

人们埋头劳作,那些阡陌交通、河岔沟壑在他们心里构织出一幅关于生存、繁衍和悲欢的秘密代码,他们牢记并流传这些秘密。这些根植于草根的符号,在他们眼里是有血有肉的,那些写于书本的汉字,对他们的生存并不构成威胁。

沿着安河溯游而上,第一个关于我的村庄的记忆,是一个叫蒋家院的地方。这里住了不过八九户人家,他们所处的乃是村庄最低洼平坦的地方,屋前本来是一片水田,后来由于安河的日渐枯萎,就改了旱地,但人们依然管这片土地叫:大田。蒋家院原来是蒋姓的聚居地,但随着世事沧桑,人丁已不兴旺。只有那木质的旧屋子仍然保持着家族的尊严,漆黑的木门和漆黑的瓦在细雨里闪烁年代的光芒。

蒋家院往上不过一箭之地便是孟家店了,这其间有一道颇难爬的梁,我的家就在梁顶上。孟家店原来叫师家院,是师姓的聚居地,后来传说北宋杨家将里面的焦赞、孟良两位爷在此地歇宿一夜,遂改名叫孟家店。那家车马店的后代也是开车马店的,革命来了之后,镇上的招待所取代了车马店,于是车马店便成了牛圈。大概因为深山老林,不常来显赫人物,人们便在孟家店后面的山上修了一座孟良庙,至于为什么不叫焦赞庙,待考。那山因此叫庙坡。后来,胡宗南的部队溃退汉中时,在山上修建过工事,至今还有人拣到手榴弹的木柄。庙在“文革”中被毁,留碑一块,被一个姓聂的老汉收拾干净摆在园子里,大概记述了蒋、陈、王、师几大家族修庙的事迹。

站在孟家店往上望,路在有白杨的地方拐弯,那就是北湾。北湾上下分别是四队和二队,这两个队是我们村庄人口最多的,大概有四五百人。或许因为离村委会近,这两个队的人比较花哨,为人也精明。我的二姨原来住在北湾拐弯的地方，我上小学的时候，她上了吊，因此我每次路过看到那棵她上吊的柿子树时，心里就不舒服。

过了四队边的村小学，要往上走两三里路才有人家，这就是梅家湾，一队和六队就在这里。我对这里比较陌生，因为这两个队紧挨着镇上，我在心理上一直把他们划做镇上人，因为不了解，所以略过不说。

还有一处特别的地方，叫前梁。从我家后院出发，穿过田地，过了安河，就有一处大山整齐高大地和庙坡对望着，五队就住在山顶上，因为全村庄一抬头就能看见他们的烟筒，所以叫前梁，我的一位漂亮泼辣的妗子就出生在那里。我小时候去前梁摘过嫩苜蓿，后来被羊顶下山沟，就再没去过。这几年，政府实施移民政策，准备把五队从前梁搬下河坝。我前年回家看到有人在当河坝修房子，大概就是为了此事，但那的确不是个好地方，安河稍微一咆哮，五队就会从村庄的地理上消失。

我的村庄有两个选矿厂，一个面粉厂在现在看来只不过是个比较大的磨坊，三个小卖部和一个临时性的建筑队。在我生活过的十九年里，那里来过两次工作队，出过一个博士（英年早逝），还有一个因为盗窃进监狱的囚犯。

其他，就没有什么了。

风把人吹瘦

在离我村庄不远的一个叫庄上的地方，住着我的一个姑婆，她是我祖父那一辈里面家族最小的女子，这个女子整日在家中纳鞋垫，油灯把她的眼睛熏坏了，于是在我小时候到她家里走亲戚的时候，总是看见她泪水涟涟，并不时用衣襟抹掉它们。在她生过三个儿子和一个女儿且还没有等到他们全部成人的时候，她安静地过世了。

当姑婆的男人，我们家族的女婿上门报丧的时候，我的家族很悲伤，几位祖父为他们小妹子的早亡愤怒不已。他们觉得我的姑爷爷亏待了我的姑婆，于是那个文眉文眼的男子在那个清晨的黄土路上徘徊良久之后，木讷地转身离去。从此之后，他再也没有回妻子的娘家，虽然庄上离我们这里也不过五里路。妻兄们的愤怒或许伤害了他，加剧了他内心的愧疚；也或许他本身就非常爱他的妻子，总之，我的姑爷爷终身未续弦。

交情没有了，但人情还在。逢年过节，家族里还是要派小辈到庄上去拜年或走亲戚，按祖父们的说法，你姑婆的坟还在庄上呢。在我还在村庄的时候，我是每年到庄上走亲戚的必派人员，因为我小时候木讷笨拙且身体孱弱，派这样的人出去走一个和家族有隔阂的亲戚，在祖父们的眼里，最合适不过。

我记得最清楚的是每年的大年初二拜年的时候，父母给我把衣服收拾干净，礼当物品装好，祖父把我送到村口，叮嘱我一定要去给姑婆上坟，然后在屁股后面重重一巴掌，走！我就沿着路往庄上走，走到快拐弯的时候，我回头，祖父还在村口望着我。

我的姑爷爷是个十足的窝囊废。按照村庄的传统，男人须是强壮的、有力的，上山能够砍木头，下地能够扶犁唤牛。但我的姑爷爷不行，地里的活儿没有一样在行的，连犁都扶不稳，牛一过，犁沟歪歪斜斜，那是方圆几十里妇女们常说的笑话。所以，我这个没出息的姑爷爷只能放羊，最要命的是，他还喜欢看书，《三国志》、《杨家将》之类的话本，他家里放了几大摞。你说一个庄稼人，地里的活计都拢不扎和（拢不扎和：方言，意为收拾不停当），还有闲心思看书，那一家人一年吃啥？总不能别人吃细面馍馍，自家吃玉米糁糁吧？我的祖父们本来为他们小妹子的死已经伤了心，现在又为他们的外甥们担心。

大年初二的早上，姑爷爷接待完客人后，叮嘱几个孩子守家造饭，然后把一卷《薛刚反唐》往皮袄里一揣，吆上羊就上山了。我每次都不着急回家，跟在他后头就上山了。我爱羊，也爱跟人去放羊。

正月里的秦岭山，干燥寒冷，风一吹，遍地黄尘就飞起来了，在风里，只嚓见黄尘嚓不见人。风一过，山路上灰白坚硬，干干净净。两边的枯草根部是黑色的，稀稀拉拉向远方延展开去。在山沟处，黑色逐渐加深，于是沟就成了一道绒黑的沟，未消退的积雪在沟底特别显眼，白晃晃照人眼睛。我在山路上，总是摘干瘪的酸枣来吃，而姑爷爷除了拣起石头把跑远的羊圈回来外，不发出一点声响，也不和我说话。

到了山上，找一片地势平坦的草坡把羊撒出去，姑爷爷就找个背洼地燃一堆火，然后掏出那卷话本仔细地阅读起来，我则在一边自己玩。通常我只和小羊羔玩，把它们翻过来四蹄朝天，然后看它们死命挣扎半天，出溜一下子从地上挣起来跑出去几米远用异样的眼光和我对视半天，然后又温顺地咩咩叫着靠拢过来，让我抚摸它们厚厚的毛。

在山上，姑爷爷从不和我多说话。有时候，我饿了，他会从怀里掏出两个柿子放在火堆旁边烤热、烤软和，然后掏出一个口袋，里面装的是炒面，我们爷儿俩吃一口柿子就一口炒面。他蓬勃花白的胡子上沾满了炒面，随着嘴一上一下动，风从背洼地钻上来，我们就静静听，那粗糙的声音，让我想起在秋后的高粱地里，村庄里一个疯子经常荒凉又动情地呼喊一个美丽又久远的女子的名字。时常，我们吃着听着，姑爷爷的浊泪就下来了。他站起身来，久久地望着远处的羊群出神，风从山上滚下来，把姑爷爷吹成一棵庄稼，我能够感觉到他在表情模糊地诉说着一个消瘦的思念。山的下面，安河衣带渐宽，在冬季秦岭，在正月，在欲语还休的日子里，姑爷爷就这样真实地站在山梁上，切入风沙叠嶂的秦岭山里。有一次，他指着远处的山冈对我说，那个地方叫上阳坡，我曾经带你姑婆到那个地方，她出门少。

我把姑爷爷的表情告诉给我的母亲听，母亲沉默半晌，说，你姑爷爷心里苦哩。许多年后，我离开村庄到了城市，开始恋爱并学会思念。我时常揣摩姑爷爷的心思。老辈庄稼人的心思很难猜，有时候我会情愿把姑爷爷的那种表情模糊的想念揣摩成爱情的一种，但我不知道他懂不懂爱情，正如我，在远离了村庄之后，也很难理解那些在风中的挥手和流泪的手帕。

少年与山冈

少年在一个春天的清晨迷失在秦岭的深处，那个时候，村庄里正弥漫着烧纸和柏香的味道。村庄里有人走了，他将永远地与这片他曾经生活过的土地在一起。人们从四个方向涌出村庄，把死亡的消息传告到亲戚们那里，让他们来见这个曾经活在世上的人的肉体最后一面，从此以后，关于这个人的一切都是历史，都是记忆。少年就是报丧者中的一员，他要赶在太阳出来之前把这个消息告诉死者在秦岭山中的亲戚们，在太阳出来之前，死者的灵魂还依附在他自己的肉体上。据老年人说，太阳是“太阳之物”，在它的照耀下，灵魂会灰飞烟灭，所以灵魂要在日出前到阴间去，到那个没有阳光的彼岸。

在村庄，死亡是一件苍白的事情。白色的对联，白色的孝褂，白色的幛子，人们在死亡到来的时候惴惴不安，每个人都放下手头的事情，生命的无情在人们心里长出了洁白的獠牙，他们不能安心过活，他们生活的思路被打断了。大家可能没有见过死者的出生，但现在都涌到死者的家中来见证死亡，并帮忙操办丧礼，尽活着的人的人情。在此后相当长的一段时间内，村庄会阴森森的，人们在内心超度那个灵魂，让他安然。当然，也会有相当多的人思考生老病死这些个平时压在心底的命题。

报丧的少年在清晨的山雾中走投无路，他身负的那个死讯像影子一样依附在后背，他走到哪里都感觉到三米之外有人在亦步亦趋。当他在潮起山的阴影里徘徊了近两个小时后，他彻底绝望了。秦岭像一个巨大的坟场，处处有灵魂的标志，但处处不是活人的退路。这个可怜的孩子，他跪在山道上，面朝苍天，大声虚妄地喊叫，空荡荡的回音被秦岭巨大的山体击碎，声音的碎片在空间爆炸，无数声音一齐喊叫，一齐重唱。少年被自己的声音吓破了胆，近处的小悬崖上，有一张青色的面具。

面具，面具，多像一个宿命者失踪的亲戚。

少年夺路而逃，背上像被刀开了一道口子，黑暗的物质喷涌而出，然后，他感觉自己的心被山冈巨大的漩涡吸引，雾中的花朵残忍又美丽，他于是采撷了那株爱慕的花朵。人们在二道湾发现少年的时候，他已经昏迷不醒，他躺在一棵板栗树下面，牙关紧闭，脸色金黄。亲戚们纷纷传说，是秦岭山收取了少年的魂魄。

少年持续发烧，昏迷，说胡话。他的母亲害了急，于是，她决定在一个有月亮的晚上为儿子“喊魂”。传说，当一个人走失了他的灵魂，只要他的亲人持续地叫喊，那个迷失的灵魂听到声音就会重新回到他的躯体。母亲在那个夜晚挑着灯行走在秦岭的山道上呼喊着儿子的名字：儿啊，回来吧！她的声音像一把受伤的刀子，让秦岭山中游荡的灵魂敬畏不已。在村口，母亲被一幕场景震惊。一只白色的乌鸦从村口的老树上迅速滑落，仿佛被黑暗烫伤，它滑落的速度很慢，像是落入一个人的眼睛里。母亲回到了家里，乌鸦下坠的姿势仍然在她的心里呈现和寂逝。

少年在一个早上醒来，阳光大片大片往下落，少年看着阳光，像看着天堂的翅膀。在梦中，他持续地用这双翅膀去找寻自己。现在，从梦中醒来的少年已经成了汉子，他还会无数次走过潮起山巨大的面具，但他不再被体内的黑暗鼓荡，他知道，他的灵魂游荡在秦岭中的时候，他已经看清了那些生生死死，那些花朵，那些头颅和印记。

少年不知道的是，他从高处下落的时候，飞行的姿势仍然伤得母亲很痛。

天下立秋

立秋已经好几天了，天还是不见凉下来。

如果在北方，不是这个样子的。

立秋的那天早晨，你静静站在窗子边上，先是清风微微扶摇起来，吹动，梧桐树的叶子就沙沙抖开来去，我小时候见过人喂蚕，它们就是这个声音。在夏天，梧桐和核桃树是北方最茂盛的两种树木，槐树本来也是，但槐花开过后，它就好像散心了，日日枯萎下去。

那种咀嚼的声音继续蔓延开来，飞起来，打着旋，从房后头，屋檐下，蹿出来，浮尘和散落在地上的麦草斜着飞开来，但只是一下，这股子风就顺着院边向黄土坝子和秦岭梁撞去，忽悠散了神，四分五裂。秦岭山太大了，西伯利亚的风都要绕着它走。

蚕也都渐渐遁入了沉重的睡眠。

然后，世界安静了。太阳照样支使着那张老脸，云端一根光线坠下来，苹果树的叶子后面，挖半夏卖挣学费的孩子的脸被碎银子一下子淹没了。

你失望了，什么都没有改变。

你要抽身离去，但就在那个瞬间，那个前定的念想寻你来了。

有一种气息，一种皮肤上的感觉，浸润着空气，抖乱，扩散，再散，然后加快了速度，一颗水滴落下来。就是这样，全世界忽然都有了这种感觉。你被一种感觉包容着，是那种生生不息的气，你长它也长，你看它也看。骨子里的夏天被抽走了，遍身凉爽。揪一根黄瓜，到河滩的洋芋地里走一回，人的脚步轻飘飘地。秋天来了么，他奶奶的，这就是秋天。

中国的先人就是牛，他们早早就知道了立秋，把这个节气标在历书上，让后人们也和他们一起感受着宇宙洪荒的包容，感受那种慑迫人的大气。就是这么一标，他奶奶的，秋天就这么好看地来了。

这段日子以来，我一直瞎乱翻看原先买的几本旧书。桂林的夏天可真热，我没日没夜扇风扇，暑没降下去，感冒倒吹出来了。

今天早上，我一早起床上洗手间，迎面一阵气息把我包裹起来，我感到脚底有一股气一下子上来了，当时就崩溃了，这狗日的秋天，它竟然寻我来了么？此去秦岭，三千七百里路，它竟然像我忠实的狗一样寻来了么？

一千多年前的一天，辛弃疾走在博山道上，一种叫立秋的蛊惑把他一下子整蒙了，那种感觉，比当年五十骑闯敌营震撼多了，他脱口而出：天凉好个秋！

在那一刻，他和我是一样的。

神汉高庆林

庄稼人高贵的父亲高庆林是个神汉。这个年老懦弱的人，经常躲在墙角的阳光背后，用红红的眼神盯着每一个过路的人。这个家伙老了，离他的神不远了，但他好像不愿意去见他的神，尽管他曾经无数次嚎叫着说那个神正依附在他的灵魂里。

对于这样的一个人，我的乡亲们尽管会用各种奇怪的话去议论他，但隐隐约约还是对他的红眼睛和那两个判断吉凶的八卦卜课敬畏不已。我杀猪的姑爷爷就曾经遭遇过高庆林。

那是二十多年前，我姑爷爷是村庄里唯一的屠夫，他要得一手好刀子，每次必是白刀子进白刀子出，关于这个事情，有个来历。按照村庄人老辈传下来的经验，杀猪是判断来年财运好坏的时机，每年腊月二十三过小年前后，庄户人家必是早晨五点起床打扫院落，然后洗净煮猪食的大锅，烧上干净水，等屠夫来杀掉那只喂了一年的肥猪，准备过年。屠夫刀子捅进去那一刻是最紧张的时候，如果刀子出来还是明晃晃的，没有沾染血气，那血是喷出来的，主人家就长舒一口气，来年逃过了血光之灾，一家人都平安。但如果刀子出来，刀身全是热血，主人家的脸色立马不好看了，保不住在年关多进几回庙，多烧高香，祈求神灵佑护，末了，再求几根庙上的红带子给家里人扎在腰上，避灾。

我的姑爷爷那时还是一条四十出头的好汉，吃得肉，喝得酒，杀猪的手艺是炉火纯青，从没失过手，据说他曾经一人吃完一老碗的肥肉片片。老辈人说，吃得肉，受得苦。杀猪这行当是拿刀子过命的交易，不是好汉，干不了这个行当。

就在二十多年前的那个小年，一夜的白雪把村庄铺得严严实实，我姑爷爷早早赶到北湾，准备给张家了结了这桩子事情。水烧开，帮手的人把猪按到案板上，姑爷爷手都不抖一刀子就进去了，刷地抽出刀子后，接鲜血的人赶忙把盆迎上去。但是，血没有喷出来，猪也没死，还在哼哼，我姑爷爷那时还是一条好汉啊，他壮胆又捅了一刀进去，血还是没有喷出来，猪也没死。姑爷爷这下子头皮发麻了，他还没有遇到过这事情，他再也不敢来第三下了，凡事不过三啊。这时有人说曾经看见神汉高庆林在路边转悠，是不是他搞的鬼。姑爷爷让手下的人稍微候一下，他出去一趟。

姑爷爷在路边寻见神汉高庆林，向他拱了个手，敬了支烟，说是请高先生高抬贵手。神汉高庆林那时候牛啊，眼都不抬说，你现在回去吧。姑爷爷知道事情了了，回去捅下第三刀，白刀子进白刀子出，血哗就喷出来了，大家齐叫声好，主人家长舒一口气。

此后，神汉高庆林成了乡亲们议论的焦点，都说这个人还真有点神道。我姑爷爷终于不敢再干这行当，他被吓破胆了，当不了好汉了。好汉不能泄气，一泄气精气神就没了。他把手艺传给了我父亲，我父亲从此成了好汉。

神汉高庆林其实也是个庄稼人家，但他好那些神道，不好好经管庄稼活儿，所以家道一直不旺。他就靠给四里八方看风水，帮庙里做法事过活。除了他那次“问当”（村庄人的话，意思是把一个人整住了）了我姑爷爷之后，再也不见他显灵过，于是，慢慢地他也成了村庄里被人遗忘的闲人。

我也曾经见过神汉高庆林“发神”。那是我那糊涂的当木匠的祖父，他被白内障糟蹋了眼睛之后，就觉得不顺，于是死活要请高先生来看看不可。神汉高庆林拿了把桃木剑挑着写满咒语的符在屋子里念念有词，然后不停地扔那两个八卦卜课。令我意外的是，他写的咒语书法很好，但字我却不认得。他嘴里嘀咕的东西，和着卜课的声音，有韵律的节奏。最后，老木匠祖父的眼睛是在医院动手术看好的。

神汉高庆林在一个人们忙碌的夏天悄悄死去，那个夜晚，据说河里的青蛙全部跳到了路上，把道路弄得黏稠不堪，更有人说，高先生给自己看了块风水宝地，后人们必然发达。但是据我所知，神汉高庆林死后，他的小儿子麦林到三十岁还娶不上媳妇，而他的大孙子更是发达，在十五六岁的时候成了我们村庄第一个进监牢的盗窃犯。

自此，包括老木匠在内的庄户人，再也不提神汉高庆林的名字，他永远从这个村庄的记事簿上被抹去了。

家　园

游离家园的人在山冈的背部被一个事件击碎，他看见一头顶着两颗枣红色树杈的动物轻巧地跃上三角崖，然后义无反顾地从崖上面坠落，蹄花溅起的微尘，在空气里响亮地扑闪，然后尘埃落定。这头动物跃起时的身姿美妙无比，它的四肢舒展，头努力向后扬，全身绷成下弦月的样子，然后迅速寂逝。游离者的眼眶被引爆，日影飞回的时候，他也迅速坠落，逃离现场。他不知道，在他的身后，家园的底座慢慢下沉，最终万劫不复。

在秦岭巨大的投影里，每一天都有新鲜的事情发生。一株生长了二十或三十年的松树被泥石流拦腰截断，洪流轰响着带走它的尸体。当雨过天晴的时候，一位劳作的农民匆匆走过山冈，但却遗失了自己的方向，他再不能寻向所至，返回自己的家园。蚂蚁们年复一年镂空植物的根部，搭建自己的巨大有序的王国，它们又年复一年抛弃家园，在雪线的黑色底纹波及到王国边境的时候，它们早已经销声匿迹，从历史的页码上消失掉。来年，当土地被晾晒得油厚的时候，它们又从四面八方涌来，建立并颠覆自己的王国，它们奔跑的样子光亮又新鲜。

一个现代人，他一生下来就注定要颠沛流离，城市高举着消费主义的大旗，把四面八方的人号召到一个狭小无比的空间里，为了争得一片瓦一锥地消耗自己、埋没自己。当一个从小在秦岭山冈生长的人来到这样的空间里，他震惊不已，他所一直游离的家园在巨大的轰鸣里被定义为房子或房间，人们在街头干净地拥吻，白桦和黄杨的胸膛，被修理成一个女人狭小的椅子，棉花糖成了云朵唯一的代名词。

家园，至少应该有个园子，有西红柿黄瓜茄子，有猫薷草和喜鹊花白的粪便，有一只猫长着一帘幽梦般的眼睛。至少，除了棉花糖，还应该有羊油般的云。

家园，家园，一个患了怀乡病的乡村主义者苍白可笑的叫喊。1845年，一个叫戴维·梭罗的美国人单身只影，拿了一把斧头，跑到位于康科德省瓦尔登湖边的树林里，他在那里自己修建了一座小木屋，居住并寻找自己的家园，最后在《瓦尔登湖》一书中把自己蛰居的生命舒展开来。今天我们已经难以再见到那些栗色马和斑鸠的寓言，一个叫张中行的老人把自己的书房命名为"都市柴门"，并写了许多的闲言闲语。他的家园干净淡泊，但都市里，又到哪里去找鹿砦上的苍苔？

游离者在一个夜里背靠苍天，身后有一阵大风从秦岭山冈上滚落，家园的底座固若金汤，那些花岗岩青岗岩伸出獠利的牙齿，疯狂噬咬彼此之间的缝隙，在岩石的内部，男人雄壮，女人健美。

我曾经给藏族诗人嘎代才让写过一个评论，在文中，谈及家园时，我说了一句很没意思的话而遭到质疑，我说："这是现代人难以理解的对居住的定义。"嘎代才让在他的诗歌中曾经很深情地描述过自己面对出走面对陌生化的痛感，这种痛感把游离者所遭遇的事件灼伤，只是不同的是，游离者的家园是建立在岩石的底部，而嘎代才让的家园是一片茫茫的草原。

蜂

历史上，我曾经七次，被五种蜂蜇过。

这些蜂分别是：蜜蜂、马蜂、裤裆蜂、木头蜂和麻子蜂。

蜂在我骨头上刺出花纹，我的血液包藏祸心，也有关于死亡和疼痛的恐惧。在一次被马蜂蜇过后，我的小腿瞬间肿得透明巨大，我发现骨头竟然是白色的，那蜂用毒刺在我的骨头上写下咒语，最后留下指头蛋大个疤，一年后结疤，两三年后才脱。我的父亲吐口唾沫在手心，在我腿上胡乱搓了几下，狠狠地说："屁大个事。"

被马蜂蜇是在一次秋游上。那个时候我还是村小学的少先队员，斜挎着黄色书包，偶尔被同学打得鼻青脸肿。那学期，学校新来两个中师毕业的年轻女老师，她们那时也不过十七八，花一样的年龄，也把我们的生活打扮得花一样。城里毕业的女娃娃，自然有许多浪漫，于是在九月，园子里的苹果等待上色的农闲，我们竟然要去游一回。说实话，我那时还没参加过类似的活动，老师显然也不知道怎么游。我们在北湾后面的山上瞎串游了一回，偷了几个苹果，然后稀稀拉拉在沟底找了个泉子，埋锅造饭。

吃的什么我忘记了，大概是蒸米饭，炒洋芋蛋蛋，有没有鸡蛋我不记得，可能我和赵一虎没有找到他家的老母鸡。米是我们老师的，洋芋遍地都是，炒、蒸、煮，还可以切成丝和着面糊糊炸。这不是要做饭嘛，我和我的同学赵一虎就去寻柴火，我本来要钻到一丛马杉木茏茏里去找干柴，这一下子就闯祸了。地窝子里一股乌云呼啦就煮开了，这是一种俗称为“地雷蜂”的马蜂，专门选择在地下造窝，且蜂群大、个子壮、产蛹多，踏上去就炸。赵一虎跑得飞快，两条腿一弹一弹，他后来考上中师的体育专业，改练了体操。我那时是我们班里最小的，一只手提着裤子，一只手还抱着半捆干柴，朝我们老师在的地方就跑去了。

半路上，我就中招了。脚踝不知被谁突然用尖利的指甲掐了一下，整个脊背“刷”一下凉了，骨头窜得老高。后来我检讨自己的错误，认为马蜂攻击我的最大原因是我那天没有穿袜子。我那漂亮的老师和漂亮的女同学们，还在那儿洗洋芋蛋蛋。我不知道你们吃没吃过西北的一种叫搅团的食物，那是用苞谷面或麦面逐渐加在沸水里，从头到尾伴以不停的搅动，等到锅里的食品变凉凝固，加酸菜汤和调料就可以吃了。当时那场面就像是搅团在锅里咕嘟的样子，漂亮的老师和漂亮的同学跑得花容失色，花枝乱颤。半锅米饭算是白造了。

我的村庄坐落在一条叫安的河边，这条河在凤州汇入嘉陵江，然后一路淌下去，穿州过府，最后在重庆融入长江。那时候重庆还不是直辖市，每年开春，许多四川的蜂客涉江而上，赶着采陕南的油菜花，然后在我的家乡休养一两个月。五月一过，翻过秦岭，直奔陕北采槐花蜜和高粱花、荞麦花等，当年的十一月左右，他们又从陕北返回家过年。可是许多拉蜂箱的加长车在秦岭坠谷，这样他们就永远回不了湿润的四川盆地了。

我以为，他们是中国最后的游牧部落。

自从被马蜂蜇了之后，我开始惧怕这些飞翔的颗粒，它们停留在花朵上的姿势，让我很奇怪地联想到一种农作物——黄豆。我说的是那些在九月还没有收割的黄豆，它们张着嘴，身体坚硬，毛发光亮，我远远走过它们，它们在太阳下闪过一丝匕首的光亮，但并不咬人。

那些沿着安河迁徙的蜂客不害怕蜂子。他们把蜂箱沿河堤一溜儿摆开，撑起帐篷，割蜜、收蜂，偶尔也会把一瓶白色的蜂王浆在路边叫卖。我曾经近距离观察过蜂王浆，全是白色的蛹，它们蜷缩在一起，睡眠的姿势很美丽，一个挨一个，不雷同也不紧张。我想起自己白色的骨头，它们就像那瓶子里无数白色的蛹，在肉与肉之间，传渡灵魂，然后慢慢睡眠。

我尝过的蜜里有一种荞麦蜜最令我难忘，有点涩，入嘴也不化，但咽下喉咙，却遍体通亮，仿佛顿悟了。这是一个平头的四川小伙子给我的，他说在陕北，他吃了很多苦。他头很圆，喜欢穿一身枣红色的西装，那年五月，他扛了我祖父的土枪上山打猎,结果被火药把大腿伤了。

他们住的地方,是一个破败的大队仓库,木头蜂每个夏季都要生产出很多锯末。多年后,我从那儿经过,蜂都不见了,仓库房上的瓦断断续续,隐隐约约看见谁家新漆的棺材放在地上。我揪了一根燕麦,狠狠吐口唾沫:“屁大个事!”

干燥的魂灵

我憎恨那些把水不当回事的人,他们让我愤怒,让我浮想翩翩。

在南方不舍昼夜的大江大水面前,我总有一种焦渴的感觉,嘴唇发抖,仿佛瞬间要从人间蒸发。我想起我的先人——那个叫夸父的长腿越野者,他从中国的内地出发,跨越了整个西部大陆,最后死在途中。《山海经·海外北经》和《大荒北经》记载,夸父是逐日被渴死在禺谷的沟口,他差点就逮到那个发光的火球。我因此而憎恨夸父,因为他在逐日的途中喝干了黄河和渭河的水,一点儿不为他的后人着想,他不知道自己饮干了西北高原的精魂:千万年后,高原板结为黄土崖,子孙们全成了靠天养活的生灵。

夸父倒在太阳落山的地方,于是他的后人就被天惩罚,活在饥渴中。

我并非在编造一个宿命论的神话而忘记了生态学意义上的水土流失对那片黄土高原施加的作用力,我只是经常听西北人说“皇天后土”,而夸父,正是“后土”的孙子。

1997年前后,是我人生经历中最干渴的一段时期,那两年,天不落雨,春风、谷雨全消失了,日复一日蒸腾,日复一日消失,南坡的松树,那苍翠的精魂都萎了枝叶,把针的锋芒掩藏起来,日日支使着老脸。土地开始龟裂,那粗糙的皮肤,纵然是用最柔嫩的女人的手去抚摩,都能激起肉体深处神经最噬心的痛楚。老祖父抛弃了铧犁,把牛扔到山上,让它自生自灭,人都快熬干了,牲畜更没法活了,不几日,那雄伟的身躯就颓圮下去,老泪掉在地上,只溅起一缕浊尘,就烟消云散了。那些时日,被太阳折磨得没奈何的西京城里的人们,铁绿着眼睛,撬开南门那口封闭多年的古井找水源,城市的自来水系统瘫痪起来,不比纽约股市狂跌的红线让投资人崩溃差多少。

在我的故乡,我的沿着安河迁徙的亲人们遭罪了。地下水源不见了,井干了,有人疯狂挖到二十来米,抓起来,还是一把沙土。人们骚动了,村庄翻腾了,他们担桶拿盆,拖儿带女,踉踉跄跄奔到南坡下的沟里找水源。那是他们的福地,几百年来,有了祸事、匪事,他们总是依靠秦岭山化险为夷,那道大梁不但是中国的龙骨,也是他们的主心骨。那被干旱吓怕了的西北人,那些在土里刨钱的人们，现在把手又伸向土地的表层，进行一种近似仪式的祈求，这次，是为了救命。大山终于没有遗弃她的子民。在历史上，中国人每一次走不下去的时候，只要靠近土地，他们的心灵就是饱满的，他们就不管多难都还总能走下去。亲人们在南坡下的羊山古河道下挖出了一汪黄水汤。

每天打水是这样开始的。清晨五点来钟，村庄第一盏灯亮了，第一户人家担上桶出发了，那时天还麻麻亮，天空辽远，星辰永远静止又永远向前，那人响亮的咳嗽，脚下的黄尘吧嗒吧嗒空响。在他挑出第一担水的时候，另一户人家开始动身，如此重复，于是有的人家到了十点钟了，才挑来了水，烟囱开始冒烟。就那么一汪水，同时打的人多了，水源就消退了，半天上不来，人们自然遵守着规则，保证家家都有水。我的村庄立在两山间的河流冲刷形成的平地里，往往人转过了山脚，声音还扔在很远的背后。有时候，回来的人和去的人在山脚遇见了，都立下歇气，他们的秦腔口音拖着厚厚的喉音，绕过花椒树和宽大的梧桐叶，落到人家的院墙上，让听见的人感到自己体内那一口气也是如此厚实。

后来我上大学了，口袋里有了可以自己操纵的零花钱，我就对那些五颜六色包装里的叫“饮料”的水产生了兴趣，我永远不知道，为什么一杯饮料要一元，而一大桶纯净水却只要三元。我喝了所有我能够找到的饮料，对那些加在水里的各种古怪的物质着迷不已，它们刺激着我的味蕾，让我品尝了水的各种味道。但那一年，我并不快乐。我有一位同学来自甘肃，他和我是半个老乡，陕甘自古不分家。这位从中师考进大学的陇南小伙子告诉我，今年他们那里又是干旱，他的父亲种下了一百多斤种子，收了一百多斤瘪麦子。他还说，麦子还没有熟，就全掉在地里了，有人嫌割麦浪费劳动力，把地里的麦子全都点燃了。那天我很郁闷，抽了一支烟。

我大学时代的宿舍里有我的一位老乡，每次他刷牙的时候我都愤怒不已，他尽情开着水龙头，不让它有片刻停止，直到他完成那道工序。我南方的同学们，尽管他们拥有那么多高山大川，也同我一样愤怒不已。他们懂得珍惜。

事后，我想，我的老乡，他可能是被干旱吓怕了，害怕失去水源。

古希腊有一位哲学家叫赫拉克利特，他称灵魂是干燥的，“干燥的灵魂是最智慧最优秀的。”我对此嗤之以鼻，这位苦行主义者，肯定没有见过干旱。但我接着看，他又说：“对于灵魂来说，变湿乃是快乐。”我兴奋起来，觉得这位哲人真是伟大，而我，在南方的湿润里，起了回家的念想，想回去看看那些“干燥的灵魂”。

就在那个夜晚，我的亲人们挑着灯走过秦岭的山道，他们脚步坚实，远处漫游的火光，正记录着灵魂的地址。

青春的马背

根据一个没有边际的传说，我的家族曾经在雁门关外广大空阔的大地上游牧，现在，他们都是优秀的农民。每次，当他们游走在秦岭的山道上，布鞋吸起轻扬的灰尘，又重重落下，踢踢踏踏的声音，像他们祖先的马蹄。关于这个传说，没有一点证据可考，我们的家谱在迁徙中遗失在大地的深处，丢失了血缘的亲人们，口口相传自己是那个曾经在中国的大地上骁勇征战了上千年的部落后人。他们唯一奇怪的禁忌，就是不食马肉。

我的老祖父告诉我，马把我们的祖先从草原驮到了高山，它们的身体里有一根龙骨，人驾驭不了龙，它会在某个晴朗的夜晚鼓荡不已，然后飞升。但我的屠夫父亲告诉我，马血太燥，马肉太粗，不好吃，吃了的人的血液会燃烧。

我的村庄里已经没有马好多年了，它们的速度在秦岭巨大的山体中施展不来，但它们确乎不是寻常的生灵，在跋山涉水之后，它们的骨头被埋在秦岭的泥土中，扬花抽穗，最后长成锋利的麦芒，在阳光中闪着"径路"刀子般的光芒。我第一次看见马，是在小学二年级，那个冬天的清晨山雾很大，我的伙伴们在雾气中忽隐忽现，然后我就听见一阵清脆的响声，一匹优雅的牲畜拉着一辆车踢踏而过，有人高声尖叫，是马。我们蜂拥而上，跟在那匹牲口的后面死命奔跑，它的头不停上扬，背上的鬃毛顺溜整齐，鼻子不停地响。但不久我们就放弃奔跑了，因为那牲口的气味太难闻。

我的老祖父对我的兴奋嗤之以鼻，因为在他还不是木匠的时候，他是一名优秀的前驮手。当年，当他还是一个毛头小伙子的时候，他曾经赶着马队穿越安河周围的山道到凤州去讨生活。那个时候他把马队赶到一个叫"老厂"的煤矿，装上煤，然后赶到一百里之外的凤州，换盐、清油和煤油。中途，他会经过我们村庄，顺便驮上亲戚们的粮食去换。马队穿镇过村，祖父跟在马的后面，一直走到凤州，那些葵花飞旋的村庄让马兴奋不已，它们的鼻孔张得巨大，步子抖擞。数年后，老祖父改行当了木匠，每次他离家出走做活儿的时候，我抹着鼻涕站在路口送他，都看见他的步子踢踏，慢慢在灰尘中变成一匹走马的样子。后来，我继承了他的风格，走路的时候脚跟几乎不沾地，我的外公，那个打过朝鲜战争的步兵排长，用他长长的旱烟杆儿敲我，说我像一匹没有骟过的儿马。

祖父虽然是驮手，但他也是上过马背的人。每次，他都把马牵到家门口的台阶上，站在上面，嗖一下蹿上马背，在村子里踢踢踏踏跑上一回。骑手总是对速度有出奇的向往。马队从村庄的历史上消失之后，祖父买了村子里第一辆自行车，这个毛小伙子总是把那个两个轮子的家伙在山路上骑得摇摇欲坠。后来，在五十岁的时候，老祖父竟然还买过一辆山地摩托车在通往凤州的大道上撒野，那个时候，外公已经去世，不然他肯定会骂祖父是老骚情。

我在2002年的时候，远走广西，我不知道自己为什么要走这么远，从西北的秦岭走到南方疆域的十万大山中。我血气方刚，走到了我的祖先没有到过的地方。广西是大地的生殖器，在这片土地上，植物像发疯一样的生长，在这里我见到了从没有见过的巨大叶子，也看见了从没有见过的南方矮种马，那马小得可怜，我想，如果有人骑上去，肯定会压断它的龙骨。

在广西，我的文学兄弟，未名诗人费城告诉我，他曾经喝过生马血，那种味道很甜，像山泉一样的甜。他曾经在大地上漂移很久，还曾经在北京的一座桥上迷路。2005年，在百色，我同学的姐姐出嫁，我们一行人坐着颠簸得厉害的卡车去赶酒席，当卡车穿过一片河流的时候，我看见在茂密的甘蔗林中，有一匹斑白的马若隐若现，同学说，那是他们家的马。那匹马，没有戴马具，它在甘蔗林中迅速奔跑，每一次跃起，都如同一块团起的肌肉。在那一刻，我想起很远很远的地方，有一匹青春的马，它在寻找它的骑手。我泪流满面。

瓦房子

有一年，在离安河半里远的一个叫瓦房子的地方，我被一种叫“马杉木豆豆”的植物蛊惑了。有人给我一把果子，紫红的外壳包裹着鲜艳无比的果肉，透过果肉，可以看见黑色的籽密密麻麻挤在一起，蚂蚁般露出细小的触角。有人在旁边喊，吃下它，吃下它。

结果，我中毒了。我的舌头乌黑光亮，忽然胀大，味蕾从舌苔上长出来，小钩子一样微微颤抖。母亲发现我的时候，我已经被寒冷侵袭，浑身的骨骼不停发出断裂般的崩塌声。我在昏迷前听到的最后一丝声响，是母亲断弦般的尖叫。这个被恐惧湮没的女人疯了一般抱着他的儿子奔跑，她没有去六里外的乡村医院，而是给我灌下了一种叫“浆水”的腌制发酵过的汤水。这种散发着叶子腐烂气息的汤水，把我救了回来。后来，我听人家说“马杉木豆豆”食用的方法，是用嘴榨取它的汁液，而不能咬破它的籽。

在瓦房子，长满了类似“马杉木豆豆”这样剧毒无比的植物，这些稀奇古怪的植物，有着鲜艳的果子，可以让人在食用后产生各种意想不到的生理反应。比如一种叫“瓢”的类似草莓的果子，一颗颗鲜血一样地长在地表，吃过的人会流鼻血不止；还有一种叫“八月挂”的植物，黄澄澄的，吃过的人会产生严重便秘的感觉，并被塞住肠子而死。最奇怪的是一种叫“白晚”的叶子，如果误把它放入嘴中咀嚼，会产生幻觉，浑身轻飘飘的，仿佛有一个自己要从身体里飘走一样。于是，吃过这种叶子的人，往往坐在自家门口傻笑不已，老人们说，只有那样子和自己聊天，才不会出走。

那一年在瓦房子，我吃下剧毒果子的时候，我的族叔从地里挖出一枚只剩半边的玛瑙指环，这枚古老的殉葬物，颜色发暗。村庄里经常有人挖出骨头或铜钱。当初戴着这指环的手指已经腐烂、风化，现在，我的族叔把它戴在自己的手指上，他用瓦房子的植物汁液把玛瑙擦得干干净净，那些遗弃在地上的剧毒植物种子被风吹得无影无踪，有一天，它们会落地生根。我从昏迷中醒来的时候，在窗子里看见天，天很蓝，很纯粹，那些剧毒无比的植物在阳光下虚弱地移动着，在我耳根发出巨大的声响。

乞爱者

艺人贵霜坐在河滩上，他的胡茬在太阳光下闪闪发光。阳光落到他的背上，落到他的瓜皮帽子上，他都浑然不觉。

艺人贵霜睡着了。

那是暮春的早晨，青桩从河岔口飞起来，平缓地在空中划出一道弧线，你想辨认，飞翔的角度却已经无迹可寻。土地不再干旱，山冈上绿油油的是冬小麦，颜色再翠一点的是油菜。个子不高的红柳在河滩上郁郁葱葱，叫人忘记了去年还是个旱年。

艺人贵霜睡着了。他麻烦了，他的牛钻到人家的麦地里去了。

安河一直在远处闪着光，干净的沙子也闪着光，石头在河底奔跑，以河流的速度。

艺人贵霜在那一刻睁开眼睛，他提了提嗓子，喊出了一声秦腔，这一声把天地都喊得苍凉，他唱的是《斩单童》：“呼喊一声绑帐外，不由得豪杰笑开怀，某单人……”声音戛然而止。他的牛闯祸了。

和放羊人宋老二不同，艺人贵霜是条老光棍，他同时也是我们村庄唯一会唱正宗“西府秦腔”的人，那的确是了不得。会唱秦腔的人在乡亲眼里，和教书先生差不多，尽管戏子不是个怎么好的职业。他们就爱好这个，这是一个念想。

现在我来和你说说西府秦腔。秦岭山从甘肃起来之后，到了秦川平原就呈阶梯状下降，于是渭河流域出现了一片富饶的土地，这就是西府宝鸡。秦人是中国最固执的人群，他们祖祖辈辈都在函谷关、潼关之内转圈圈，就连对祖先的声音都迷恋不已，于是贾平凹在他的《秦腔》一文中得意洋洋地说："历史最悠久者，文武最正经者，是非最汹汹者？曰：秦腔也。"西府秦腔就是秦腔的一种，除却宽音大嗓，直起直落外，我个人觉得西府秦腔还有个特点就是悲亢，那种类似哭腔的唱法，让人悲由心生，比如艺人贵霜喜欢唱的二花脸。

贵霜老汉曾经当过戏子，后来不当了。

我无法说清楚他的经历。我的乡亲们都约定俗成地奉行一个原则，即不管一个人的前世，只看他的今生。

于是我的记忆里关于艺人贵霜的是这么一个印象。

大年三十的傍晚，艺人贵霜的头发被风抓乱，村庄里鞭炮的声音被捂在厚厚的雪下面，贵霜的秦腔就在这一刻响了起来，他总喜欢唱《斩单童》中的那段"呼喊一声绑帐外"。在我的理解中，《斩单童》当推秦腔第一折子戏，其内容表现的是人生第一悲壮之境——法场受祭。秦腔慷慨悲壮之风，尽显于此剧。艺人贵霜的声音像一把梳子，慢慢梳理这个村庄的心情。再后来老脸上就有了浊泪。许多年后，我再听此曲，仍然感到逝者如斯，人生可悯。

我逐渐长大之后才明白艺人贵霜其实只是个会唱戏的农民。

但他却是我人生中第一个艺术家。

我穷尽我的词，也不能表达听觉对细微的体察。声音这个东西，只能模仿，永远不能再现。我在声音里，逐渐构筑起我内心的帝国，并在每一个深夜里，体察那些细胞扩散般的细节。

我后来非常迷恋《斩单童》，从张健民、白江波以及当红的张小亮，我一遍遍听了过来，后来听到甘肃的张兰秦的唱腔，他唱得真好，唱出了气。

《斩单童》这出戏，只有秦腔这样叫，京剧称《锁五龙》，也叫《马踏五营》。

血缘的秘密

在自然界里没有纯种的存在。为了适应环境和竞争，每一个生命都需要不断地进行自我改写，同类生命体之间通过血缘的流通而使得种群保持更旺盛的生命力。

我的村庄曾经一度为了适应市场、谋求更多的财富，砍掉了所有老化的杂牌苹果，比如"红五星"、"国光"、"黄元帅"、"新红星"或"秦冠"，而集体改种一种日本苹果的优良变种："富士"。每个春天，当那些处于生殖期的花粉被北风吹落，彼此四处游荡的时候，空气中会充满刺激的情欲的颗粒，浓烈而妖异。忽然有一年，那些"富士"苹果在十月份成熟的时候突变为另外一个品种。果皮丑陋没有光泽，原先清脆的果肉变得绵软。于是那一年村庄的苹果全部腐烂在地。这就是近亲繁育的结果。

改良的方法是在上风口种植一些野苹果，这些野种的花粉落到"富士"苹果的花朵上，交媾、脱落然后结果。"富士"苹果并没有因此而变种，反而因为注入了新鲜的血液而变得更加鲜艳和旺盛。这就是血缘的秘密。

关于遗忘的备注

羊角河是一面雄性的镜子。

挖沙的汉子光了脊背，涉过河水，取回沙子，盖房子，娶媳妇。娶了媳妇，生下的娃就叫羊羔。在我的祖父，一个村庄木匠眼里，羊角河有巨大的漩涡，每个有月亮的夜晚，那些水鬼和青蛙会在光亮的地方裸奔舞蹈，然后齐声歌唱。歌声湿润了金黄的房子，金黄，金黄，像一个狂妄症患者软弱的汁液。

老木匠显然老了，他的白内障在眼睛里层层做茧。

羊角河是安河的一段水域，在梅家湾前面分岔，像羊的犄角。羊角河并没有大漩涡，它的河滩平坦，村庄里的男子娶妻盖新房的时候，必要去那里取了沙子回去。羊角河的沙子细腻柔软，在那些男子结婚前，他们先要学习如何面对温柔，并用他们粗糙的手把温柔砌成一座金屋子，供养他们的女人。

我在别处曾经见过那种丧心病狂的挖沙者，他们驾了 12 米到 15 米长的挖沙船，是那种装有两个 15 马力的船，只用了半个小时，就在河滩堆起一座小山。他们像疯狂的蚂蚁，日夜不歇，挖塌了河堤，挖断了路基，临河大桥的桥墩裸露在满目疮痍的河道里，远远望去，有一种积木般的摇摇欲坠感。

但在我的村庄，在羊角河取沙的汉子，更像在进行古老行当的苦力。

取沙子最好的时日是在夏季里，那个时候，太阳光亮，沙子很容易被晒成金黄的粉末，这些金黄的粉末被晾在村庄的高处，你忍不住要抓了一把来把玩，你的手攥得越紧，那些沙子流淌得越快，就像时间。汉子们要用了背篼，把干净的沙子背到河岸，再装车运回去。背篼是用竹篾子编成的，有许多细小的缝隙，于是要在里面垫了牛皮纸或蛇皮口袋。

这是一项反复、枯燥的工作，就像我们在阅读那些强行驱动的文字一样。汉子的背被晒成太阳的颜色。在远处闪光的是白色的石头，它们躲藏在绿色植物背后，这些石头的表面，干净新鲜，泥土在它们脚下诞生死亡，生命以静止的永恒在石头体内生长，千万年过后，它们被风化粉碎，就变成了金黄的沙子，变成了汉子的新房。那些闪耀的房子，是石头。汉子终于在日头落下禺谷时，攒够了他生活的材料，他在羊角河里濯洗自己的双手和脚，把剩余的沙子又还给羊角河。汉子于是也干净又新鲜。拉了车子回去，村庄的炊烟开始散布，在烟和光的幻觉里，村庄金黄。

房子在十月砌成。我的当木匠的祖父，在大梁上挂上红，他是赤脚爬上房梁的，他在上面膜拜祈祷，把祝福封在古老的钱币里，然后一一嵌入木头的肌肤。从那一天起，幸福开始了。

汉子讨了老婆，在金黄的屋子里，一起倾听月光下青蛙和水鬼的歌唱。那是一个如水的夜晚，老祖父喝多了酒，在羊角河舞蹈乱窜，他一个夜晚也没有找到回家的路。从那天开始，他衰老了，眼睛里看到的东西被白内障封闭在记忆里，他日日地抽烟咳嗽，并念叨一个金黄的故事。而我，在河流欲语还休的日子里，即将要成为一个汉子，去涉河取沙，盖新房，娶媳妇，生一个叫羊羔的孩子。没有了老祖父为我祝福，我不知道，该到哪里去领取那份属于我自己的歌唱。

一个人的衰亡史

现在，我们回头想想一个人的一生。在村庄里，每一天的生活都平淡无奇，甚至，在我的记忆里，这么多年来，好像只过了一年一样。春耕秋收，夏忙冬不闲，婚丧嫁娶，生子育女，刮风下雨，冰雹干旱，在重复的劳碌里，一个人慢慢变老，并最终入土为安。

纵然是简单的生活，也还是有诸般的愁苦。比如孩子日渐成人却还需要更多时间才能够学会做一个庄稼人，比如进城时的茫然无助和回来之后一段时间内的黯然心伤，比如计划外的应酬超过了一年中的预算，以及最让人担心的害病。有时候，在傍晚，我拉着架子车，嘴里噙着一根马莲从河滩回家的时候，总是被落日填满内心的忧伤，因为，又一个明天正在路上越走越近。

在我出外读书的很长时间里，我几乎忘记了一个庄稼人最基本的常识，关于播种收割的节气，但是，没有人关注到这一点，按照亲戚们的想法，我将来会在城里生活，我不会在行走在山路上时，就起了寻无常的念想。我不接受这样的事实。和村庄里出去的大多数年轻人一样，我在城市中时常遭遇庄稼人的尴尬，那一脸的村相逼得我走投无路，我这样远离了土地的人，最终和自己的血缘有了距离。

村庄里大多数人家是这样的。除了少数土地在较为平坦的地方外，他们尚经营着河滩地和山地，这些为数不少的土地，零星散落在村庄的各个角落。不读书的年轻后生，在十七岁后，就要考虑如何管理这些土地，他必须学会庄户人家必备的经济预算和风险预算能力，在这之后的几十年间，他的皮肤将沾染上永远也拍不干净的黄土，他的衣角会从崭新变成灰白，最终破损，他的农具会从尖利变得圆滑。他得受着这些。

平地一般用来种粮食和经济作物，比如小麦、油菜、苹果、玉米、黄豆；河滩地用来种菜、药材、洋芋、红薯；山地则只有种花椒了。要根据年景和农贸市场这几年的时价决定今年种什么，地不能闲着，地也没有闲的时候。当一个人学会自己做决定的时候，他已经二十出头了，他遭遇过丰收，也遭遇过颗粒无收，现在，他已经学会平淡地接受这些结果，他可以结婚娶媳妇了。

庄稼人很少有恋爱，能出力气下苦的后生方圆内的人看在眼里，哪一家有勤快俊俏的好姑娘，那就是老天爷“使下”（意为天生的，命定的）的，他们最终会结合并生养，这是命也是天理。如果命运没有波折，结婚是一个庄户人家一生最辉煌的时刻，他的生命里因为有另一个人来填充而变得不一样。不管年馑还是遭罪，这个人都是他的人。

孩子出生后，事情逐渐多了，要考虑孩子的教养问题，这段漫长的时间几乎要持续三十年之久。媳妇或许心里会产生这样那样的想法，操心的大多数开始转移到孩子身上，和老辈人的心理距离渐渐拉大。对夫妻来说，这段时间是磨合、熟悉和接受的过程，老人则慢慢学会平淡、寂寞。一个庄稼人一辈子遇见的事情就在这三十年里了，夫妻吵架、邻里矛盾、分家分产。这三十年的时间不能够用文字表达，一个庄户人在这三十年中几乎度过了一生，他或许会抽烟、酗酒、赌博、唱戏、哭泣、生病、得意、进城、打架、看电视、喝水、走路、下地、放羊、过年。

孩子成人了，剩下的事情就简单了：死亡。庄稼人后三十年时间面对的哲学命题就是这个，或许，我用一本书才能够探讨这个话题。从恐惧、抗争到接受，如果说“三十年河东，三十年河西”，那这三十年完全是一个心理过程，在这三十年里，一个庄户人要做的除了劳动和回忆，还要把一些事情口口相传下去。在思考哲学时，我荒谬地认为，一个庄稼人后三十年其实在内心培养一种宗教情怀，这种情怀更多来源于对自然和人生的体悟，是经验的结果，或许其间有忏悔、救赎，但更多是一种渴望天人合一的生命延续过程。

我时常想，一个人的内心藏着多少黑暗的物质，让他可以把这么多的事情和痕迹掩埋。我在村庄里游走的时候，喜欢把盐、心事和高粱放在高处晾晒，然后很虚假地挥手。现在，雨中的鸟瘦若黄尘，时间不停冲刷一个人似梦非梦的感觉，爱尔兰诗人叶芝说：“当我老了……”这句话很陌生也很亲切。

近处的忧伤

一个人独处，总是会无缘无故陷入一种莫名的忧伤。这种忧伤淡淡地笼罩着你，而你被时间胁迫，静静流淌，又突然被自己惊醒，做了个梦似的。但是，有如此真实的梦吗？明明刚才你还在的。

有时候，我把羊赶到河滩上游很远的地方，远离那些和我一起放羊的人，找一块草滩躺下来，啥也不想。一个人要是想点心事，时间会过得很快，但要什么都不想，时间也停滞了。比如被我压伤的这片草，它们伏在地上，因为被太重的力压迫，颜色已经没有生命力，原本柔滑完美的叶身支离破碎并渗透出茸茸的汁液。它们再站起来需要很长一段时间，而那时我早已失去耐心，随羊群走远了。但当我下一次再经过这片草滩时，它们又完好如初，就如同没有经历过灾难一样。一个人的内心，就没有这么迅速的止疼功能。

说是不想，其实心里也还装着事情。走出秦岭大山的日子遥遥无期。在电视上看到的山外人的生活到底是什么样子的，如果一个地方没有山，全部是路，那一个人该能够看得多远啊。但是秦岭巨大的阴影告诉我，出走并没有那么容易。比如我，二十多年后才明白，自己的血液离那座山有多么亲近。

我还是得老老实实放我的羊。从事农业劳动其实是一件很无聊的事情，你不需要有任何创造力，你所做的只有一个字：等。等羊长大了卖掉，等种在地里的麦子扬花抽穗收割，等一个孩子一年一年从一级又一级的学堂里熬出来。没办法么，你就是个靠天吃饭的农民，你不等老天给你指使个好年景，你还能干些啥事情。

所以，我和村庄里的孩子一样，从小学会的一件事情就是忧愁。你必须忧愁，忧愁了才会对家里的事情上心，父母为了一些不必要的事情伤心的时候，你才会长眼色把猪喂了，把院子里晾晒的玉米收进口袋里码好。

放羊的人所做的事情就是让那些吃饱的羊安安全全回到家中。你是一个人，你站在那里，别人就不敢来偷你的羊，野物就不敢来驱散它们，你的羊看着你心里才安稳，才敢放心地吃草。不要小看了一个人，他立在天地间，就是万物之灵。

我通常躺在草滩上看天空。所有单调而宏大的事物都具有非常的魅力，比如天空、沙漠和大海，在那些纯粹的东西后面其实是包容。一个可以包容下世界的物体，在那里面，你连你自己都看得见。湛蓝，看不透的湛蓝，看不到边边的湛蓝，一种很硬朗的蓝。所有图片和影像都再现不了天空，因为阳光是活的，天空的蓝也是一种活泛泛的蓝，仿佛有无数的生命在里面朝生暮死。有时候会有一些石灰色的云团，都有闪亮的白边，它们会突然迷失了自己一样停在半空，又过了好半会儿才飘到天边。

天空是看不厌、看不烦也看不够的。一个人若是长时间不动声色地看天空，会把世界都遗忘，什么荣华富贵、困苦艰难都小得和蚂蚁一样，从草滩上站起来，像被重新生了一回一样，浑身上下有一种练就内功的感觉，有一股子气在循环流动不止。

但这种感觉却不会长久。当黄昏逐渐来临的时候，炊烟从路上蔓延到河滩，吆上羊，把手里的石头扔到河里，打出一连串的水漂。要回家吃饭了。从河滩出来一上路，远远就看见自家的房顶，那条小路怎么拐也拐不出自家的门。老祖父倚在房檐下，沉默地拧着手里的玉米棒子，炕眼里的火苗跳跃几下又归于平静。黄昏来了，夜晚也要来了，明天和今天之间，不过隔了一场死死的睡眠。

鹿母寺

有一年，在透马驹峰，在秦岭春天的花朵丛中，我的母亲发现了一头灵兽，优雅地伸着头摘吃花草。它的眼神明亮而忧郁，身上长满了腊梅花。我的母亲那时候还是一个小女孩，她穿着半截布鞋，提着一筐子沉重的野菜，她和它就那样子对视了几分钟。然后，那个灵兽扭过头，以风的速度从透马驹峰上跳了下去。

当然，它并没有坠崖——而是跳到了另一端的潮起山，它在空中，把身子扭成圆环的样子，母亲说。

后来，母亲知道了，这只头顶长着两棵树的灵兽，叫梅花鹿。

在我的老家，有一座寺庙，叫鹿母寺。

传说，一头梅花鹿用自己的奶水养活了一个被阴谋抛弃的王子，后来，不知就里的王子在狩猎的时候，射杀了那头给予他奶水的母鹿。知道真相的王子后悔不已，建了一座鹿母寺，纪念自己母亲一样的母鹿。

我丝毫不怀疑这个故事的真实性。现在，鹿母寺在的那条沟，叫做鹿母寺沟，我一个六十岁的姑姑就住在那条沟。在古代，我家乡是古羌人聚居的地方，或许，那个王子就是古羌人的王子。

那一年，我的母亲遇见那头灵兽的时候，她才七岁。在此之前，她已经被过继给两个人，这个苦命的小女孩，在那一年被一头灵兽照耀，此后，在第三个收养者家中，她落地生根。

现在，我回首西望秦岭，仍然能够看到它宽厚的掌纹。

云朵下的山风

在秦岭拔上而抟摇的峭壁上，有无数的洞窟，白色的岩石向前伸出纷乱的胡须，风来的时候，它们奋尽了全身的力气，一齐呐喊，有骨骼断裂的痛感。那些阴森的洞窟里，埋着无数因为各种原因而夭折的婴儿的尸身，他们弱小的身子禁不起山冈奔跑的速度，于是在每个有月亮的夜晚，他们会和着安河的青蛙，拼命叫喊，把整个村庄都叫得荒凉。

我在笔下数次表达过我对秦岭这座山冈的膜拜，它连绵纵横，把我的世界分成沟壑和岭冈，时常，你在山冈上面因为劳作的疲乏而休息时，你会很沮丧很伤感，秦岭的颜色深邃而无动于衷，你会感到自己的命运和生活渺小得让人羞愧，你会因为无奈而痛哭。我曾经尝试逃出它的影子，但又以很多次的失败而告终。我奔跑的速度太慢了。我血液的痕迹被那些野棉花记忆到镂空的果实里，当每一个丰满的春天扭动她淫荡的腰肢时，野棉花们散播出悠长的带有植物气息的信息，让我的大脑兴奋充血，纵是在南方安静的睡眠里，也会梦到它们洁白的花朵。

我的亲戚们有一些山地在秦岭的山腰上，于是他们不得不抽出必要的时间去打理和经营它们。种山地是很麻烦的一件事情，首先是交通极其不方便，这一决定性的因素直接导致你要把那些长着锋利麦芒的麦点子用背架捆好，一次一次背下山，这是一项枯燥乏味的工作，没有任何趣味性可言，直到那些成片倒下的麦子成为麦茬。另外一个麻烦就是吃饭，家里人手稠的，可以有一两个人挑一担稀面片、馍馍之类的热乎东西来喂饱大家，人手稀欠的人家就只能够啃干馍喝凉水，那揉撕巴紧的干馍嚼得你牙根发酸，牙苔生疼，无名的火就从喉咙蹿了上来，烧得人火辣辣的。但没有办法，抢收就像是打仗，没有结束，就不能有丝毫松懈，不能泄了底气。

劳作疲乏时，大家就会互相招呼休息喝水。没有人说话，人们各自想各自的心事，麦镰的锋刃在阳光下倏地闪过一丝光的阴影，把汗水照得晶亮。山风掀开衣襟，全身有被鼓荡的痛快。野棉花这个时候就会鼓着膨胀的胸脯在风中招摇，植物汁液的味道浓厚而弥漫，你嘴里噙一根猫蔫草慢慢躺下去，有被推到万劫不复之地的快感，这种快感类似精神分裂，是一种身体和自然和谐的过程。泥土把贞操献给你，你把自己的身体献给大地。

阳光下的山冈并没有想象中的那样明亮，云朵静止在山冈的上面，像一团凝固的羊油，温润洁白，只有胸脯才有这样的光泽，山冈是静穆的青色，植物并不因为是在交媾的季节而乱了秩序。它们异样的安静。你会因为这异样而被空间所威胁，时间流动的速度竟然是如此绵软，蚂蚁们可以趁这个时间在岩石根部巩固自己的帝国，而你却只能被时空胁迫，呆呆地出神。抬起头，巨大的碧蓝没有任何角度可寻。一个人在苍天之下狭小不已，敬畏的心情从脚跟抽丝般填满胸腔。

在陕西西部的秦岭中，一个人一年之中总会有一次机会在云朵之下走过山冈，松软的泥巴路让你离自己的家园越来越近，在巨大的山体之上，一切的一切都被光芒击得粉碎。

没有阴影的山冈

我曾经无数次走过秦岭的山道，我曾经捡拾起遗失在记忆深处的箭矢，看它的锋利处有没有爱或不爱，那些沿着古栈道迁徙的风，翻起天宇苍老的浮云。植物们在黑暗里向着光亮拼命生长，阳光大片大片落下来。我坐在废弃的粮仓里，听干瘪的粮食在耳朵后面的山冈上滚动如雷。

没有人的时候，山冈是疲惫的。褐色的单眼睛石头，黄色板结的土地和长有臼齿的野苜蓿，在正午的秩序里，屏住呼吸，并不能构成表达的要素。当你气喘吁吁地爬上哪怕任何一个山头时，你都注定是个失败者。你太慢了，那些山冈，它们从底部开始，在野棉花和猪笼草的内部，有一种比血液还迅速的东西在生长，它们在和生命赛跑。当你在半山坡驻足时，你会发现除了稀稀拉拉的野草外，没有一棵高大的生命能够比得上岩石奔跑的速度。这些底部风化成白色粉末的黑岩石，有一张被时光雕刻和镂空的面具，残忍并且美丽。你如果再以四十五度角环视周围，你肯定有一种巨大的眩晕，大地在那一刻倾斜，巨大立体的空间瞬间擎起歌的悲壮，你泪流满面，你太渺小了。

关于秦岭山脉，我同乡的许多作家一直寻求合适的表达，但他们显然捉襟见肘，不是把它写成“鹰飞高原”的青藏高原，就是写成“面朝黄土背朝天”的黄土高原。我尊敬的同乡作家红柯显然更有魄力，他在《黄河之水天上来》一文中，把秦岭写作欧亚大陆的龙骨和支架的一部分，他说，从天山、阿尔泰山开始，这条龙骨“向东入甘肃即为祁连，入陕西即为秦岭，入河南安徽即为桐柏山，入大海为日本列岛”。

红柯年轻时曾经仗剑去国，游历西域十年，十年后再回来，对时空自然有不同的感受，但也就是在这十年里，他染上了胡人的血液，而秦岭山却十年如一。山冈和高原的不同在于，高原更多是一种孕育，是母体，是隐秘的大象；而山冈，更多是河流拐弯的地方，是家园的底座和粮食，是显形的图腾。

1996年，我疲惫不堪。我和父亲坐在一棵伐倒的青冈木上歇息。我们伐倒那些树木，用绳子捆好，然后像拉纤一样，从山冈上拉下来，等傍晚有人送架子车来，拉回家，烧火、卖钱或点木耳。我自小身体羸弱，没有干过多少活儿，我死命拉着那些木头，它们潮湿沉重，被砍伐的部分，露出洁白的骨头，它们狠狠咬住岩石，寸步不离。我的挣扎渐渐成了遍身的汗水，我仰面躺下去，绝望地号叫，由于用力，眼眶有一种被挤爆的疼痛。我仰看着潮起山和三角崖，它们青色的面遮住阳光，缓缓压迫下来，在巨大的逼视下，树木全部伏首肃穆，我的心里有一种连绵的冲动。

我的父亲对我的软弱表示极大的厌恶。他拉起木头，抽身离去。我在山间漫无目的地游荡着，我发现了石头、树木和花草，它们是山冈的面具。我寻找了半天，也没有找到青色的目光。那一刻，我自己也抽身离去，我知道自己不配抵达它的本质。

而我依然会无数次穿过秦岭山巨大的阴影，只是道路越来越远，那些细小的事物挣断了前生的脐带，就如同我自己一样，重蹈覆辙。

现在，国家实行“退耕还林”政策，父亲不能再去砍伐树木了，山冈离我的亲戚们越来越远，他们无所适从。我的父亲则把自己一点一点埋在山脚的泥土里，慢慢收割，慢慢变老。

火　车

我小时候去过一次凤州，那时候宝成铁路已经通车三十多年了，我还没有见过火车。我守候在离铁路不远的地方，死死等着一列火车的通过。火车终于来了，我惊讶于它奔跑时的气势，在我幼小的印象里，只有龙才可以这样扶抟而上，穿越秦岭，到更遥远的山外去。从这次以后，我很迷恋火车奔跑的姿势和它呼啸的声音。

2003年，我坐着火车从西安开始穿越整个西部大陆。在火车出嘉峪关的时候，我见到了世界上最多的石头，它们拥挤在火车的周围，一齐奔跑呐喊，在那些石头的内部，肯定有一种血液在流淌。后来，我知道，在离它们不远的巴丹吉林沙漠，住着我写散文的兄长杨献平，我们交谈不多，甚至没有，但我是他的读者和兄弟，有时候，崇仰血性和尊严的男人，就像和火车一齐奔跑的石头一样，体内有一种共同的物质在长大。

火车穿州过府，最后停在空荡荡的车站，人去车空。那些沿途叫卖的妇女，坐在沙堆上看火车的放羊娃，金城兰州上空弥漫的麻布以及车厢内无数的人头，转瞬即逝。他们曾经在我的眼眶内引爆、呈现和燃烧，但最后人去车空。我的大脑内只有火车的速度。

关于这次漫无目的的游走，我从来不想谈及太多。我只是漫无边际地坐着火车向西，没有目的，没有终点。我曾经在一首诗中说：“不管睡在哪里/我都是一具怀乡的白骨。”我的刀子和我的念想，在我的怀里玉体横陈。

最后，我不得不返回，因为我的口袋里已经没有钱了，对一个男人来说，这是羞愧和难以开口的事情，就像一个征夫没有带够他的干粮。我尊敬的诗人昌耀曾经写过一首诗叫《高车》，我曾经一度认为那是昌耀看见火车从嘉峪关呼啸而过，看见它渐次隆起在地平线上，但很遗憾，并不是这样的，昌耀自己追问："是什么在天地河汉之间鼓动如翼手？"

现在，我听见声音正在来临，犹如梦中快速奔跑的轮子，我躺在南国疆域，蝴蝶干净又漂亮。

屋顶上的民歌手

西北的许多民歌中都歌唱过爱情，信天游、河湟花儿、榆林小调、柔巴依和漫翰调，在不同的语言中，相思把一个人变成歌手。每一个歌唱爱情的民歌手，都是诗人。他们在西部大陆贫瘠的土地上荒凉又动情地呼喊着一个又一个美丽的名字，当他们走进家门的时候，这些久远的传说就伴随着背洼地里的月亮，升上湛蓝的星空。

我虽然出生在陕西的西部，秦腔是那里唯一的歌曲，但我同时也是一个业余的陕北民歌手。我曾经在南方的夜晚唱起那些无人听懂的民歌，并在喝醉的时候吹牛我会唱数种西北民歌。每次都听我唱歌的青年诗人牛依河和费城不明白，为什么我那很土气的歌声会唱得如此忧伤。其实，是因为教我唱歌的师傅心里苦。

我的师傅在陕北当了四十年的上门女婿，后来家破人亡，他只身来我们那里投奔自己的女儿。于是，在这个陕北老汉每次唱民歌的时候，我都很痴迷地傍在他身边，听他用陕北特有的高亢和质朴把一首首的民歌演绎得动人心魄。

其实，我对陕北的了解来自1993年我的小姑订阅的《女友》，那时候我刚十岁，那时候的《女友》绝不像现在这么花哨无趣，这个杂志那时候还在举办"路遥青年文学奖"，数年后专门写生殖器的诗人伊沙曾经获过头奖。在这本杂志的"寻访村姑"系列里我看到路遥的《平凡的世界》中曾经引用的陕北民歌："上河里的鸭子下河里的鹅，一对对毛眼眼照哥哥。"

这个杂志还曾经写过"陕北流浪诗人群"，当中提及的陕北流浪诗人黄河浪、远村、尚飞鹏等人现在已经无人知晓，陕西的文学界也绝少提起这些人，但这些长着蓬勃胡须的匈奴后裔们确乎是优秀的诗人，从黄土高原上走下来的这些陕北汉子，内心中涌动着强烈的悲壮和荒凉，他们当时是最纯粹的流浪者。其中诗人远村的《遥望陕北》系列组诗，我现在仍然记忆犹新，其中一首《远离陕北》这样写道：

远离陕北
忠实的鸟儿
瘦若黄尘
雨中的村庄
很风俗的告别
爱人的手帕

天空走动
坦荡的笑声
被搁浅的日子
漂上欲语还休的河流
赭黄山坡
父亲的背影
灿烂 坚定

远离陕北
手脚并用
风石的挤压碎了
那种似梦非梦的感觉
五谷的照耀
很直接
也很神圣

这些曾经在陕北的腹地，在毛乌素沙漠把祖先的故事放在盐和石头上晾晒的陕北汉子，进城之后便消失了，在把茅房（厕所）修在屋子里面的城市，再也不会有羊肚子手巾和民歌的胸膛，就如同民歌诞生的过程一样，具体而明显，含着忧伤。

我的民歌师傅心里也带着流浪的忧伤，他逐渐地教我用不同于关中方言的陕北话歌唱，我不是有唱歌天分的人，但师傅告诉我唱歌是一种爱好，只有爱好的人才能够唱好歌子。那些发音和调子十分生僻的陕北民歌，我现在已经忘记得差不多了，这些民歌只有师傅唱的时候才永远那么动情撩人。

师傅在陕北的窑洞上唱歌习惯了，到了我们那里，他不习惯。于是他常常在夏夜搭梯子爬到平房顶上歇凉唱歌。在师傅的歌声中我逐渐熟悉了陕北的名字，比如三十里铺、清涧、米脂、响水、安塞和疙针滩。关中的许多地名比如西安、宝鸡、凤翔、武功、永寿、耀县、凤州充满了文治武功的皇朝影子，陕北的地名却充满生机，响亮、耐人寻味。在民歌里，陕北的地名、婆姨和走西口的汉子逐渐在我的记忆中扎根。

现在，牛依河和费城还不知道，其实我只会唱那么六七首民歌，但我确实曾经是一位民歌手的徒弟。只有在独倚家门的时候，我才能够体会民歌中晚香玉的忧伤。

师傅在我离家后两年去世。那正是麦子黄的时候，村庄的大道上走着许多黝黑的甘肃麦客。据说师傅在死的那天，一个晴朗朗的早上走进家门时，说了一句话：早晌有霜。远村曾经在一首诗中说：是谁坐在秋天的高粱地里/冲着我的后背/说早晨有霜/是谁。在我的记忆里，师傅永远在秋天的一端寂寞无边，想念着陕北的高粱和小米，而陕北，像一片流浪天边的云朵，远得没有边际。师傅最终没有赶上它。

叁 女红

江南雪儿作品

江南雪儿，女，中石化作协会员，2005年始发表作品，先后在《散文》、《创作》、《岁月》、《三峡文学》、《炎黄文学》、《当代文苑》、《文学与人生》、《美与时代》、《大学时代》等几十家刊物登载。有作品入选《散文中国1》，《天涯散文2007》、《天涯美文120家》等。

漂流在语言的河流上

1. 在语言的河流上浮光掠影

我试图凭直觉去接近一条河。河流九曲回肠有如历史长河的缩影。

一个雨后的下午，我在一条真实的河流上漂流。武夷山导游小姐说，这是闽江的发源河，名叫九曲溪，我们将在这条溪上漂流两个半小时，与水共舞一番。

一踏上竹筏，心，顿时有了悬浮飘零之感。岸是坚实的怀抱，土地是温柔的故乡，当我们脚步被土地隔离，心便拥有一份随波逐流的茫然和沧桑。

四野里有竹筏点点，两岸夹山，微风拂面，溪水清冽，人的视野随艄公的舵向在星移斗转。有浪花野性而湿气缠绵，有水声花气呈草香浸润。阳光自山影深处斜射，水花涌动，心灵犹如透明器皿，承受清波碎影过滤。人也宛如一朵穿行于桨声水影里的浪花，没有来历，没有去处，随水而生，随浪而灭，楫舟江湖，泛波沧海。

置身在这条真实的河流上，我忽然有种迷乱的神往和眩晕的沉醉。我正漂流在虚幻的镜像中，漂流在历史抑或语言的某段碎光残影中，沉浸在一种流线的状态上，穿行在时间的缝隙深处。

人类似乎有一种不成文的约定，欣赏一道风景，总要以自己的身影去覆盖它的宁静；热爱一处景色，定要用自己的目光和足迹去涉猎践踏一番，以亲历临近来诠释对它的感情所系。喜爱与欣赏，是否一定要进行零距离的触摸？当我们双手掬到河水，双脚踩到浪花，是否就意味着对河流以及物象的真切抵达？

竹筏划开的水花缤纷而破碎，似乎不小心犁开一道神秘拉链，无端侵扰割裂了生命连接的某种契合。此刻，我忽然在水中迷失了方向。我不知道我们为什么要到此一游？为什么这里让我有似曾相识之感？为什么河流会给予我语言的翅膀？

2. 语言在河流上桃花朵朵开

沉浸在我语言的河流上，我愿意是朵飞溅的浪花。我将以一种自然清冽的水滴叩击我久居城市的懒散的脚心，让双脚回归到自然的原生态不能自拔；我愿意把自己还原成一滴水的原生态，远离人的欲望、繁衍、语言、气息和个性以及与此相关的多余而虚假的表象；我宁愿以一滴水的姿态融进河流融进自然，忽略并消融我的生存理念、价值观念以及思维方式。

竹筏在河流上轻车熟路，势如破竹。与其说我沉浸在真实河流的山光水色中，毋宁说我滑行在语言的河流上劈波斩浪。时间如一块光亮的玻璃板，我语言的竹筏在虚拟的通道上游刃有余。语言是打开思维的钥匙，语言能够抵达目光无法抵达的风景深处。真正能接近河流深处的是我们的思想和语言，千万年来在河流上漂流的语言汇涓成河，它们大象无形，大音稀声，只要我们安静，便能聆听到历史的回音："两岸猿声啼不住，轻舟已过万重山"的迅疾；"孤帆远影碧空尽，唯见长江天际流"的浩瀚；"无边落木萧萧下，不尽长江滚滚来"的悲怆；"飞流直下三千尺，疑是银河落九天"的壮美；"大漠孤烟直，长河落日圆"的淡定。语言将水流走，定格成一种流动意象被我们世代赏析并膜拜。

河流是一种语言。我在语言的河流上漂流。语言光洁透明。语言芳香四溢。语言浪花朵朵。语言峰回路转。我知道用我的眼我的手我的脚是无法抵达河流深处的。我注意到阳光下的河流青碧光洁，可在它深处涌动的水花却野性十足，极具冲击力，使人措手不及，使人不敢轻慢，被激流飞溅的水花刺激着冷漠的神经，潜意识里有一种幸福浸润过的痛苦滑过，让我对水由衷敬畏。

河流是土地的呼吸，而语言是我在这个世界的呼吸。语言来临，语言如水覆盖全身。我以语言为舟，在思想的河流上到中流击水浪遏飞舟。语言把我的气息碰撞吸纳揉碎，以梦幻的芬芳种植在我记忆深处。我听到语言在我的血管里潮起潮落，在我的骨髓里萌芽拔节。我知道，我的语言正在我的河流上桃花朵朵开。

3. 漂流的意象落花流水

我想象自己是一朵水花般的语言之花在时间的河流上无尽漂泊，空中、河流、山谷和尘埃都成为我穿梭的通道。我沉溺在自我的方向中一路奔突四海漂泊。我的精华一路挥洒一路吸纳。我的味道如一瓣剥离的野花霸道而浓烈浸渍着我的过程。它的飘零进程恰如这条九曲回肠的真实河流。我混融在阴森的浑浊的地气中在时光碎片里犹如一朵飞扬的柳絮，在阳光播撒种子的河流里飘向远方的村庄、野地和荒滩，消解在那些不被我们注视的涣散

而凌乱的时光深处。也许，这就是我生命漂泊的某个缺口抑或遗失自我的某个缘由。

所有的生命都是一条语言的河流。我混融在这条河流上孤独而本真。孤独是一朵寂寞之花。它在夜晚对我开放。我对自己水花一样的气息记忆犹新，我固执地株守着我心灵漂泊的方向和信念。我相信我会融入，所以才不尽地漂流。我会融入到远方、融入到雄性气息、融入到博大情怀、融入到金属光泽、融入到历史深处的密度和浓度里去。对此，我坚信不疑。

一滴水，来自崇山峻岭，积涓成流，入河入江入海入洋，奔腾到未知而博大的天外，那是一场盛大的接纳和皈依，那是对信仰对终极最久远的返航。一滴水能发出声响，能发射柔光，能够抵达最终的海湾，能蛮横地注入到你思想深处。

我在一滴水的状态中见证了秦时明月汉时关，窥见了浸润在唐诗宋词那一双怅然若失的眸子里溢满了春花秋月般的沧桑和忧郁。我在语言的河流上左冲右突，奔袭涌动，我已一身疲惫满目苍凉，我的语言支流殊途同归，恰似一江春水。我从空白而来，投入空茫而去。我的漂泊在历史长河中被忽略不计。

味道在尘世

1. 一只羊的讲述

想一想，记忆真像一把青草，一入水，就飘走了。

其实，记忆也像巧克力，一枚巧克力，"咕咚"入水，掉下去，化掉。化掉的东西有一种淡淡的味道，进入胃腔，让我铭记。我在饮水，一低头，仿佛看见我祖先的倒影。我甚至想起密西西比河来，想起一个扎猩红头巾少女的样子，那应该是遥远的时代。而更远的时候，我祖先也许在幼发拉底河岸追随过摩西走进《圣经》故事里去。我是羊，是绵软的动物，我的故事总有来历。

我记得，当年，我的皮是给一位生产大队长做夹袄了。我的肉被一群下放的上海知青加入许多辣椒调味成火锅吃了。我的骨头在滚热的沸锅里被他们熬汤，鲜膻的气味让天上的飞鸟、河里的鲜鱼纷纷投入沸锅。我的味道久久不散，从此这个村庄改名叫羊村。我死去，羊村从此有名。我的一切都不在尘世，但我的味道在。人们想我就启动味蕾，曾经的味道就会复活。他们以这样的方式和我沟通，人的记忆和羊的记忆并没有区别。人们对我的记忆引发我对一枚巧克力的记忆。我因它而死，我死了的记忆就停留在巧克力里。

那一天，阳光格外灿烂，仿佛要把我的生命燃烧起来。我在桑的羊群里脱颖而出，我体内的能量正在积聚，想把那只领头羊的威风压下去。要知道，羊在人的面前是绵软的，而公羊，年轻气盛的公羊，在羊群内部则是桀骜的，我只有出众才能超群。

我先是听到了情歌，一个男孩的声音：

> 哎，一年今日此门中
> 人面桃花相映红
> 人面不知何处去
> 桃花依旧笑春风

听到这里，我看见一个穿泡泡纱花裙的女孩，她在对岸的河边跳橡皮筋。她唱：

一个毽子踢一踢
马兰花开二十一
二五六二五七
二八二九三十一
三五六三五七
三八三九四十一

周扒皮好吃精
半夜起来偷公鸡
我们正在做游戏
一把抓住周扒皮
打！打！打！

和煦的春风吹过来，两岸田野的紫云英一齐开放。我知道，花儿是为女孩开的；接着，风儿悠悠地吹拂，我知道，风儿是为男孩吹的。我在低头吃草，但我忽然想做人，觉得做人应该比做羊滋润。我隐约想起我的前世就是人，与对岸的女孩似乎认识。她拴在银杏树上的橡皮筋下有一本被风翻开的童话书，我应该就是从书里走出的某只羊，我“yangyang”地唱歌，心情很滋润，就走出书，来到河边喝水。

我的小主人男孩桑应该被这个氛围深深感染，他把羊鞭子啪啪一甩也唱起了情歌：

哎，二年今日此门左
人面桃花红似火
如若人面仍还在
河水活活灌死我

我为我的小主人害羞，他唱得不好听，一点也不好听，我就笑了，眼泪把我模糊住，我就到河边去喝水，顺便也洗个脸。这时候，就在这时候，我看见女孩从口袋里掏出了东西，我一看就知道，那是吃的，是叫做巧克力的东西。不要以为我们羊都孤陋寡闻，我们是有来历的，我们的记忆在空间某个地方蛰伏着，那里很温暖，四周有水有青草，我们祖辈的灵魂就在那里安息，当我们要忘记什么或者有危难来临，我们祖先会发送神奇的密码来解密。此刻，我收到讯息，我一定会去吃那枚巧克力，我可能一吃就要死掉，被甜蜜致死；但我宁愿死掉也要吃，我所有同类因为怕死都拒绝尝试，我就要做那第一只的羊，被一种味道杀死，虽死犹荣。我可能要死了，那枚巧克力正在落水，它从女孩手中坠落，我以为我会一口接住。很惭愧，我四脚一滑，仰面跌倒在水里，而我的主人桑，一头扑下水面，我以为他是救我，其实，他在接住那枚巧克力。我最后看到的画面是：天空中的太阳很高远，一枚黑色巧克力从高处坠落，入水，无声。然后，我漂浮到岸边，被杨村后来因为我而更名为羊村的知青，美美地吃了。我能告诉你的就这么多了。

2. 男孩桑的画外音

你说，我们为什么要唱情歌？我们唱情歌，就像羊要吃草，鸟要飞行一样，是自然的事情。这些情歌就像云朵落在水里一样自然就进入到我心里。我爷爷唱过，我父亲唱过，我哥哥唱过，我自然就会唱了。唱歌的时候要有好风好天，亮开嗓门，羊鞭一甩，我就是我的王。

哎，三年今日此门过
人面麻花相对搓
人面不知何处去
麻花依旧下油锅

哎，四年今日此门出
人面不见花已落
人面飘飘何所去
花自飘零水自流

许多年过去了，这首情歌在我耳边回响。在校园、在梦境、在IT职场上，歌声围绕我经久不衰。我把那个画面做成一则广告，在某知名TV播放。我想找到河对岸的女孩。汽车带她走了，她说她要回上海。我现在就在上海，最豪华的街道都有我创意的巧克力广告，我天天都能看见，不知道女孩能否看见。如果看见，她会以怎样的方式告诉我？

我不知道她在哪里，但她一直都在我心底。

3. 女孩青的独白

想一想,记忆真像夜来香,轻轻一嗅,就能走进内部。我似乎一伸手就能触碰到一些模糊的东西,我投入下去,就像一粒石子落入水花。

等一下,那个镜头会显现,我记忆里的男孩桑的出水镜头,他在空中接住巧克力,如一个扑面的蒙太奇镜头。男孩桑像巧克力从水中一跃而出,画面黏稠。女子走在大街上猛然看到这则某知名 TV 播放的巧克力广告,她想哭。很久了,七岁的时候,她就预谋要牢记它,就是等待此刻再度重逢。有时候,一些东西真的是早就发生过,我们感动,是为重逢感动。

"男孩桑像一枚巧克力从水中一跃而出……"这是发生在她记忆里的真实,还是以后追加的记忆敷设,并不是重要的事。重要的是:每当这个画面一呈现,女子眼前所有的景物瞬间消逝。只有一枚巧克力,对,一枚栗色的巧克力,它从空中舒曼坠落,她看见它坠落的速度和品质。坠落,优雅而舒缓,以一种固有的方式,对既定的方向心无旁骛地投入。在坠落之前,它就选准了归宿,通过对方向的挺进,它一路欢歌,轻灵入水。一个坠落的姿势在空中、在时光中、在记忆中一直坠落。在巧克力落水之前,女子处于思维空缺,在这之中,她的思维和过程一起下沉。她记得这个姿势,然后定格,巧克力被静止,静止在落水之前的一个时态动词中。以此为界面,之前,是关于巧克力的故事;而之后,是关于男孩桑的故事。

事实上,正是这样,男孩桑从水中一跃而起,像一条鱼接住了坠落物,没入水中,不见踪影。待涟漪平静,水中倒映着一个愕然的女孩,她久久凝视着舒展开的包裹过酒心巧克力的空糖果纸,头脑一片空白,而这片腾出的空白位置被以后不断的追想所覆盖。

巧克力坠落的走势决定着故事的发展方向,上海知青送给女孩生平第一枚巧克力,没有被吃下但被终生追忆。

在这之后,女子不知道把故事伸展到何方。把男孩桑作为一个电影画面锲入童年时光是她一生痴迷的抒情创意,这个假想一旦种植在想象的土壤上,她看到真实的事实就以疯狂的长势让怀想繁衍成一片茂密丛林。在灯光聚焦处,音乐响起时,有一个与想象形象相仿的女孩,在一条河边的银杏树下跳橡皮筋。她唱:天上星,亮晶晶/我站大桥望北京/北京有个天安门/毛主席是我们大救星。唱到"大救星"她就站住了,仰望天空,相信毛主席正在天空上俯视人间苍茫,天安门城楼是用水晶糖果做成的。她把这话告诉了牧羊男孩桑,桑绝对相信。牧羊男孩桑,自从在水中吞下了那枚巧克力,他就感觉自已不同凡响起来，他要与城市接近，向女孩靠拢，他对从下放知青口中传来的北京、上海这样的地方充满神往。

对面山冈上牧羊少年一高兴，就会手甩响鞭，在空中啪啪啪三响，很响亮地唱起江南情歌：

哎——
妹妹你像那桃子形呀
一边红来一边青
桃肉好似妹的肉
桃骨好似妹的心
妹的心中有别人

哎——
妹妹你好比那萝卜形呀
上青下白疼坏人
把妹挑到集上卖
上除叶子下除根
除了两头卖中心

哎——
妹妹你好比那豆芽形呀
清清白白爱煞人
把妹轻轻钩起来
四两半斤任郎称
把妹称得碎纷纷

在歌声中，岸边的女孩渐渐长大，水中的男孩渐渐长大。

有一次，女孩对男孩说，我要走了，回城了。男孩问，是回上海吗，那，我就划船去。

此刻，在上海某大街上行走的女子青，抬头看见大屏幕电视里的广告画面，眼睛潮湿，无法挪步。而就在她伫立的这幢大楼的最高层，当年的男孩桑正在创意新一则广告，标题是：一枚巧克力，味道在尘世！

轻描淡写

昆虫的生命这么短，而我的生命这么长。谁写的，搞不清。米兰·昆德拉吗？不像，不能因“昆”字就赖上人家。他老人家叫 Milan Kundera。生活在别处的人。好像不在了吧，不，还在。而奶奶走远了，确凿。奶奶说过，好是一条龙，不好是一条虫。我从来没龙过。那么，我依然是虫，一条小虫。

一条小虫在游荡。活着，走着，很不耐烦。但日子照过，路照走。而且，天气不错，太阳很好。太阳是个好东西，它一好，人就出来了。黑压压的，像虫子，一团又一团。从哪里来的呢，搞不清。混乱，嘈杂，鼎沸，阴冷，心情潦草，记忆空瘪，躯体伴尘埃悬浮。轻描淡写，恍如隔世。就这样吧。走路，买菜，生活。虫子要生活，吃树叶；我要生活，吃菜，素菜加荤菜。

有扑鼻的俗香，不是荤菜，是烤山芋，味道很人间烟火。烤山芋的小伙子很黑，像是从记忆深处走来，不可能见过，但感觉熟悉。他眼角有一抹灰也不擦，假如我是他情人，怎么样，我也不擦，我会把他另一只眼角也抹一把。算了，不可能是。旁边有个姑娘也不可能是，样子比他还丑。但她摊位很俊俏，花枝招展地乱。喇叭在地上唱《十五的月亮》。唱了十遍，还是“十五的月亮”这一句，应该是二十五的月亮了，二十五的月亮还亮吗？她摊位花枝招展地亮，就是这感觉。毛巾、裙子、风筝、丝巾什么的，蝶飞蜂绕的。她脸上还有一抹青，有点春风又绿江南岸？搞不清，没力气搞清。有点烦，有点浮。风把风筝吹得稀里哗啦，就是不带它上蓝天。翱翔，果真是梦？鱼却在翱翔。在水里，在浴缸里。红的，花的，黑的。成对，透明，纯净的样子，让心一静。风一吹，绿色，满眼的绿色：剑兰、发财树、巴西木、仙人球、吊兰，一溜儿排的盆景。有字，牌子上的字是：铝合金门窗回收、家用电器回收、礼品回收。回收？有什么东西能把我回收了？我旧了，不想要了。有什么地方能把地球回收了？地球很脏。金光，一闪一闪的，大元宝小元宝小小元宝，一串串的。20 元、50 元、100 元的钱，冥票不是钱。袖珍的金装盒子里有金麻将、金手机、金手表、金梳子。一问价，6 块，我买。给我父母的父母和他父母的父母，4 对，8 个人。这世上，就这 4 对人造就了我家，我家还在，8 个人都不在了。就是距离三代远，但已很远，两个世界。他们被风回收去，追不回来了。多年以后，我也要被回收，被风被水被火。多年以后，还有人会喊我奶奶。然后，看着我老、衰、朽、死。这是并不遥远的事，在路上等我，好比我拿冥票烧给先人们。

忽然觉得很灰。忽然觉得活着走路买菜，真不错。

走进菜市吧。买鸡鸭鱼肉基维虾牛排。买茭白菱角莴笋青椒西红柿豌豆。你买菜呀？谁呀，吓我一跳的。我呀。哦，是楼下的。第一次看你买菜。是吗？我笑笑。她走老远，还回头说，第一次看你买菜，我还一直以为你是不食人间烟火的哟。我笑，咯咯大笑。我在竹笋前边挑边拣，这话我爱听，我自言自语。忽然想笑，忍不住再咯咯笑起来。再看菜市场，好一份人间温暖状，热气腾腾。我看见阳光从窗缝里穿透过来，绕过二楼卖肉的，卖鱼的，卖菜的人们的头顶，从楼梯缝落脚到我脸上。我忽然感觉有回到童年的感觉，阳光很重，奶奶牵着我手买菜，给我买了一块焦黄的热山芋，卖山芋的也是个小伙子，眼角也有一抹黑。哦，我想吃山芋了，我要去看看烤山芋小伙子那张黝黑的脸。我要买他的山芋，那个味道走了很远的路。

被虚无劫掠

性感的伊娥女神光洁赤裸，悬浮于蛋黄般层叠而混沌的虚无。她眉宇间弥漫一腔忧郁，前倾的额、紧闭的眼、披散的发，均流溢出雌性受动气息。她的身体布满来自外力的手：腰部被一只手用力紧箍，左腿被两只手扯拽，双臂则被手铐一般的大手牢牢钳制。手，特写而突兀的手，掌控的是霸气和独裁。那是宇宙之神宙斯化为云雾在占有伊娥。瓦烈嘉这幅《宙斯的劫掠》象征人类永恒的焦虑——被虚无劫掠。

（从悠远的森林传来复沓多维的和声：青衣呀——青衣呀——青衣呀）

我有坠入梦里的轻悠，有被画意咬痛的悸动，痛感和轻悠都虚无浩瀚，犹如复沓多维的隐约和声。我其实是在夜气里阅读弗洛伊德《梦的解析》。簇新的书页和华美的插图令我心仪。这幅画是书中第三十六页插图，伊娥这幅。所有的插图都让我动容，出自米罗、达利、夏加尔之手，有大师与大师叠加的高贵。这些插图纵然华美但并不喧宾夺主，就像“青衣呀”的和声纵然华美但只占据意念角落。梦是占据夜晚角落的，它像插曲一样拐弯抹角穿云破雾而来，梦是夜晚的插曲。梦是一大堆心理元素的堆积物。梦的动机在于愿望的满足。这些，都是弗洛伊德这个极端标致的老头儿在每行字里告诉我的。不管你梦里演绎的内容如何的不幸，其结果仍为愿望的满足，他在我的耳边娓娓讲习。他说梦具有浓缩作用。他说你的梦思中必定要潜藏着一个并非如此不紧要的共同元素。于是我看到月黑风高，大漠古道，一个黑影紧追另一个黑影的肃杀场景。

哦，让我想想，让我把意识前置到梦前状态。在梦前，我正阅读吴尔芙，她说一件事情一旦发生之后，就没有人能知道它是怎么发生的了，这是她在凝望墙上的斑点的瞬间思绪，我捕捉到，迅速联想，这意思是否说，一个杀手一旦策动了谋杀欲念，他就不知道飞刀会在何时落下，对不对？这么一想，画面呈现，插曲袅袅而来。

（从悠远的沙漠传来复沓多维的和声：青衣呀——青衣呀——青衣呀）

有坠入梦里的感觉，意念被切换到一组久违的画面里去。月黑风高，大漠古道，一个黑影紧追另一个黑影，飞沙走石、飞刀飕飕。一个名叫厌恶的男子被一名叫追究的女子亡命追杀。一个在梦里要仇杀的人、在纸上要写死的人、在意念中要诅咒他死掉的人，我非杀他不可。去死吧，你！以柔韧的绳索、以寒光的利器、以尖利的毒刺、以绝望的折磨，让你去死。我都写到第十九章尾声了，飞刀还没有落下，我一定要让你死，在闭幕前，死去。

我以为我对他的仇恨日积月累后会像雪域高山，我以为我会永不衰竭地恨下去，用一生的意念要置他于死地。时光真是一场游戏一场梦，它把魔镜一转，那些浓妆艳抹的大仇大恨被水滴石穿淡化而去。多年前，我惊异地发现了这个发黄的脚本，主人公原型其实有个雪亮的真名叫蓝光。

多年前春节前夕，我跟随一位重量级的领导慰问我们单位一个特困家庭，镜头、焦点对准领导的握手和笑脸，他们代表组织给床上那位重症患者一个红信封，内有八百元钱。钱是我装进去的，这个点也是我事先踩好的。领导反复交代，接受慰问的典型不能无理取闹，拿了钱还骂娘的，不去；也不能是上不了台面的，一见钱就下跪，那也不去。必须是真困难真懂事的家庭，我们选定的这家是公司的退休职工，肺癌晚期，临时工的妻子娇小贤淑，孩子才四岁，圆脑袋，大眼睛，让我想起《红岩》里的小萝卜头。在这个家里你能看见大立柜、五斗橱、缝纫机还有黑白电视机。镜头扫描这些时，我们的心在抽紧，这是真正的无产者，是我们公司最穷的阶层。我们大家都是双职工，工资相同，起点就一样；但如果配偶有一方是农民工、临时工，起点就差一个档次；如果再有一场大病意外降临，这个家就面临双重灾难：行将失去亲人的巨大阴影笼罩的痛和掏空家财后一贫如洗的穷。所有的焦点在对准大人，他们知书达理的样子让在场的人很感动，而我的目光在关注着“小萝卜头”，他在埋头吃一碗稀饭。

（从悠远的河岸传来复沓多维的和声：青衣呀——青衣呀——青衣呀）

他满满一大碗稀饭里放了一筷子头的蚕豆酱，那一圈蚕豆酱俨然是个城堡，被汪洋大海一般的清汤寡水包围着。他快速把稀饭胡噜到嘴里，筷子小心翼翼左一圈右一圈，围绕城堡绕圈子，他在缩小包围圈。最后，他把一碗稀饭吃完了，依然留下筷子头大的酱点，他闭着眼睛伸长舌头，轻轻一卷，碗底一片干净，他美滋滋咂摸咂摸嘴巴，仿佛吃的是人间绝品佳肴。我鼻子一酸，从包里掏出仅有的一块巧克力给他，他说谢谢阿姨。而此前，他是忽略我们的，他在激情而柔情地策划那碗稀饭。我在他的策动中，看见了智者的耐性和高手的杀伤力。我忽然想，我在内心策划的那场飞刀将随时落下的格杀，在这个四岁孩子的面前不攻自破。我都想拜他为师，却又不知他到底教会了我什么。

笔头扯远了，再弹回来，继续话题，回到厌恶这个人，也就是蓝光这个人上来。我用十九万字铺垫，用二十年时间酝酿的一场谋杀，在岁月积累中不了了之。我的飞刀虽然犀利但没有杀气，我溅起了水花、碎叶和花瓣，甚至擦过蓝光的衣袖，但都绕道而行，有如那男孩的筷头，动都不动核心部位，飞刀定格在空中，并没有让蓝光毙命。在我梦里他被我谋杀掉千次万次，而在纸上，他毫发未损。

不知道的爱真的是一种伤害的爱。几次同学聚会我都没有参加，去年参加了，蓝光不在。但召集人拨通了他的手机号，他开门见山就说，所谓聚会呢就是和想见的人见面。我笑，请举例说明。他说好吧，就比如我，以前，小时候什么都不会说，瞎捣蛋，现在成熟了，想什么都能表达准确了。我告诉你，我就是要想你、见你、告诉你我从来都喜欢你。

这样的人我为什么要杀呢，心理学告诉我们某个具有较弱潜能的意念必须从那最初的较强的潜能的意念里，慢慢吸取能量，而到某一强度才能脱颖而出，浮现到意念里来。俄狄浦斯弑父娶母就是愿望的满足。梦是一种受抑制的愿望(经过伪装)的满足。

我恨他，在梦里我要让他死掉。我带领全班同学英语晨读，他阴阳怪气捣乱；我从鞍马上跌落灰头土脸，他带领男生起哄吹口哨；我们班主任要盖鸡笼，我顺手从工地垃圾场捡了几块好砖，他就在团支部会上严厉斥责我偷公家的东西。去死吧你，在意念中、在纸上、在梦里，我都要杀死他。只有时光能把一些浓密的仇恨淡化，那天，我翻出了旧本子，清楚地记得这个叫厌恶的家伙其实有个蛮好听的名字，他叫蓝光：蓝天的蓝，光明的光。

(从悠远的草地上传来复沓多维的和声：青衣呀——青衣呀——青衣呀)

自我拯救

闪电、雷声和暴雨从天而降，一些脆弱的东西遭受到重创。我们这一栋大楼有 15 台电脑网卡因雷击而功能瘫痪。不能上网的电脑功效迅速回溯到比尔·盖茨未出山之前的自闭状态。手机也趁火打劫，不知是受潮还是到了年限，为我服务总不在状态。当水波浪的铃声划过，我明知是短信来，一打开却不知是谁，黑暗、浑浊、无法辨析，彩屏变成黑屏的手机，已经退化成手表的功能，看看时间，现在是17:22。想更换它时，彩屏居然像彩虹一样呈现，那一刻，我有沙漠见绿洲、大海见桅杆的惊喜。电话也不争气，只听见铃响，一接，盲音一片。一切都乱了套，很不舒服，哪儿都出了毛病。

问题是不仅仅如此，问题是我一回家，一些麻烦就像一场阴谋一个接一个跳出来给我看。

拆洗的被单在洗衣机里一搅动，在水花飞溅中，能看见那整块的布被水力一扯，嘶啦嘶啦裂开，坏了，用了十二年的床单在这一刻彻底坏了。随手打开电视机，就听见噗嗤噗嗤响，半天也出不了画面，很生气地在机子头顶拍打了两下，它就像个顽皮的孩子一样忽然变乖，图像慢慢显示出来。无聊地看了一会儿凤凰台和阳光台，走进厨房，我要快点烧饭做菜去。

孩子今晚去奶奶家吃饭，就我和他两个，好对付。我一边悠悠唱情歌“妹妹坐船头哥哥岸上走”，一边漫不经心打开水龙头。哗啦一声，水龙头像壮烈牺牲的武士，头一歪，一跟头栽到水池里，巨大的水柱喷向屋顶。我立刻用抹布、毛巾、浴巾来堵塞，把它们五花大绑绑好，急中生智到处找总阀。要命的是，自结婚进入这个家门以来我压根儿不知总阀在哪儿。怎么办啊，水在无情肆虐，它是我强大的敌人，我打不赢它，搬救兵，给他打电话。亲爱的，对不起，水龙头掉下来了。只听他在电话里暗叫一声：老天。然后，他快速命令我，快关阀门啊。我说我找不到啊。他说把水池子下的门柜打开，一摸，就看到，我这就回来。我立刻重返战场，终于知道，总阀就在我放垃圾袋的地方。一手之隔，十多年都不知道。是向左还是向右旋转呢，纹丝不动啊。想想那些单身女子，我忽然对她们心生敬意，她们要遇到这样的情况就只能自己面对。也许不，她们有男友。当我家先生以一脸着火气色打开大门时，我看到的是他的头发在冒青烟，他看到的是我的头发在滴清水。他一脸严峻，我猛地打一寒战、一个喷嚏。快去洗澡，你感冒了我可伺候不起。我说米还没淘菜还没洗呢。他说这都不重要,重要的是我快装好新水龙头,你快去洗澡。

洗澡,那是我喜欢的事情,春夏秋冬都喜欢。水,温热的湿度的水在肌肤上游走蹦跳,我的身体就像久旱的秧苗渴望雨露滋润。每天都是新的,每天都在洗澡,但还不够。在卫生间的镜子里,就这会儿,我看见我像一只身患禽流感的瘟鸡垂头丧气极了,真倒霉呀,到底哪里出错了呢。就这么一想,很小心翼翼地一开自来水,这次水龙头没掉下来,但莲蓬头忽然就掉下来了。我几乎要哭了,我带着哭腔破口大骂了,用普通话骂的:你妈的,怎么又坏啦!卫生间的门被呼啦拉开,他一脸坏笑出现在门口,抽烟、叉腰、两腿抖儿抖的,样子像个流氓加强奸犯。我以命令的口吻说滚开啊,讨厌,流氓。他不仅不走开,还在慢慢脱衣服,他说,机器坏了,我就要修理;你坏了,我也要来修理。我忽然笑了,多么不要脸啊,你现在进来我有被强暴的感觉。他说你们女人在骨子里就有渴望被强暴的感觉,现在,我就制造这个感觉。他丢掉莲蓬头,用强劲的水柱冲洗我,给我擦香皂帮我洗涤,温柔之极,刺激之极。我今天犯了一连串的错误,所有的错误都是罪状,让我有一种在劫难逃的负疚。他看出来了,这个臭男人看出了我的愧疚和卑微。他不动声色地制服我,我以胆怯赋予他气焰,他有君王的统帅欲,我有战俘的臣服感。我是个符号、是个祭品、是个处于下风的力量。水,自上而来,我们在水下承欢。隔膜融解,敌意消弭,两条鱼在水花中游回从前。

他贴紧你,光滑的柔韧的弹性的肌体;你依偎他,柔软的受动的生机的气息。他把热吻覆盖、温情覆盖,力度和强劲倾覆而来。你低吟接纳,在原野在深水在远古里沉浮,水在浸润。我以为我粗糙了、钝化了、锈蚀了,我以为我像那些已经坏的和正要坏的用品一样也坏了,我甚至放弃过挣扎,像一潭死水里打盹的鱼,被动,随波逐流,不想把水激活。我对生活陌生、对情感陌生、对性爱陌生。我正在奔赴坏,我正在向坏滑去,正在坏的边缘游离。他陪着我一起坏,他说我把他像一条干鱼晾晒,他记得他被晒了三个多月,106 天。

婚姻让我麻木,爱情让我新鲜。我最近疯狂地玩网恋,那是全新的游戏,没有责任、没有承诺、没有担待和承受,调情、游戏、一擦而过的火花,那是纸上情感,没有生命,我以为它不会干扰我,我以为我定力非凡。其实,我就像一颗加速度的行星,正在脱离轨道。那被单为什么被撕裂,因为它意志薄弱无力承受外力。这个莲蓬头为什么会掉落,因为我操作不当,摁动了它的开关钮。现在,他在修理我,因为我想坏了,我想逃离,想出走,想挣脱这个制约我自由的框架。如果我真的坏了,那是谁也修理不好的,我就自我报废。

我是爱他的,第一次见面就喜欢他。他穿一套白西服,在水边,给我照相。我说,把我照高点儿啊。他就蹲下来、跪下来,后来干脆就趴下来给我照了。那照片洗出来让我吃惊，我的样子是顶天立地的女娲，立于天地之间，那公园里的楼台亭榭和苍天大树都在我的腿部那么高。当时一照完，我回头看他一眼，他也在回头看我，我再次回头，恰逢他也在看我，走了三十米远后我不甘心，第三次回头看他，他居然在原地站着远远地看我，我的心不禁一动，那也许就是心弦被拨弄的声响。第二天，我们团活动再度见面时，我们都有认识了几千年的感觉。我看他，居然会脸热而心跳，而且，我喜欢闻他的气息，一种紫檀木的味道。

十二年，一轮。当年，参加我们婚礼的他的五个好朋友，有三个离婚，一个死亡，一个南下创业。我的五个朋友，有三个婚外恋，一个不死不活，还有一个离婚后复婚再度离婚，只有我们这一对婚姻机器还在运转，处于完好状态。婚姻是脆弱的东西，它需要呵护、保养、经营。婚姻是维持爱情的艺术，艺术的东西都需要创造创新。饿了要有营养，坏了要有保修，有破损的迹象前要实施拯救。

他一定意识到了，比我先意识到了，他一直没放弃要修补好的决心，我没给他机会，我一直对他冷若冰霜。我告诉他，从很早开始，我一直就这么冷若冰霜，那时候，我是月光下的石头，夜晚在我面容镀上冷霜，在一千年的酝酿中，我从雪开始到雪结束。

在水花中，他被我虚拟，幻化成水样年华。在水中，他的目光表现出智慧、局限性和忧伤。我被这些虚拟因素包抄。我总有一种致命的心痛感，不知是为他心疼还是为我自己心疼，他搂抱我就是在破碎我，他的臂膀像镰刀，一点一点收割我，岁岁年年，分分秒秒。在我们搂抱中，一切东西都会碎掉化掉没有了。

我无法逃离他了，我坏不起来了，当他进入我时，我看见了宝剑、匕首、利刃的锋芒，而我是草莓、雪梨，乃至一枚西红柿。镰刀游走，果汁流溢。我就是放在桌布上刚被切开的那枚水果静物。我需要古今中外的画家全方位的目光审视；我就是那枚永不风干的果核，内心有涌动的潮水，聆听着古今中外的诗人对我不竭生命力的歌吟。

哦，我终身热爱的男人就是两个人：一个是画家，一个是诗人。此刻，在水雾下，在柔声的音乐中，我把自己当作作品呈现给你，由你来浓抹重彩我，让我们共同完成爱情功课。那是婚姻之后的维修和拯救。我们都要全力以赴，以爱的名义……

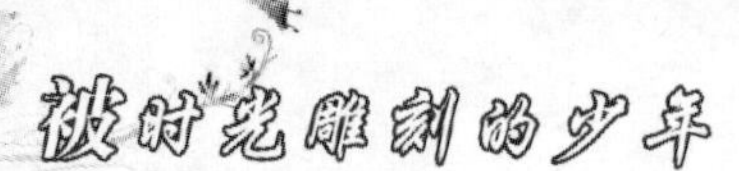

抵达乡村

1

任何一个事件都有不计其数的版本。

任何一个片段都被不同的视角记忆。

伴随炊烟犬吠，一条蜿蜒的小路伸向桑林深处。在拐弯处的农舍人家，有老者在手搭凉棚对我翘首张望。这个画面亲切，铭刻在心。这一水墨乡村版本荡涤我心，让我纯粹安宁。

一个乡村，我命里路过，并将再次抵达。

2

现在，从夜晚出发，不知哪一盏乡村灯火为我点燃，而身后城市小屋里那盏微弱的灯光，是否给过我足够的暖意。

我与乡村没有血缘关联，是个打马而过的客串。在乡村，我是城市人；而在城市，我始终把自己划归到乡村队列。孑然行走在边缘，没有根基的飘零。城市摄取我水木年华，乡村掩藏我葱茏岁月。躯体在钢筋水泥楼群下穿行，灵魂被驱逐到旷野游荡。我找不准自己的版本，我的原版是不存在的虚构，或者说，所谓的原版是我一切视角记忆的总和。

3

在我骨子里，乡村是个概念，不是家乡。我没有家乡，我不知道我归属在哪里。乡村是我纸上怀想的审美意象。我并不知晓真正农人耕作的艰辛；也不理解庄稼汉对干裂田垄那份祈雨的渴盼。眺望紫云英覆盖的原野，有欧美经典大家们对田园风光的音响描绘和色彩勾勒在眼帘浮光掠影，而我始终与土地有隔膜。六岁，我回归到父母身边之前的每个农忙时节，都是远离乡村，没有看见过乡村人的劳动实质，我与乡村构不成零距离。对于乡村也好比我对于城市一样，我是个外围徘徊者。

麦子和原野被我以一种矫情的声调在热情讴歌，而麦子和原野并未真正接纳过我。它们接纳布谷鸟的歌喉，接纳地鼠的流窜和蚯蚓的翻转，接纳骄阳下被舞动的镰刀的锋芒，接纳牛粪炊烟鸡鸣狗跳，还接纳真正游子风尘仆仆的心跳。但不接纳我，我伫立在原野和麦子的局外，看不清乡村原版。

4

虽然陌生遥远，但我一直在努力，发自内心的努力亲近，这让我惊异。我想，其中一定有个缘结，缘结打开，温暖的线索将会抖落，线索的起点，就是我亲近乡村的入口。它在路口，对我翘首以待。

我深情缅怀那个乡村，它就是挂在我记忆树梢上的一枚青杏，在时光之树上苍凉葱郁，由青涩成熟而无声坠落。

那时候我很小，小到收缩成一个肉块，潜伏在我母亲的腹部。我怀孕的母亲在吃青杏，酸涩的汁液让我原初的记忆丰饶持久。我看见新安河两岸一片葱茏。在河堤上，我父亲用自行车推着我母亲，我母亲坐在后座上，她恬静的样子宛如一个骑毛驴回娘家的新媳妇，其实她是要赶赴医院临产。我在肚子里听见他们欢声笑语，我也高兴得手舞足蹈。忽然，空气凝固。从他们的目光里，我看见迎面匆忙走来一拨儿人。前面有个女人在哭，不时用衣袖擦泪，然后回头安慰少年。少年被人背着，一只裤管撕裂，小腿处血肉模糊，鲜血从紧绷着的布条一滴滴洒落，我看见血落在河堤上、船上和河水里。这个场景我在场，但不具备记忆。所有的故事都是多年后母亲的陈述。听得多了，俨然就是我自己亲身在场。

此刻，我的汽车向乡村出发。那个在母亲肚子里观看少年的胎儿长大成我，我现在要去看望当年在河堤上擦泪的女人——后来成为我奶妈的桑妈。去看望她那从少年成长为中年的儿子——他在许多文字里被我叫做桑。汽车带我们向村庄靠拢，一个叫桑树的乡村将要呈现眼前。

5

夜晚，久违的乡村夜晚。秋虫在旷野上合奏，狗以间或的轻吠表明自己也是夜晚的主人。桑来迎接我们，带我回家。我打扰了乡村生灵，在这个只有月光的夜晚，脚步变得轻盈。

在热烈的狗叫声中，桑妈和桑伯一家人把我们引进客厅，已经太久没有来了，但那熟悉的“天地国亲师位”的条幅让我亲切。桑的一对双胞胎孩子都上大学了。他们以十大海碗的好鱼好肉招待我。看见桑妈头发更白背更驼，我们都彼此对视眼睛潮湿。我早该来了,寄钱只能表达世俗的心意。亲临,才是心的接近。

吃过饭,桑妈带我出门向左围绕着白杨林掩映的方塘散步。她告诉我这是他们集体农庄的新举措,为村民挖个鱼塘,放点鱼苗,年底各家分点儿鲜货过年。在夜色中,一个被我牵挂热爱的老妇人在对我说着鸡毛蒜皮的家常,风儿吹来,我的心和水波一样轻漾。这个普通的不识字的农家妇女,曾经带我去过南京、合肥等大城市。她每次都把好东西先让我吃,我让她吃,她都说不喜欢,她怎么会不喜欢呢。她始终告诉我说你是城市人,有一天,你的爸爸妈妈就要到村口接你回家,你要干净漂亮。在我眼睛生疮时,她听人说可以用嘴吸去脓水,她一口一口吸干净。桑带我玩,把我衣服弄脏了,手臂弄出血痕,她折断柳条枝抽打他,我在旁边灿烂地"咯咯"直笑,却不知她的眼里饱含泪水。这个女人,与我没有血缘关系的女人,她在那次桑被狗咬流血的路上,与我父母邂逅。我父亲与他们不认识,骑着自行车把桑送到公社医院及时抢救,一路上,桑妈陪同将要临产的我母亲步行去医院。后来,桑痊愈,我出生。我母亲托她给我找奶妈。她找了几家看我都在受苦,就把四个月的我抱回家喂养。我当时死活不喝山羊奶,她急,一夜之间头发落满了一枕头。她和我没有血缘关系,但她是我的乡村母亲,她在我心中分量比我城市的生母重。她已经越来越老了,我必须来看她。

6

先是鸡叫,很久违的"喔一喔一喔",然后是母鸡扑腾翅膀出笼的声音,狗叫的声音,猪哼的声音,鹅的沉稳的步伐,最后是鸭子从喉管深处爆发出的沙哑粗砺的嘎嘎喧哗,终于彻底把我吵清醒。没有了城市里的车水马龙,在这里动物比我热情,它们以昂扬的姿态激情地迎接新一天的到来。在压水井边匆忙洗盥好,打开门,鸡们鸭们张开翅膀迫不及待投奔田野。

桑妈家坐东朝西的院落一打开门就是田野,无边无际的田野。我发现,这个叫桑树的村庄已经有五分之四的人家搬到公路两边安家,当年欢天喜地的热闹村庄现在只剩下稀少的几户了,而且,都是老人和孩子,青年和中年人消失了。他们去了哪里?他们去进军城市。进城的农民被城里人很不友好地称呼为农民工或打工者。他们就像我此刻游离在乡村一样,他们游离在城市边缘并不被城市所接纳。

7

他是土地的主人，他是自己的主宰，他是一个好把式，他把耕耘土地作为终生职业，他用一生的时间在认真完成大地上的作业。从他——我尊敬的乡村父亲桑伯的讲述中，我知道了当今乡村的奇迹正在发生。

桑伯伯，一个让我自豪的乡村男人，他是个面容慈祥整天微笑的现代庄稼汉。他是庄稼汉，但他长相端庄、面相和善、身板挺拔，一副电视里正面乡村干部形象。我就像亲近土地一样亲近他。他任何时候从田间干活回来，一身田野味道把我高高抱起，用胡子扎我。他身上还有清香鲜活的烟草味道。他不脏，特别的干净，像泥巴一样干净。

我还要说他现代，当我从田野散步回来，看见村庄如此凋敝，我与他交流了我的担忧，我说长此以往，农村将不农了啊，没有人种庄稼了，这真可怕啊。

他蹲在门口，哈哈大笑起来，吧嗒吧嗒抽起了旱烟。我看他这样子特从容特潇洒，示意先生给他抓拍了几张照片，先生很激动，把微型摄像机拿来拍摄。我也变得激动起来，掏出本子和笔，想来采访一下我尊敬的这位土地的主人。我知道，他有故事，当他抽烟当他微笑的时候，他想说话了。

刚吃过早饭，端来两个小板凳，我们靠在门边坐下来，他手抚小狗我手抚小猫，我们拉呱，这个情景让我幸福。在幸福的情绪弥漫中，我要以一个女儿的身份来采访这个大地的主人，他这么沉稳有力。

说他现代真没错。他房间里堆积了抵达房顶的装袋粮食，这让我惊讶。他屋外用稻草和干树枝掩藏的拖拉机让我震撼。而那以前是牛圈。我由衷地说，原来中国农民真富强了啊。告诉我，我想知道过程。他扑哧一笑骂我一声傻丫头，然后正式开始回望。他把他的整个劳作过程命名为“田间管理”。

他说，清明时节，他就从种子公司购买稻秧回来，要浸泡两天，育秧 30 天以后，到小满节气栽秧，分两种，一种是直播直撒，另一种是小软块，下种要在 20 天左右，一般一亩地要产 1200 多市斤呢。最忙要数小满以后了：插秧、管理、放水、薅苗，这要 130 多天左右。庄稼成熟了，要收割，收割都在八月九月天。他记得他这 10 亩地是今年 9 月 20 日收割的，10 天左右时间呢。我心痛地问他，你一个人收割多累啊。他说哪里呀，现在是农业机械化了，我用的是收割机。是桑用电话联系从江苏浙江一带租来的。一亩地按 60 块钱收，600 块钱 10 亩地。我说难怪我看见田野稻梗那么整齐呢。老早就说四个现代化了，没有来的时候总在叫嚷，现在真来了，居然没有人做声。我问他这个粮食能挣不少钱吧。他说10000多斤粮食，自己留2000多斤，其余全卖能挣7000多块钱，他得意地一笑说，这还仅仅是水稻的一项收入呢。中间空闲时候能种油菜，4—5亩地左右，5亩1000多斤能卖12000多块钱。等到霜降的时候，能种小麦，也是4—5亩，一亩500斤，5亩收2000多斤，能卖三四百块钱。他说他还有16头小猪，一年下来也能卖它个几百块啊。他说他攒钱不是为自己盖房子，是为了让两个孙子出国留学。就这一点你能说他不现代？

他挥舞着大手这么说着，似乎大把的钱就在手掌上摊开散落。这是他的劳动所得，他赋予土地以汗水和辛劳，泥土以丰硕的收成回报给他喜悦。这是我在乡村的父亲的喜悦，我正与他分享这份劳动幸福。

8

我在田野上行走，后面尾随我的是两只小狗，两只小猫。我忽然对桑妈家的小动物只数感兴趣。鸭子是18只，鸡是10只，5公5母，小猪是16只，连来到家门前飞翔的喜鹊也是成双成对，他们家的孙子也是一对龙凤双胞胎。而且，我还看见小猫躺在小狗怀里吃奶，猫爪子在任意抓挠狗脸，小狗闭着眼睛不理不睬。

我想对这一幕景象进行一个概括，搜肠刮肚地满地找词。桑伯伯问我你找什么，我说在找词来表达这个感觉。他说不是有现成的两个字：和谐。

9

我看见金色的太阳在照耀我热爱的乡村——桑树村。我看见在蜿蜒的路的尽头，桑伯和桑妈在路的拐弯处，手搭凉棚对我招手。

我转身与他们招手，后退，再后退。

在快看不见的时候，我忽然双手捂脸，泣不成声。

蓝燕飞作品

蓝燕飞，女，20世纪六十年代出生，江西铜鼓县人。1995年开始散文创作，作品散见于《百花洲》、《创作评潭》、《星火》、《散文选刊》、《散文百家》等刊。现供职于铜鼓县疾控中心。

散文观：写作是神圣的，是心灵史，是精神自传。我希望自己的创作能够做到这一点。真诚、善良，一如我希望在生活里做一个这样的人。

西瓜、西瓜

看见它们的时候，已是灯火阑珊。浮华的街面呈现着安详与静好。行人稀少、车辆寥落，人与车在这午夜的街头，一起放慢了脚步，似乎都在享受这难得的清凉。我和几个朋友从嘈杂的夜宵摊折身出来，啤酒的气浪在他们的咽喉翻涌着，气味复杂的酒嗝刺激着饮者的神经。"自古圣贤多寂寞，唯有饮者留其名。"人既然很难成为圣贤，那就做一个饮者吧。但对我来说，这两者都是难以抵达的遥迢彼岸。

天空繁星密布。看见它们的显然不止我一人，有朋友说了句：活着真好，能看见这样亮晶晶的星星。星星确实非常美丽，宝石一般，撒落在幽深的天穹。

但我忽然就看见了它们。

它们好像从天而降。我有一些诧异，这时候它们不在家好好地待着，跑到街上干什么呢？夜已经完全滤去了白昼的燥热，微风轻拂，荡漾如水，这时候，难道还会有谁把一只笨重的西瓜抱回家？

一、二、三……我数了数，竟然有十几车，确切地说是十几板车。其中的一辆板车上插着一块纸牌，上书几个黑字：西瓜，每斤三角。牌子不知道站了多久，也许很累了，头软软地低着，那几个字也是羞答答的。只有西瓜看起来很精神，青皮的、花皮的都是圆滚滚的，一副茁壮的模样。

我稍稍看了它们几眼，迅即掉转了目光，既然我不打算抱走其中的一只，那么盯下去有什么意思呢？而它们此时也显然没有打算离开同伴，胸贴着胸，背靠着背。我虽然收回了视线，但依然感觉不对头，觉得少了些什么。难道这些西瓜都是无主的吗？我重新盯着它们，并把视野扩大到它们的周围，很快看到街角酣睡的汉子。十好几个，他们的身下，垫着草席，他们在夜的深处，横七竖八地将息在城里的街头。

我们没有将脚步放慢，我们只是看到了他们，看到他们的时候，我们不仅没有停下来，反而走得更快了，行色匆匆，好像前面有什么重要的事情在等着我们。我们只是开始了沉默，没有谁再讨论星星与啤酒，沉默将时间拉长，空气似乎有些凝滞。夜确实很深了，那么散了吧，大家回去睡觉。这个提议得到了所有人的赞同。我们早该回去睡觉了，老大不小的，深更半夜还闹腾个啥？

但是香甜地睡上一觉，有时也并不是那么容易的。我开始闭着眼睛数羊，一只羊、两只羊……我希望数上一堆羊，希望数上一片羊，希望把羊数得飞起来，像云一样在蓝天上飘。但眼前滚来滚去的都是碧青的西瓜，它们像一只只眼睛，把我的羊搅得如没入草丛的石子。我叹息一声，想，你们找上我是一点儿用也没有啊。

那天的气温高达37度。天空见不到一丝云彩，太阳一早就气势汹汹，威猛发力。虽然是周末，但人们都像蛇一样躲进自己的巢穴。我把遥控器按来按去，最后伫足在中央11套节目做观望状。荧屏上一个青衣正咿咿呀呀地唱得投入，我除认识几个字，没有什么别的艺术细胞，京剧也是不懂的，但我喜欢它的颓败的美，喜欢它用高度程式化的方式表现出来的丰富的悲喜人生，喜欢华丽的唱腔后面日月风雪的沧桑，甚至喜欢那种天塌下来，也要先亮个相的从容与幽默，喜欢那一只水袖甩呀甩，总也收不回来……那发生在遥远年代的遥远故事，我们借助一只飘在云端的水袖就能够抵达。

空调的声音嗡嗡嘤嘤，像苍蝇一样，但我赶不走它。我只是有点儿烦，有点儿焦躁。坐在人工制造的春天里，守着古老的剧种，我不仅没有安静下来，反而焦虑不安，为什么呢？总不至于为一个西瓜烦恼吧，那不是太可笑了吗？

那个卖瓜人年龄模糊，也许五十岁，也许七十岁，除此之外，一切都很清晰，清晰得刺眼。他的头发、胡须都已花白，身上的蓝布褂被汗水弄得深一块、浅一块，他不停地用衣袖揩着脑门上的汗，但总也揩不完，它像河水一样顺着脸上的沟壑往下淌。

当我被他的吆喝引出门，他就这样站在热地里。阳光毫无遮挡地倾注而下，热浪翻卷。他看到我，眼里有一丝不易察觉的惊喜。他的板车里稀稀拉拉地剩了几只瓜，像被晒蔫了，一个个无精打采的。我问：怎么卖？他说：三角五。刚说完，又自己改口：三角。我不是那种很会过日子的女人，平时到市场买菜什么的也从来不知道认真地讨价还价，最多象征性地问一声：有少不？而在买西瓜时，我一般连这三个字也不说。火一样的太阳、雨一样的汗水，它们总让我的心翻腾起一股酸酸的、涩涩的滋味。

我挑了一只，放在秤盘上，他说十斤。我手里捏着五元钱，它也是软塌塌、皱巴巴的，我把它塞给了他，含义不清地说了一句话，抱着西瓜匆匆进屋。

我说那话时十分地不好意思。不是羞愧，就是不好意思。“不要找了”还是“你拿上吧”，我不记得自己说的哪一句，我慌慌张张地说，慌慌张张地走，完全没有听清他唧唧哝哝的话，我很快关上了门，不希望他再站在毒辣辣的太阳下，我实在不想因为区区两元而赚取感激的话语。

如果我的记录到此为止，那不仅背离了完整与真实，还让我觉得自己有一点儿厚颜无耻。

那瓜一口没吃，扔了。我把它扔了，当然是因为它已经坏了。我扔出去的时候，它的身体已经一分为二，暗红的汁液淌出来，像血一般。

这个一口没吃的西瓜，让我的感觉很不好，这种感觉有时与事件的大小没有直接的联系，它甚至与事实真相相去甚远。

那个汗流浃背的老人怎么知道这瓜是坏的呢？我凭什么认定他知道？

我曾试图阻止自己把它说出来。我不想用一个个汉字来印证自己的善良是多么的稀薄与软弱，一个手指头的力量就能把它捅穿。而且我怀疑这样的文字的意义。有必要吗？但我文字的形成通常是在意义的标杆之外，它只是我生命中的一种必需。我早已不奢望文字带给我除却书写本身的快乐之外的任何东西，当然你完全可以把它看做酸葡萄心理，我随心所欲地写一些这样或者那样的句子，完全是因为我想说，我要说。

就像现在说的西瓜。

不是我和西瓜过不去，而是西瓜纠缠着我。那些羊群、洁白的羊群、我呼唤着的羊群不肯走近我，完全是西瓜的错。西瓜、遍地的西瓜、山一样的西瓜，它们在我的眼前无限制地放大或缩小，我不想因为它而失眠，这听起来确实有点矫情，事实也是如此，我的失眠是一种惯性，我不过用失眠的空档想一想它而已，不想西瓜，反正也要想别的。是的，就那么简单。

我想象着它在空空荡荡的街头，卫士一般守护着自己的主人。我不知道它的主人为一颗种子成为一只人见人爱的西瓜，所付出的辛劳。但西瓜一定知道，它努力地让自己长的更大更美，它希望自己能够卖一个好价钱，它希望天就这样蓝瓦瓦的晴下去，它害怕雨天主人的那一声声叹息，像连绵不断的雨线一样。

我想卖瓜人的心情与那个遥远年代的卖炭翁的心情，是不是惊人的相似呢？如此漫长的时光，沧海可以化作桑田，而有些人，有些事，为什么竟然没有一丝一毫的改变？心忧炭贱愿天寒与心忧瓜贱愿天炎，就像孪生兄弟一般站在四季的两端，漫天大雪与骄阳烈日，望眼欲穿，却不能相互渗透，他们是不是只能永远这样地站下去呢？

我禁不住又叹息了一声，难道有什么办法不让他们这样站下去？叹息的时候，我在想，那些羊到底去了何方呢？

午 后

世界的崩溃起源于一泓水，所有的船都是被水颠覆的。

1

祖父坐在厅堂里看电视，慢慢地把自己看睡着了。电视里那些后生、姑娘唱歌不好好唱，跑来跑去的，扭胯甩胳膊，让他的眼累得慌，于是他像一只老猫那样眯起了眼睛，这一眯就把自己眯睡着了。

和祖父一起看电视的两个少年对视一眼，会意地俏皮一笑。他们一前一后溜出屋，黑狗尾随着，他们同时瞪了它一眼，低声地呵斥着。它抗议地轻吠两声，垂头丧气地往回走。

哥哥走下那个斜坡时，弟弟已经等在那里。天热得使人脑袋发懵，午后的太阳如一盆越烧越旺的火，舔得人身上火辣辣的。

少年横穿公路，拐上了一条依傍着河流的小路。小路行人杳杳、荒芜杂乱，摇曳的野芒还是一柄绿色的剑矛，它们调皮地抚摸着少年的脸，不时拉拉他们的衣角。少年甩开它们，一直向前走，黝黑的脸上淌着亮晶晶的汗珠。

我的文字此时变得非常的困难和艰涩。我不想继续下去，我希望这是我的文字制造的一个噩梦，我停下来，梦就醒了。我希望停留在这里，停留在某个午后，寂静而喧哗的阳光下。

“后来我看见了别的东西，我永远只在事后才看到东西。”

我看见了结果。看见死亡的黑色的羽翼下覆盖着少年与祖父，他们彼此相邻，但却是孤零零的，他们再也不能听到彼此的话语。

那些水还在那里。静悄悄的。一副无辜的样子。但你不能轻易地相信它们，你瞧，现在连风也抛弃了它们。

我一直想把这些告诉你，那六十天前的事情。但我一天天地拖着，不知道自己应不应该把一个突发的、孤立的事件说出来。

天空有着海一样的颜色，蔚蓝的颜色。少年的脸绽开了明亮的笑。他们同时看见了安静的、清凉的水，看见了水里飘着的云朵和羊群一样的洁白。弟弟跳起来，他的衣服如长了翅膀的鸟快乐地飞进了草丛。

水笑了。水一直在笑。先是羞涩的浅笑，直至大笑，狂笑，以至抽搐。

哥哥不明白发生了什么，他的记忆停留在 2005 年的夏天，那摇篮般温存、富有张力的水留给他的无边的快乐里。

2

我无数次地设想过另外的结果。哥哥在那一瞬间胆怯了。他只有十五岁，没有能力把十一岁的弟弟从命运的漩涡里解救出来。他能做的只是求救。他朝四周望了望，有绿色的庄稼，前方、后方、左边、右边，都是单一的让人绝望的绿。没有人影，人正在午后灼热的大汗淋漓的梦中。现在满眼满世界的绿连麻雀都看不到一只。只有蝉子在尖锐地嘶鸣：快去！快去！别去！别去！

蝉躲在浓郁的叶丛里。它的外壳黑糊糊的，老谋深算的眼睛被阳光晃得迷糊了起来。柳树的枝条低垂着，蝉藏在低垂的柳条间，它看见了一切。

蝉一直在犹豫。它也不知道该不该去，因此它喊着喊着就渐渐地喊得模棱两可了起来，这样听起来就是一声急过一声的去——不去！去——不去！去——不去！少年压根没听清蝉说的话，他一个猛子扎了下去，没有犹疑，没有朝我设想的路径眺望。他应该找到了他的弟弟，他拖着弟弟挣扎着往岸边游，那些松软的河沙突然像峭壁千仞。

少年落下悬崖。

少年别无选择。

我设想的结果永远不会到来。

如果它到来了，真的就可以改变这一切？裂缝、阴影、猜忌、怨恨、自责……少年能够从中走出来吗？

生活总是漏洞百出，充满了这样那样的悖论。

3

母亲看着自己的儿子，他们那般安静，安静的陌生。他们的头发湿漉漉的，脸色灰白，他们的头挨在一起，圆脸、浓眉，他们的脚一长一短的平伸着。他们什么时候这样乖过呢？她喊、她摇，但任她嗓子喊哑，手臂摇酸，他们的眼睛一直闭着，嘴里没有半句话语。她生气了，“啪啪”给了他们两耳光。她还想伸手，手却被人拉着。她看着那些人，他们眼泪涟涟，她听见了那些话，很多的话从云里来雾里来，她听不明白。她只觉得自己的心被插上了一把尖刀，她眼看着自己的心被那刀一点一点剜出来，血淋淋肉糊糊的，她知道自己就要没有心了。一声哀嚎冲出了母亲的咽喉，这终于哭出来的声音让众人松了一口气。哭泣的母亲把自己像一棵树那样放倒，她在地上翻扑滚打，她一次次挣脱众人的手臂，像子弹那样向墙壁、桌沿射去。这样的情形维持了也许一天，也许两天，也许更长。她的眼里交迭着的灼热与呆滞的火苗，在某个瞬间，“噗”的一声，熄灭了。

人们说她疯了。她疯得有道理。她没理由不疯。疯子的眼里都是黑暗，疯子的眼里都是光明。陷于永恒的黑暗或永恒的光明里的疯子自我救赎。他们救赎的方式就是成为一个疯子。多么简单又多么残忍。

4

黑暗如一个巨大的洞穴，神秘、幽深，波澜诡异。父亲像一个失去方向与动力的水手，再也无力操纵那柄单薄的桨。他任凭黑暗的潮水漫上来，他绝望地看着自己的儿子化作一缕轻烟，它们飘啊飘啊一会儿就飘得没了踪影。他想他也化成烟吧，和他的儿子一起。但他不仅没飘起来，反而坠入了永劫不复的深渊。

黑暗黑得那么纯粹，没有半点缝隙。黑暗就是黑暗，没有时间与空间。

他躺在黑暗里，慢慢想着这一生。他们从修水来到铜鼓，他们都是老实巴交的人，没有技术，书也念得不多。他们选择了种菜这个行当，他们的一些老乡也在铜鼓种菜。他们租了十几亩地，没地方住，就在地里搭个棚子。那是十几年前的事了，他和老婆都很年轻，干起活来又舍得卖力。他们都知道力气是用了又会长出来的，用不着像钱那样的赚着。靠着四季菜蔬，他们不仅将孩子慢慢养大，还把老父亲也接了过来，又买了一套二手房。他觉得生活没有亏欠他，他和老婆除了干活，没有一点儿别的嗜好。他知道和他们一起种菜的好些人都打起了麻将，但他连看也不看，好像麻将会扑上来咬他一口。他有两个儿子要养，他虽然拼命干好像多么喜欢种菜似的。但他不想他的儿子也种菜，希望他们好好读书，将来读一个好大学。他对自己的人生已经没什么要求了，白天流汗，晚上看看电视，困了倒头睡到天亮，这样的生活他觉得已经够享福了。

可是现在黑暗严丝合缝地把他锁了起来。许多的事物都在远处，儿子们在菜地里扑蝴蝶、捉蚂蚁，网蜻蜓，风吹过来，那些紫茄子、青辣椒、红番茄如天边的霞光般美丽，他的老婆笑意盈盈，这些说没就没了。只有他独自待在黑暗里，黑暗铅一样沉，他掀不动它，掀不动啊！

他多么希望日子就像一张饼，可以翻来翻去，从今天出发，翻过去可以是明天，也可以是昨天……一直回到那个让人诅咒的日子之前。日子真的就是一张饼，它一下子碎了，碎得如扬花一样。

黑暗驶过他的身体。穿透他、碾碎他。他想，天再也不会亮了。

5

祖父走出屋，不知不觉就到了河边。月光明晃晃的。他已经老了，已经老糊涂了。他一个盹就打掉了两个孙子。他艰难地蹲下来，用手拨了拨水，水像孩子般围了上来，把他的眼睛都溅湿了。它们从他的眼里流入心里，又温和，又熨帖，它们牵着他，一步一步地往前行。

水把他喂得白白胖胖的。他肥白的身体在七月的潮汛里出现在距我家不足百米的河湾里。他和那些丰茂的水草纠结在一起，晨曦渐现，晨曦从遥远的地平线赶来，晨曦到来的时候，所有的事物、一切的事物都袒露出真相。

包括黑暗与死亡。

声 音

是声音，猫的凄惨的叫声，让我猝然惊醒。它像从婴孩被撕裂的喉管里发出，声嘶力竭里透着一种惨烈。

猫的声音一贯是细声细气、娇滴滴的。“妙，妙，妙妙妙……”即便面对自己的天敌，也只是把眼睛睁圆一些，行动敏捷些罢了。它的机智与快乐、娇憨与愤怒都是通过肢体语言来完成的。唯在春天的夜晚，它变得疯狂，简直到了不顾羞耻的地步。

爱情是可以让某些人或某些动物发狂的。比如猫的叫春，它的喊叫撕破春夜的宁静，突兀、尖锐、恐怖，毫无节制。我的睡眠一贯脆弱，一经打破，再难入梦。窗外夜幕沉沉，却黑的并不纯粹，一些来历不明的光线汇合纠结，冥朦中流淌着昏黄暧昧的色调。房屋、树木、河岸影影绰绰，我撩开窗帘，看见大块大块的阴影叠合，但没见到那对猫冤家。它们的声音藏匿在不可知的某一角落里，此起彼伏，黑夜是个天然的放大器，我还听到了河流的喘息和一只犬有心没事的轻吠。

我不能理解猫为什么把自己的爱情弄出那么大的声响，而且声音又是那样的刺耳瘆人，好像爱情于它是件十分痛苦的事情，并无一丝一毫的愉悦。

突然就想到了发生在腊月里的一声爆响。我知道它迟早会来到我的笔端，它煽动着黑色的翅膀，飞越时间的河流，降落在我的面前。正如杜拉所说：后来我看见了别的东西，我永远只在事后才看到东西。老去了的杜拉说出这样的话时，平静的语调里透出不可抑制的沧桑。

当然杜拉还说了些别的话，譬如孤独也意味着：或者死或者书籍，其实对杜拉来说还意味着酒，意味着威士忌，更意味着爱情。

写作、孤独、爱情，这样的字样把一些毫不相干的人与事串联起来，让我在黑夜里长久的眺望。但我在事后真能看到什么吗？我希望透过一个完好无损的果实看见它的内核，那是关于熄灭或死亡的。死亡早已经从内部开始，它一点一点地侵蚀，扩张，或者就像一张春天的桑叶，被蚕食得千疮百孔。

既然死亡的进程锐不可当，最好的选择或许就是松手，松开手，让它以一种自由落体的姿势跌落在苍茫的大地，但他们忽略了这进程或者是漠视这进程，他们制造的一声巨响，催开了邪恶的血腥的花朵。

其实死亡才是完全彻底的孤独，永远不能被人真正理解。那些强烈的隐秘的爱与痛、情与仇被死亡覆盖的同时也被死亡撕开，它们敞开着，不再设防，看起来无辜而坦荡，尘埃渐渐蒙住了它们的面目，但风一路扫来，浮尘四散，那些模糊了的声音与往昔总能被人记起。

一个刚从稻田里爬上岸的男人，来到县城。他身无一技，只能以自己的一身力气谋生，成为了一个人力车夫。人力车在小城还是很有市场的，一块钱起价，街头巷尾没它去不了的地方，男人很年轻，又舍得卖力，生意一直很旺。他在城里无亲无戚，一直租住在一个女人的柴屋里。女人大男人十三岁，寡居，唯一的孩子在遥远的城市打工。按说他们之间不应该发生什么情感的纠缠，但人的感情往往不按常理出牌，至事发，他们已经同居数年。我们的住处的距离不会超过一公里，民间一直对男女情事保持着高度的敏感与兴趣，但我对此一无所知，可见他们的情感是低调的，藏匿在某种硕大的阴影中，像蝙蝠，只在夜色的掩映下翩翩起舞。但2006年岁末的一声惊雷响彻云汉，青年好像挣脱了地心的引力，飞了起来，短暂的飞翔之后是岩石般的坠落，奄奄一息的女人多活了三天后，在医院闭上了眼睛。

一切就这样灰飞烟灭。可身体的消亡没有把一切带走。沸沸扬扬的语言经过浮沉的过滤如零星的雨点打在枯黄的枝叶，没有韵律但噼噼啪啪地响个不停。但事情果真如此简单？仅仅因为女人不愿与男人结婚？女人确实有太多的理由拒绝他，如果他们之间有爱情，那女人的脑子尚未被爱情烧糊，面对年龄这个不能逾越的鸿沟，三十岁的男人与四十多的女人或许尚有一些和谐，但十年之后、二十年之后呢？女人不能不为自己的晚年做一些谋算。男人喜欢这女人自是毋庸置疑的，但那些语言的碎片传达的信息也似在情理之中。几年来，男人把自己所有的收入悉数交付给女人，在他心里，女人就是老婆，而不是什么露水夫妻见不得天日，他之所以拖了几年才提出结婚，完全是因为他想创造更好些的条件，成一个稍微像样点儿的家。男人从未料到女人的拒绝，他哀求过，也耍过蛮，但女人就是不点头。男人突然有了受骗上当的感觉，人财两空，鸡飞蛋打，男人不能接受这结局。

而真实的结局比这悲惨得多。这是男人在瞬间制造的，无可挽回，不能逆转的结局。

渐次远去的2000年夏天的另一事件。一个正在参加高考的女孩，在七月八日的清晨被男友强行拉进死亡的怀抱，洒满阳光的街道，清新的空气，湛蓝的天空因为两个年轻生命的离去而阴霾密布，哀声萦绕。一条管状的器官挂在电线上，分不清是她还是他，它们像经幡一般在风里摇摆。这是小城的主街道，那些即将进入考场的孩子十有八九必须踏过淋漓的血迹，其中有一部分成为目击者。即便死去的是他们的同学，他们也没有更多的时间与精力去关注，等待他们的是人生重要的关隘，他们必须冲过去。因为特殊的情境，那被爱与恨烧成了灰烬的生命就像被水冲刷后的现场，没有留下什么印记。那些永不能释怀的伤痛，失去孩子的父母只得黯然承受。

人类的情感一般被称作隐私，它们就像被捂在破旧棉絮下的稻谷，在温暖的环境中经过某种东西的催化，酿出了香醇的美酒，但事情有时也会朝着相反的方向发展，那时的苦酒只能独自咽下。

天色在我紊乱的思绪中渐渐地明亮，那些成为往昔的人与事却在朝霞升起之时慢慢模糊，猫也平静了下来，或许它们是属于黑夜的，在黑暗中一些事隐没，另一些事呈现，白昼也是如此吧。而我失踪的睡意却在黎明到来的时候将我带进梦的辽阔的草场。

我迷迷糊糊地想，人类的爱情如果像猫一样的喊出来，那另外的响声是否会少一些。

昨日的悲伤

昨日的悲伤我已遗忘。我长久地注视着这一行字，它落在泛黄的纸张上，如惊魂未定的鸟雀，好似随时可以扑打着翅翼飞去。光线十分地柔和，薄薄的一层，我沐浴在秋天的阳光里，看着长长短短的句子，渐渐地有一些恍惚。或者昨日的悲伤已经不是悲伤，或者我真的把你忘了。把你忘了也是正常不过的事情，你在我的生活中逗留的时间太短了，你离开的时候刚满周岁。你是我的弟弟，但你从来没喊过我一声姐姐，对你来说，这个世界还是一张白纸，永远是一张白纸。汪洋一般的苍茫，天空一样的辽阔。你是一颗流星，划过天穹，坠落在无边的虚空与黑暗中。

从来没有想过父母如何承受。你不是第一个，你是他们失去的第三个儿子。他们的长子与三子（我幼小的兄长）因为溶血与白喉，没有活过三岁生日。这两个未曾谋面的兄长对于我只是一个符号，而你不同。你在我的眼前慢慢长大，你会笑了，你长牙了，你像一只小动物那样爬来爬去，然后你直立起来，蹒跚学步。你生得那么美，粉嘟嘟的脸，黑亮亮的眼睛，你是那么的伶俐，所有的怪样一教就会。

你让我过早地体味了痛苦，体味了死亡。那时我五六岁，眼睁睁地看着你小小的身体像烙铁一般滚烫，你的胸脯如风箱一样煽动，然后，你就去了你不该去的地方。

我不知道父亲做了什么。他一定做了什么，是这可怕的结果让我们忽略，忽略有时是残忍的。我只记得祖母牵着我去山上挖药，那只透明的犀角在粗砺的瓦片上磨出的乳白的汁液，我只记得萦屋的悲声。

这一切都没能阻止你的离去。你躺在一只小木箱里，父亲的一个徒弟把你带到了山上。多么漫长的岁月，你独自一人，寒冷与黑夜，雨雪与风霜，你只能孤独地去面对。所幸有些树、有些鸟、有些春天的花朵、秋日的果实。它们能给你一丝温暖吗？

是的，你独自一人，连母亲也没来看过你。你不知道，母亲是不敢，是不忍。母亲说：这山上埋着她三个儿子。

她说完后就急走几步，把自己隐藏在高高的豆角架下。你在山上，一定看见了这些。你一定看见了我们的菜地多么的葱茏，看见了天边的落日，看见了晚霞中的红蜻蜓。你还没有网过蜻蜓呢，你也一定不知道“蜻蜓飞，雨要来”的谚语。那些蜻蜓呵，黄的、紫的、蓝的、黑的、红的、花的，它们飞来飞去，被粘满蛛丝的竹环追得头昏脑涨，纷纷跌落在童年的游戏里。

你远远地看着，看着你的母亲和姐姐，她们正在浇灌。夏天灼热的阳光把蔬菜的水分蒸干，她们每一个黄昏都在做着这样的营生。天色慢慢地暗下来，你很快就能够听见蛙的悠扬的鸣唱，看见萤火虫上下飞舞，它们就像天上的星星一样明亮。

我一直不知道，我们该不该指责父亲。作为一个医生，他实在没有理由让他的幼子离去。麻疹合并肺炎。如果及时有效救治，如果……但父亲偏偏是个中医。为什么不把你送到县里呢？或许父亲想这样做的时候已经来不及了，死亡悄悄降临，你长时间地昏睡不醒，一直不醒。

生的契机稍纵即逝，一定是某个环节没有把握好，只能空遗恨。

你山上的那个家，我想我是再也找不着了，我知道你在山梁上。你为什么会在山梁上呢？你一定是喜欢阳光，喜欢前坡的千树万树桃花开，千回百转绿茶香。你是一个洁净的孩子，怎么能够习惯后坡的阴冷呢。

现在是秋天，你的亲人离你越来越远。这是时间的远也是空间的远。秋天的阳光多么好啊，明净芬芳，洒满我门前的河流。温暖、清瘦的河面掠过的飞鸟，一只一只，啾鸣着转瞬不知踪迹，一个老人在堤下挖土，想种上萝卜或青菜，他的旁边燃着火堆，野草辛辣的香味随烟而起，弥漫在风中。所有在春天沉默的植物都在秋天开出了花朵，一蓬蓬粉红的辣蓼、一簇簇金黄的野菊，静默在秋光里，和我们一起吟听。风翻动树叶，叶子掉落的声音，有一种缓慢而愉快的节奏。风吹落花朵 ，花朵委地的瞬间，有一种凄绝而哀伤的明艳。

我经常这样想，你如果没有走，会是什么模样。像你的小哥哥一样地漂洋过海？还是继续父亲的旧业？或者如你的三姐一般的喜欢上了文字？我们兄妹八个，没一个做了“官”的，我想你也不会例外，你也应该成为一个手艺人，以一己薄技安身立命，卑微地而又不失尊严地活着，这没有什么不好。但我不希望你像你的姐姐那样，牵挂文字。文字有时非常让人绝望，它像一个幽灵，无时无刻不徘徊在你的身边，它更像一根力道十足的老藤，缠着你，越来越紧，让你缓不过气，直到你吐出如鲠于喉的一些话，这些有着血的颜色和气味的东西，除了你自己，还有什么别的人喜欢呢？

当然，我还要告诉你，活着是很不容易的事情。生活的力量超出了我们的想象，不经意中，它改变了我们对世界的看法。人生途中，洁净与柔软渐渐被遗弃，它们散落于野，漫扬的尘埃与丛生的杂草轻易地蒙住了它本质的光辉。

但是，活着是多么的好啊。

你看，天穹幽深，海洋一样汹涌着蔚蓝，桂花的清香踏秋而至。

你为什么不在呢？

是谁写下了昨日的悲伤，我已遗忘？

悲伤是条河流。谁能够忘记河流呢？河流不管你忘记与否，总在这里或那里流淌，永不停留。

一场聚会牵出的往事

三月的斜阳翻过那座小山坡，走近我们时已是步履蹒跚。油菜花、桃花开得潦草、散漫，散发着颓败的芬芳，却依然醉人，飞鸟掠过正在黯淡的天空，寻觅着栖身的巢穴。

炊烟袅袅，阡陌纵横，青草与牛粪的气息弥漫在黄昏的村庄。一切都似曾相识而又正在变得陌生。

四十分钟的车程，我却犹豫了整整一天。这些年的聚会实在太多，太滥，现在竟要弄一个初中同学聚会，再往下恐怕就是小学、幼儿园了。虽然长在乡村的我的童年是溪边的青草与田埂上的野花滋养的，但还是有另一些人的童年被关在那称作幼儿园的地方。

惊呼、握手、久违的绰号，满溢的杯盏，一些暧昧、模糊的东西尘埃一般飘荡，这就是聚会的定势。童年伙伴星散各处，就像被风扬散的种子，在落脚的地方发芽，抽穗。在各自的生活轨道上运行多年，每个人都有自己固定的航线。短暂的交叉与碰撞能够带给我们什么呢？非但不能给我们什么，曲终人尽后免不了让人徒叹韶华将逝，人生如梦。我初中的同学还有半数留在乡村，过着古老朴素的生活。说实话，他们只是我童年或少年的一个模糊的背景，与那些摇曳在风中的烂漫云英、成熟于田野的香甜山果组成生命中的一些片段，经过漫长时间的浸淫，我已经不能清晰地回忆起他们，因此，我脸上的笑是明亮的，也是暗哑的，是真诚的，也是堆砌的。

但我对这次聚会其实是向往的，否则用不着如此犹豫，我想她会来吗？她来了我们说什么呢？

整整一天我几乎都在想着她。

她是我的模糊背景里的一道不会消逝的伤疤吗？抑或是淤积在我心中的块垒？我当然不可能天天想起她，事实上我希望遗忘。但她却在某些夜晚与我一次次地重逢。我们四目胶着，她的眼里先是愤怒，然后是无奈，最后是一片汪洋。为什么？到底为什么？

我没有回答。我不可能回答。

我是如此希望与她重逢，我是如此害怕与她重逢。

当我们在这个春天真实地相逢，我只剩下一种感觉，疼痛。她怎么可以变得如此地苍老、瘦削？如一颗被风干的枣核。是什么让一朵黑牡丹芬芳尽失、丰润全消？是生活吗？是岁月吗？

“走了几十里山路，就是为了见见你们”，她拉着我的手，非常平静地说话。我却不敢看她的眼睛。我真的感到羞愧。在我的潜意识里，我从来没有将自己与她等同过，而实际上，我只是比她少了些真诚与生活的磨砺罢了。

细腻与粗糙、白皙与黝黑，我们的手是那么的不同。现在它们相互重叠，彼此问候。

你好吗？你生活得好吗？你的那个头生孩子好吗？你的丈夫对你对她好吗？

这些我想问，但都没有问。有什么必要问呢？她脸上的皱纹难道不是在回答吗？不容易，谁都不容易。

她是不是更不容易呢？

我依然不敢问。依然觉得没必要问。我害怕我的追问让她想起往昔，她失败、灰暗的青春与爱情，我还怕她想起我曾经的文字。我不愿意再次伤害她，在她的眼里，在我们共同认识的所有人的眼里，我曾经给过她一次伤害。我让人们回忆起一桩已经从记忆里淡出的事情，它在某一时段重新成为人们茶余饭后的谈资与笑柄。但这不是我的本意。我的本意是什么呢？难道不知道人言可畏？我以为自己在文字里对她，对她的爱情寄寓了深切的同情，但结果远远超出了我的想象，那样的结果让我瞠目结舌。

那张我们县里出的文学小报贴在乡政府门外的宣传栏里，它经过某些好事者不怀好意的喉舌的渲染，如风一般在静谧的村庄游荡，蜂拥而来的人们将小小的宣传栏围了个水泄不通，以至于文化干事不得不专程上县城取报“以飨读者”。这是从未有过的事情。我的处女作，原名《古镇上》，被一个我敬重的师长改名为《野情》登在了第一版。那简直不能称作小说。人物与情节都是人们熟知的，我不过用文字重复了一遍。现在看来那些文字是那么地幼稚，但人们就是奔那幼稚而去，幼稚在被生活淘汰出局之前总要受到一些惩罚与嘲弄的，它最坏的可能是被一些人当作一种可以攻他山之石的武器。

我的那些蹩脚的文字不幸成为一个干事枪膛里的子弹，射向另一干事。顺带把我的女同学钉在耻辱柱上。子弹的反弹力同时击倒了我。那个干事找了我的父亲与兄长，他们不得不为我做的傻事道歉。真是糟糕透了。正像那个干事说的：屎缸不臭把它搅起来臭。

我的女同学，当时已经怀揣一颗拱破冻土的芽孢离开古镇。这之前，她曾经扼杀了好几个生命的诞生，但这次她没有这样选择，她带着这个生命，带着对那个男人的失望选择了离开，她只给自己留下了一个“不正经”、“贱货”的坏名声。

她必须给自己腹中的孩子找一个降生之地。一个贱货与一个姑娘的区别就是前者必须放弃自己，放弃爱与被爱，放弃尊重与被尊重，她只能把自己当成一个等外品处理出去。她嫁了一个鳏夫。鳏夫当时已经年近四十，因为长期独自生活，懒而邋遢。

我从来不认为她是一个放荡的女孩儿。但我们确实在人生的某一路口分道扬镳。在我十六七岁青春萌动的时候，我突然与童年的伙伴疏离，我迷恋上了一些别的事物，白云与暮色成为我最喜爱的意象。当我凝视天空苍老而鲜活的云朵，我幻想自己是一只鸟，正在飞出黄昏悠远的黯淡。伫立与冥想的结果就是慢慢地变得离群索居。在我虚构的生活中，我是一个乡村教师，就像苏联电影《乡村女教师》那样，我认为那是一种有意义的生活，是一种诗意的生活。一条山路弯弯曲曲细又长，晚照里传来清脆的铃声，那是信使为我捎来远方的问候。远方是一个存在，远方只是远方，真实又虚幻、清晰又模糊。远方在红叶满山季节如一朵美丽的雪花飘扬而至，带来书籍、歌声与温暖。月光下，我牵着远方的手去看涧底溪流，溪流潺潺、清亮似银，草间虫鸣如天籁，长一声，短一声，这样的时候，远方明亮而低回的歌声梦一般在我耳边响起……少女的我无可救药地喜欢上了这样的情境。我从来不曾梦想过流浪远方，但远方从来都是我的牵念。沉浸在天涯、暮色、西风里的我，怎么看得上他们这种饮食男女呢？但我知道她并不浪荡，我只是在那样的年龄不能理解她为何要以这种方式去爱，或许她认为爱最好的证明是给予，她才毫无保留地把自己交付出去。而那个男人呢，是少有的俊朗，像一根修竹那般挺拔蓬勃，不仅如此，他还是乡上的干部，这让有了家室的他像一株花草，总有些蜂蝶萦绕，他随意、不拘，从不计后果。这样的做派让他轻易地被一只蜂蝶套牢，那是一只长相尚待完善的蜂蝶，客观地说，她配不上这美丽的花草，但她的父亲是乡上的一个人物，他只得乖乖地将其娶回家。我的女同学就没有如此幸运，她的父亲在她小学四年级那年死于一场事故，她的母亲几年后带着小弟远嫁他乡，即便她的父母健在，男人恐怕也分身乏术。男人或许真正爱过她，他提出与妻子离婚，正是这提议，让我的同学蒙受了更大的羞辱。妻子一家被激怒了，他们已经够忍耐，够宽容，他们对发生在眼皮底下的事情视而不见，完全是为了顾全大局。现在他们的愤怒像决口的洪水倾注在这个刚过二十岁的弱女子身上，她被推搡到了场院上，她的衣裳被撕成了条经幡一般在夜风里飘扬，她的娇嫩的身体被浇上了臭不可闻的大粪。那个男人却像云层后面的月亮一般不见踪影。

这一切发生的时候，我已在他乡求学，我不知道她是如何承受的，凭什么要她孤身一人承受？在这长达数年的三人角逐中，他的妻子一边隐忍着寂寞

与冷漠，一边为他抚育着幼小的生命。而她呢？十庄八村谁不知道她是一个破货与贱货？

这件事让我震惊，让我耿耿于怀，它们淤塞在我的咽喉，几年后变成文字破喉而出。这篇文章不仅让她业已平静的生活重起波澜，让她捉襟见肘的生活雪上加霜。她的丈夫愈发的懒惰，以此找补回丢失的脸面，“谁叫你贱！”还几乎扼杀了我的文学梦。我因此死了做小说的心，那不是我能够驾驭的文体。实际上我驾驭不了任何一种文体，我只是偶尔让自己的心在文字里做一次释放或飞扬，以此振作疲惫、懒散的身心。

当我写下这些的时候，离那次事件已经非常遥远。时间堆积的浮尘轻易地覆盖了往昔，翻动它 ，会使浮尘蔽日，会让旧疮渗出新鲜的血。但所有的文字似乎都是在与遗忘作较量，文字从来都是血泪与痛苦滋养的。尽管如此，我还是希望没有一个熟知我与她的人看到它。

一个悲观主义者的爱情观

作为一个医生同时又是有了些经历的中年人，我对死亡的认识正趋于客观与平静。比如，我会说生与死是一个完整生命的两极，从来的地方来，到去的地方去，就像一株植物，春天萌芽，秋天落叶。假若我自己患了某一类现代医学不能拯救的疾病，我将选择安乐死，让生命之火安详的、不失体面与尊严的慢慢熄灭。从某种意义上说，死亡是一种了断，对世界、对人类、对情感的一次性了断，从此，哪管它姹紫嫣红，哪管它残垣断壁。但仔细想想，似乎又不完全如此。死对逝者固然是一种了断，对生者呢？对生者也是一种了断吗？有时牵挂与怀想可以在时间里慢慢地淡下去，但有时，因为没有重逢，无处释放，它会演变成一种绝望的深沉与真切。同时，死亡作为一种不容忽视的巨大存在，牵动的不仅是亲人的情愫，它也同样可以让一个毫不相干的人难以忘怀。

我做实习医生的医院，是一所中等规模的市级医院。在那里，我完成了一个学生向一个医生的过渡。一年的时间被切割成无数块，它们分门别类地挂上了某科室的字样。生与死在这轮转中成为一种司空见惯。新生的喜悦与死亡的哀伤，每天都在发生着，我的老师们称死亡是翘辫子，没人对它说三道四。在我二十岁的时候，我已经能够平静地对待它们了，至少表面上是这样。

我之所以说它是表面现象，是因为总有些东西会在岁月中沉淀下来，它们潜隐在时间的暗流下，偶尔遭遇一块礁石，彼此碰撞，水花四溅，打湿我们情感的衣襟。一个婴儿、一个青年、一个少女，他们在我的心海里沉浮，月光静静地洒落下来，照见绝路相逢的滩涂，他们并不是我见证过的全部的死亡，但我长时间不能遗忘，总该有些缘由。他们的共同之处是在人生长路上逃之夭夭，如果说婴儿与青年的提前退场是自然的因素，是医学与死亡交手后的挫败，当他们不甘地合上眼睛，并且一直保持着这种姿态，被送往那个称作太平间的地方，我的心像被什么击中，现在我知道，击中我的是死亡与一个未来医生的失败感，它们还让我溢出了咸涩的泪水。

其实，死亡呈现给我们的并不只是一种姿态，时间渐渐地把它的两面甚至多面暴露无遗。解构同一个死亡事件，往往可以有多种结果。

在漫长的时光中，我不止一次地想到过少女的死，它带给我的东西远比哀伤复杂，对待这件事情，我现在与当初经历着的时候，有了完全不同的理解。

少女送来时已经处于深度昏迷，她的呼吸有一种腐烂的苹果的气息。她的父母表情复杂，泪水模糊的脸堆砌着怜爱、追悔或许还有一丝丝恨意。我的带教老师是个中年女人，她的眼神多么奇怪啊，冷而硬，像刀子的青锋，嫌恶与不屑是刀刃，它们落在少女的身上，掷地有声。但她依旧试图阻止一朵花蕾离开枝头。所有的抢救都是迅速的、规范的，但所有的努力也都是失败的。徒劳无功的事情总在这里或那里存在着，发生着。

少女死了。她只有十八岁。她用一瓶农药阻止了青葱细枝向树的成长，并以此定格自己的爱情。

她的男友喝下那些液体后，痛苦地抑或幸福地去了远方。少女却受了更多的磨难。她的脸肿胀得变了形，她的胃像一件穿脏的衣服被一根冗长的管道反复地搓洗，另一些管道在她的鼻腔、尿道与血管里蜿蜒。不仅如此，事隔多年，她还被一个素昧平生的人拎出来，她简直死也不得安生。

他们殉情的理由很简单。其实，殉情从来都不需要复杂的理由。它只是反抗或逃避的一种方式，一种决绝的残忍的方式。与他们抗衡的是他们最亲的人——给了他们生命的父母。他们的目的只有一个，生生死死在一起，父母的目的也只有一个，希望他们的孩子生活得更好。在他们的心里，选择是唯一的，在父母的眼里，选择是多样的、可行的、必须的。

在我二十岁的时候，在我认为爱情是人类最崇高的情感，像天穹的花朵般美好与神圣的时候，我不能理解少女的父母的行为与我的老师的眼神。无非是嫌贫爱富，无非是庸俗世故，无非是冷漠无情。难道他们从来不曾爱过吗？他们对爱情怎么没有表现出一丝一毫的应有的尊重，只会棒打鸳鸯，或者用如此可怕的眼神对待一个行将死去的花季少女？

我不知道，也许恰恰因为他们曾经爱过、经历过，才想以自己的人生经验给自己的孩子一种善意的引导。生活告诉他们，夫妻相爱苦也甜，只是一句唱词，而且是天上的仙女唱的。苦就是苦，甜就是甜，它们就如树上的两片叶子或者一片树叶的正反两面，如此之近，却永远不能置换。咫尺天涯。他们或许更知道，爱情是一种娇嫩的事物，经不起时间旷日持久的打磨，所有的情感在森然似铁的生活面前，都将殊途同归。

但真的毫无转机吗？让我们设想一下，事情能不能是另外的模样。

少女与爱人双双获救、父母对他们的结合疑虑重重但噤若寒蝉。结果呢，他们活得非常辛苦，田里的庄稼就像妖魔吸光了他们的气力，他们的孩子泥鳅一般在土里地里滚，少女已经变成了一个粗手砺脚的妇人，她在夜里叹息着想，当年父母要她嫁的那人已经起了新楼，他的婆娘穿红着绿，而她呢十指如锉，打量着自己低矮破败的屋子，对身边躺着的男人不禁有了些怨恨，她的叹息把夜拉得更长。

又或者，有一天那男子竟出息了。就如老戏里唱的那个下嫁的王家小姐寒窑十八载终于以青春的消逝等到了凤冠霞披。但外面的世界已经太精彩，那个发达了的男人谱总归是要摆的，流连于灯红酒绿中又还有多少真情剩给她呢？

如果是这样，他们是不是早早地死去更好？这样，他们至死都相信自己的爱情，他们没有给爱情变质的时间与机会。这并不是我的残忍，谁敢把爱情放到婚姻里来呢？谁敢？梁祝之恋？宝玉黛玉的木石前盟？还是罗密欧与朱丽叶？保存爱情最好的容器或者真的只有死亡。只有死亡才是广袤、深邃的。只有死亡才是爱情的保鲜剂。

最人性的做法是，不嫁给爱情，只嫁给婚姻，这样，在婚姻里反而可以收获到意外的惊喜。

我想这个结果已经与我行文的意图南辕北辙，这就是时间的力量。时间总是在不经意中改变着所有的人与事。

肆

存在

龙章辉作品

龙章辉，男，侗族，1967 年 11 月出生于湖南绥宁县，湖南省作家协会会员，中国少数民族文学学会侗族文学分会理事。作品散见于《诗刊》、《星星诗刊》、《诗歌报月刊》、《绿风》、《诗林》、《中国诗人》、《散文》、《散文诗》、《民族文学》、《飞天》、《青春》、《时代文学》、《文学港》、《民族作家》、《湖南文学》、《女子文学》、《阳关》、上海《少年文艺》、江苏《少年文艺》、《湖南日报》、《文化时报》、《小溪流》及中国台湾《葡萄园》诗刊、美国《新大陆》诗刊等海内外报刊。部分作品被《诗刊·中国新诗选刊》、《散文·海外版》、《读者》、《语文周报·高考版》、《读者精华》（第 12 卷）、《绿风诗刊 100 期集粹》、《现代语文》（高中读写与考试版）、《中华活页文选》（教师版）、《中国散文鉴赏文库》、中国台湾《中国诗歌选》（1998 年版）、中国香港《中国新诗选读》、《侗族诗选》、《芙蓉国诗选》、《美文美读》、《麻辣阅读》、《散文中国 1》、《时文选粹》等转载和收录。组诗《姊妹山》获湖南省第八届青年文学创作竞赛二等奖（一等奖空缺）；组诗《一根藤蔓在奔跑》获《文学港》杂志社“大红鹰杯”全国文学创作大奖赛二等奖。

○ 素描的场景
○ 被时光雕刻的少年
○ 谁叫你是贼
○ 小心，他来了

素描的场景

一个早晨

一片蛋白从东边那排并肩的连峰间弥渗过来。

接着，一圈蛋黄盈盈地漫上来，鼓着晨风的腮帮，一口气就将黑夜吹灭了。

山峦、田野、村庄……顷刻浸泡在米汤水一样黏稠的晨光里。

“吱呀”一声，谁家的木门开了？

就有一个清癯的老人，一声接一声地咳上一会儿，而后坐在木格窗下，凑着熹微的晨光往烟锅里窸窸窣窣地填烟丝。

烟是自家种的，瓦背上晒过稻草里捂过后切成丝，成色好，劲头足得很。

老人点上火，“吧嗒吧嗒”地猛吸几口，烟锅里那一点暗红倏忽变得闪亮起来。蓦地想起了什么，老人遂冲着厢房那边喊：“太阳晒屁股了，还不晓得起来啊！”“起来了。”屋里瓮声瓮气地应道，却照旧在被窝里搂着。良久，才一边系裤子、一边哈欠连天地仄出房门，扛着犁耙、牵着水牛走向晨光初现的田野。

渐渐地，坡地上、田坎脚、山凹里……牛哞声、吆喝声此起彼伏。清清亮亮的渠水仿佛一匹绣满春情的彩缎，汇集着阳光、鸟鸣、凉凉的山影，与锃亮的犁铧一起推搡着沉睡的土地翻身。

侍候着男人出工后，女人们也里里外外地忙开了——

猪栏里，小畜生们在嗷嗷叫了，得赶紧切猪草、煮猪潲；鸡在圈里睏了一夜，也该喂食了，遂打开圈门，再往禾场坪里撒一把米，看大鸡小鸡争相啄食，像是欣赏一幅流动的淡墨水彩，女人便吃吃笑；然后，对着竹筒吹亮火塘，淘米做饭，这火塘是女人的责任田，一日三餐、三种三熟，炊烟是生生不息的早稻、中稻和晚稻。

晨光中的村庄，鸡飞鸭叫、炊烟袅袅。外边耕作的男人们遥遥地看了听了，心中顿觉无比踏实，手底下不免又加了点劲，那挨了鞭受了痛的水牛却不能理会，憨憨地拽着犁耙在田野上一路狂奔。

忙碌了半天，女人感到还缺点儿什么，便挎只竹篮去了屋后的菜园。

在乡村农家，菜园子是女人的脸面。一个女人是勤是懒、是巧是拙，只要走进她家的菜园便知根知底了。平日里，薅草松土、浇水施肥，没少忙乎。而晨光濡染中的菜园子，却又平添了几分生动。你看那露水洗过的青菜，齐茬茬地吐绿；一根根丝瓜，颤悠悠地滴翠；菜豌豆细巧如眉、四季葱馨香扑鼻……豆棍上、篱笆上，一根根弯来绕去的藤蔓在晨风的拂弄下像一脉脉细细的绿色航程，女人们内心的缤纷，全在藤蔓上静静悄悄地流淌着，流成鹅眉豆扁豆苦瓜南瓜丝瓜瓜儿……

待到日头升起三竿高了，女人们便站在门前那棵粗大的柚子树下，扯开嗓子喊男人："收工喽——呷早饭喽——"中气充沛、天然未凿的嗓门宛如一面响锣，惊得树梢上的麻雀子扑棱棱飞。喊一会儿又瞅着上屋下坎的扯一会儿，迟迟不见人回来，便又喊上了："砍脑壳的鬼也，怕莫是昨夜迷了路了，还不晓得回来呀——"

便有长一声短一声的牛哞，从田坎脚冒出头，悠悠地应答而来。

女人遂转身进屋，抹桌子摆碗筷，把一个煎得心花怒放的荷包蛋，悄悄地盛进了男人的碗底。

一片绿

一片嫩汪汪静静的绿，躺在穹窿般弓起的峭崖下。

那绿，若一张硕大的荷叶，薄薄的，轻轻一戳便可破，溢出覆盖着的潭水来；其柔嫩又如处子的玉肤，抑或刚出磨槽的水豆腐，平展展地，不打些微皱褶。

这是雪峰山腹地的一处无名深潭，人迹罕至。潭水清洌冷艳、平和沉稳，不慕人间荣华、不求闻达于世，只默默地躺在这里，自自然然地清、自自然然地绿，恪守着与生俱来的寂静。

高出潭面两丈来高的峭壁上，倒生着一排葱茏的细叶树。树根遒劲突兀，紧紧攫住山崖；树身则蓄积起全部枝叶，斜斜地泼向潭面。响晴的日子，阳光从密密的叶缝间漏下来，水面上便亮起了茬茬小花小朵，一盏一盏，如灯的璀璨。

潭边浅水处，一群花翅鱼在颠颠地嬉戏；稍有响动，便打着旋儿，悠然地往深水里去了。亦常有些彩翎鸟，踩着裸出水面的溜圆的卵石，一蹦一蹦，且开屏、且啄羽，一忽又旋上树枝，与叶缝里丝丝缕缕的阳光唧唧喳喳闹作一团。

淡淡清风在水面拂来掠去，顷刻又弥散开来，像哈气，像梦。

清风、鸟雀、阳光以及那绿……无不透散出大自然和生命最本真的光芒。无名潭，你质感得让人心颤！

却有一日，几个来雪峰山猎奇的后生，在黄昏时分发现了无名潭。他们的瞳孔立刻放大了。他们屏息静气，迅速从行囊里取出雷管、炸药，“哧”的一声点燃了导火索。

“轰——”一声巨响，一抹粗大的水柱冲天而起！

几个后生欢呼雀跃，争先恐后地扑向水面漂浮的那一片惨白……

无名潭痛楚地抽搐着。

响声惊起了枝头静静啄羽的雀鸟，扑棱棱朝那如血的夕光里钻去。

一阵风

一眨眼，真的，只是一眨眼，一阵风不知从天地间的哪个角落伸出手，将我头上的斗笠轻悠悠摘走了。

我的小小的头颅一下子触进了蓝天的广大，清新蹦跳的阳光流泻而来，满披全身，空气也仿佛活泼了许多，泥土的腥香和青草的味道开始弥散。

此刻，人们正沉湎于种植中，专注而沉静。我和同样放了农忙假的两个妹妹也跟随父母，在自家的水田里埋头插秧。

我的斗笠，是父亲前几日去镇上赶场时新买的，竹篾编织的那种，浸了许多桐油，很沉。阳光顺着笠缘衍泻成一道光圈，白花花亮眼，浓郁的桐油味透散开来，让人头晕，这是我不喜欢戴斗笠的一个重要原因。但父亲每次都强迫我戴，说不戴会更加头晕，甚至会中暑！我拗不过父亲，只好极不情愿地戴上它。在我眼里，这顶斗笠就像一个坛子盖盖，戴上它内心的灿烂就全被捂住了，变成了咸津津的汗水，从皮肤上渗出来，一绺一绺地往下淌。本来，它的内沿还扎有一条松紧带，可以扯下来绷住下巴，这样，斗笠就被固定在头上，不致脱落或是被风吹走了。但那样会更让人头晕，特别是带子被汗水浸湿后，会越绷越紧，让人喘不过气来。因此，每次戴斗笠时，我总是趁父亲不注意便迅速将带子迂起来塞进笠套里，压在头顶了。

可是，一阵风摘走我的斗笠，将我的秘密蓦地揭开了——

一阵风拥着我的斗笠翩翩而去，一阵风是多么顽皮啊！

我的父亲迅即从田泥里一跃而起，在纵横交错的田埂上迂回折转，穷追不舍。偏偏那随了风的斗笠，仿佛也沾染了风的习性，父亲伸出的手看看要抓到它的缘边了，一忽又高了许多，等到父亲气喘吁吁地歇歇脚时，它却一悠一悠地又下来了。

静默的田垄里，人们发现了这一幕，斗笠飘临处遂有人举手拦截。那斗笠竟益发来了灵性，在田垄上忽高忽低忽东忽西，盈盈冉冉，飘摇逸漾。父亲气急败坏，被斗笠高高低低地牵着扯着，不留神脚底腾空，“啪”的一下摔倒在水田里。于是，人们便不再关注那只斗笠了，一齐扯开嗓门喊：水牛恋塘罗——水牛恋塘罗——父亲泥水淋淋地从汩汪汪的阳光里挣扎着爬起来，在人们的哄笑声中竟也羞赧地笑了。

一阵风摘走了我的斗笠，像摘走了一件细小的微不足道的往事，眨眼间就翩然而去了。

可是，一阵风为什么要摘走我的斗笠呢？

它一定看到了斗笠下拔节的村庄和一个少年青涩的成长，也一定看到了少年清瘦的脸庞和敞着柴棒般的肋骨的胸膛，以及胸膛上微微起伏的海浪和梦想。

被时光雕刻的少年

雨水从檐前滴下来

刚才还是蓝缎子般莹莹的天空，不知被谁挪进一块黑绵绵的云团，就放在靠山尖的那一角天上，悄悄地孵起湿湿的雨意……

伞状的阳光慢慢收拢，天黑下来。

少年从书页上恍然感觉到天光的变化，他揉揉眼睛，起身推开木格窗——

禾场坪里，几只雏鸡仍然在墙角费力地觅食着烂漫的童真时光。卵石垒砌的院墙上，竖起一张张硕大的瓜叶，像在凝听着什么。墙外，是一池挤满了芡荷和绿藻的鱼塘。每年开春，父亲总要从少年手里拿走正月里积攒的压岁钱，再从鱼贩子溜圆的木盆里换出几大捧活蹦乱跳的鱼苗，连同少年酸溜溜的心儿一起，投放进春水盈盈的池塘。柳河的桃汛开涨的时节，一尾尾甩着水波的鱼儿竟然懂事地将白乎乎的嘴唇探上水面，将少年的心吮得一阵阵痒、一阵阵欢。紧挨着池塘，是一大片漾着春光的水田，一波一涌地铺向远处的山边。正值插秧季节，许多人影在田畴里晃动，里边就有少年的父亲和母亲。在少年的情感地带，父亲是宽厚的；而母亲，生产队的妇女都叫她"铁匠"，取笑她发起怒来打少年就像铁匠铺的铁匠打铁一样狠，少年每次挨打时，父亲总是宽厚地站出来，挡住发怒的母亲……

就在这时，少年听到了雨点砸在瓜叶上的声音——

啪——啪——啪啪啪——

先是稀稀的几滴，稍后就密集起来。节奏短促、明快的雨点在瓜叶上弹奏起纯正的乡村音乐。少年看见那些瓜叶在浓密的雨点下不停地颤动，忽然间有点同情起这些瓜叶来，他觉得这些瓜叶就像是一个人突然遇到一群人的围攻一样，躲都躲不开。那份无辜和无助让少年的心涌起一股莫名的忧伤。

由于少年的木屋靠近这片田垄，刚才还在劳作的人们纷纷拔出脚杆，从不同的方向跑过来躲雨。少年的父母搬出椅子和板凳，招呼大家坐。由于都是泥脚杆子，怕弄脏地面，人们不好意思进房，便一齐挤坐在屋檐下。浓烈的汗味和呛人的烟味开始在屋檐下弥漫。

雨点越来越猛烈，瓦檐口奔下来一条条溪涧般的水流，哗哗的，亮亮的。

人们一边诅咒天气，一边伸出泥浆浆的脚杆让屋檐水冲洗。少年看见一条条腿上那冒着热气的泥浆幡然脱落，一截截黝黑油亮的脚杆儿被洗出来。人们却不想收回脚杆，仍旧让屋檐水刷刷地冲着，仿佛很惬意似的。好些人还将脚指头丫开，让雨水从一个个脚趾丫丫间流过。那份滑腻腻的惬意感让少年也忍不住想去试一试，但想到自己白嫩的脚杆肯定会惹人嘲笑，只好待在房里不出声。在农村，半截黝黑油亮的脚杆是勤劳的象征，村里与少年一般大的都拥有了，但少年的父亲望子成龙，一心指望少年读书成材，没怎么让少年下地干活，因此，少年白白的脚杆儿成了同伴们的笑料。平日里，少年很少卷起裤脚走路，伙伴们就送少年一个“相公”的绰号，远远地看见少年走来，伙伴们便挤着眼睛，学着古装戏里那些相公小姐的模样，齐声喊：相公配小姐、相公配小姐——喊完就哄笑着四散了，让少年着实懊恼了很长时间。

坐了，闲了，就生言语了。屋檐下渐渐热闹起来。

先是有人取笑坡上的婶娘，笑她白天将男人拴在裤带上，只有夜里才翻身做主人，婶娘随即反驳——大喜哥也，那晚你来我屋里听壁脚，还被我泼了洗脚水哩，怎么地，就忘了？驳得大喜口丫丫地说不出话来。人们便齐声起哄。不留神婶娘将大喜跷起的双脚猛地一抬，大喜便四仰八叉地摔在地上。于是人群里又蹦出几个妇女，下死力去扯大喜的裤头，吓得大喜连连求饶，方才罢休。人们的话题遂转向别处，都是乡里常闻的段子，荤素交杂的笑骂伴着淅淅沥沥的雨声在屋檐下交织，少年的心渐渐感到温润起来。

良久，少年才发现，坐在檐廊东头一个叫九香的女人始终不发一言，只抿着嘴笑。少年觉得九香抿着嘴笑的模样其实挺好看。九香是下放知青，到村里插队时与民兵大李谈恋爱，理所当然地遭到全家反对，九香寻死觅活。怕出人命，家里只好依了她。谁知大李不争气，结婚三年了都没能让九香的肚子隆起来，婆婆的脸一天比一天难看。有天夜里，两口子一嘀咕，竟然决定去“借种”，对象是三队的一个退伍兵，地点在生产队仓库楼上。怎料屋漏偏遭连夜雨，也许是那晚的月色太撩人了，身强体壮的退伍兵把九香弄得娇哼哼、软绵绵的，居然惊动了从大队部开会回家的民兵营长。那年月不兴讲人权，民兵营长毫不犹豫地叫人将两人赤条条地捆在晒谷场边的电线杆上，天亮后在大李的百般恳求下才放人。九香一个城里妹子，哪里经得起这样丢人，家都不回直接跳河去了，却又被救起来，死也死不成，只得活下来，从此人前从不抬头高声。因了这一段惊心动魄的传闻，少年对九香充满好奇，眼睛定定地看着她一勾头一低首、抿着嘴淡淡一笑的模样。九香似乎也感觉到什么，目光朝少年这边瞥过来，少年顿时满脸通红，九香却又抿着嘴笑了。

不知不觉雨已经停了。阳光从乌云里探出头，伸出千万缕金光将雨的大幕霎然收拢。田垄上，一丘丘水田溢满了亮花花的阳光，一道道渠沟奔走着草香香的阳光，一个个牛蹄窝积攒起蜜汪汪的阳光——清新、跳荡的阳光，真好啊！人们站起身，伸伸懒腰，陆续走出少年的屋檐，走进雨后明晃晃的阳光里。

这一切就像一个梦，不期然来了又不经意地溜走了。

少年望了望屋檐，先前那一条条奔淌的雨水已飘成一线线，又衍成一滴滴……却恍若一群舍不得离去的孩子，仍在痴痴地滴、滴、滴……

折射天空和阳光

还是插田季节，阳光却很有些厉辣了，看上去精灵活跳，照在身上竟也热烘烘的，稍一动作背上就浸出湿湿的一块来。少年感到脸上蠕动着痒痒的一绺，便直起身揩了一下，腰却像灌了铅一样沉。少年的眼睛、眉毛皱作一团，左手攥着未插完的秧苗，右手一下一下地捶背，很惨的样子。少年的父亲在不远处耙田，看见少年的模样，就大声数落开了：秧没插几蔸，只晓得扯懒腰，老古话讲小孩子是冇得腰肢的，不想种田就要好好读书，才能拱出田坎脚，去呷国家粮……说着说着那水牛却瞅空开了小差，偏离了耙路，父亲遂顾不上数落少年，忙嚇哒嚇哒地吆喝牛儿去了。少年心里想笑，到了嘴边又抿住了。父亲就是这样，好像不这样就不是父亲了。迟疑间母亲又在一旁喊：快点插哦，要打蚂蝗了哦。

打蚂蝗是什么意思呢？就是嘲笑一个人插田速度慢。这是田间地头的一句俚语。由于插田是边插边往后退，几个人一起插，其中一个速度慢了，别的人就会在后面用秧苗插断他的退路，然后再在他的腿肚上响亮地一巴掌：蚂蝗咬脚了！慢了的人才猛然发现自己已经被圈住了，脸颊上倏地腾起火烧云，于是就引来人们的一顿好笑。前些年搞集体，常被打蚂蝗的人是评不到高工分的。

少年望了望四周，人们都在埋头插田，很专注的样子，没有谁去理会父亲的数落，遂又从盆里取了一把秧苗，弯下腰，左手分秧，右手蜻蜓点水般啵啵啵地插了开去。

插田看似容易，其实是很讲究的。就单蔸禾苗而言，要插得正、插得稳、插得浅。不正，禾苗长不直；不稳，禾苗要翻蔸（又叫放排）；太深，不利于根系发育和生长。就整丘田而言，田坎边要过得蛇，田埂边要过得鸭，行与排既要距离适度，又要整齐美观，禾苗才能临风拔节，长成一畦水灵灵的阳春。

少年上初中时，中国农村已开始分田到户。少年家里五口人，分得七亩多水田，除了家门口有四亩左右的好田外，其余三亩散田都分布在生产队的雷打溪、喇叭冲、新田界等边角地带。田多地散，每逢农忙，家里就要分分工了。父亲负责犁田、耙田，母亲就带着放了农忙假的少年和他的两个妹妹负责插田。起初，少年和两个妹妹均有畏难情绪。父亲说，这么多田，要一蔸秧一蔸秧地插，仅靠母亲一双手，哭也哭不来，多一个人多一分力量，能插多少算多少。父亲的话说得有道理，兄妹三人便欣然挽起裤脚，将白白嫩嫩的一排脚杆齐齐踩进了温软的田泥里。

少年穿一件火红的运动衫，是臂侧有两线白条的那种。晴明的天地间，一团火红随着少年插田的身姿忽上忽下，分外打眼。少年的劳动状态也就格外引人注目。那团红色一竖起，人们就说，这个伢子又扯懒腰了，不能干，将来怕是难讨媳妇的。就是，就是。有人便附和。话一落音，马上又有人反驳：他才不是拱田坎脚的料呢，晓得么，人家读书几狠呢，将来肯定是要吃国家粮的，你家的三妹子，将来就是给人家提草鞋，只怕人家都不会要呢！原来同样的问题，可以这样看，也可以那样看；话可以这样说，也可以那样说。正所谓嘴巴两张皮，边讲就边移。双方各执己见，越争越起劲，却只是开开心而已，并不伤和气。日头暖暖地照着，渠水哗哗地流着，少年自然听不到这些关于他的言语。人生在世，是要有人评说的。人心好比一丘田，你的形象好比田里的庄稼，人言好比哗哗流淌的渠水，人言从一张嘴传向另一张嘴，渠水从一丘田流向另一丘田，田里的庄稼才能被滋润得鲜活。

少年是否真的有点慵懒呢？好像有一点。早上父亲叫起床时，少年恋着温热的被窝，眼睛睁都睁不开。父亲说这是不爱劳动的表现。少年呢，却好想感冒一场，发发烧，就可以赖在家里不用下田了，像这几天大妹妹一样，牙龈发炎，捧着半边发肿的脸腮在屋檐下转悠，心头却快活着呢；或者来一场雷阵雨也好，既凉了空气又歇了脚。少年抬起头，天却蓝得悠远，太阳像一个水龙头，哗哗哗地奔淌着光和热。少年一勾头，水田里也折射出悠远的天空和亮花花的阳光。少年感到有点头晕，他将脚板往泥里攥了攥，慢慢地稳住了身子。

与折射着天空和阳光的宽广的水田相比，少年缺乏营养、骨瘦如柴的身子很不相称。其实，少年也不愿意让别人说道自己，他并不是条懒虫。早在七岁时，他就参加生产队的集体劳动了。上学时每天出三班烟，挣一点五分工；不上学时每天出五班烟，挣两点五分工。想起来，少年还真有点留恋。那时虽然年纪小，干的活却并不累，大家一起说说笑笑，也没有压力。小小少年们参加劳动都是替家里添个挣工分的口丁而已。如今不同了，自己的口粮攥在自己的手心里，再也没有吊手饭吃，不干活就得饿死。怪只怪自己身子骨太嫩，实在是不堪繁重的农活。偶尔，有人跨过田垄来与母亲扯淡，顺带夸奖少年时，母亲却一撇嘴，数落起少年的慵懒来。这时，少年就会鼓起两只大眼，狠狠地瞪母亲。母亲看见了，知道少年自尊心强，就讪笑着将话题扯开了。少年不断地用劳动的意义来鼓舞自己，身上就仿佛获得了某种力量，手底下也快了许多。

农忙以来，少年的手臂、脚杆好像涂了一层釉，火辣辣的。这都是晒太阳的结果。但少年拒绝戴斗笠，因为戴上斗笠，就头疼，自己也不知道是为什么。母亲没奈何，只好由着他。少年知道，再过几天，他的手臂、脚杆上就要脱一层薄薄的皮，露出白生生的一茬新肉来。那时，田也插完了，农忙也结束了，又可以回到学校，坐在靠窗户的那个位置上，做父亲说的拱出田坎脚的梦了。

生活，总会向美好转化。少年好像突然明白了这样一个道理。

其实，道理就摆在那儿。你不去想，它也是明白的。

牛儿在田埂上吃草

夜里一场雨水，田埂上的青草更加肥嫩。

像许多个露水微凉的早晨一样，少年被父亲从睡梦里喊醒，哼哼唧唧爬出被窝，穿上衣服，惺忪间却扣错纽扣，袒着一高一低两片衣襟走出门来。牛圈里那头畜生早就哞哞叫唤了。少年先是摸着牛鼻子，穿上牛绚索，然后拆开牛栏门，一手牵着牛儿，一手攥着竹枝，踩着遍地沁凉的露水走向晨光初现的田野。

适值暮春时节，田畦里禾苗尚未吐蕊，片片禾叶绿得发黑。田埂上的青草仿佛接了地里的肥气，一个劲往上长，大有与禾苗一试高低的架势。粗粗看去，竟分不清哪是禾苗、哪是青草。

少年用目光稍稍拣选了一会儿，牵着牛儿走向一条草色茸茸的田埂。牛儿一闻见青草的气息，就挣着索儿急急地勾下头去。

嚓、嚓、嚓、嚓……

不一会儿，草叶婆娑的田埂就袒露出光溜溜的一节土路来。

这是一个充满诱惑的季节。稍不留神，憨憨的牛儿也会熬不住性子，迅速从草丛里仰起嘴，亲向水灵灵的禾苗。那些情窦初开的禾苗似乎并不喜欢牛鼻子里扑赫扑赫又湿又臭的粗气，它们好像看见了牛肚子里那副悬崖般深不可测的胃脏，小声尖叫着纷纷惊闪，仍有几棵躲闪不及，失足掉进了牛儿丫开的大嘴里。这时，少年就会勒紧牛绚索将牛儿扯过来，扬起竹枝狠狠地打。

直打得竹枝断作好几节，直打得牛儿腿杆弯弯地往后蹬，少年仍不解恨，仍旧要打。那挨了鞭受了痛的牛儿却头昂昂、目光可怜巴巴地呆望着怒不可遏的少年，几片禾叶不知所措地横在嘴边，少年的心肠才慢慢软下来。少年真是恼怒了。他怨恨牛儿总是这么不懂事，总是给他惹祸。稻田里的禾苗可不是野生的青草，它们都是有主人的，若是被撞见，心善的可能怨几句也就算了，心狠的不但要破口大骂一早晨，还可能将战火蔓延到少年家里去。到那时，少年白生生的屁股又要印上父亲好几只暗红的手掌印了。那骂仗的却在一边偷着乐呢。

牛儿终于安安静静地吃草了。

它勾着头、甩着粗壮的尾巴，湿热的舌头将青草一把一把地卷进嘴里，而后昂起头，津津有味地嚼着，绿绿的汁液顺着嘴角淌下来。它那双鼓胀的大眼睛忽闪忽闪，映衬着内心里怎样的幸福与满足呢？

与少年相比，牛儿的确是幸福的。你看，一条条田埂奉献着一茬茬肥美的青草，一面面山坡摇曳着梦中的口粮，还有牛圈里，一堆堆秋收后爽干的稻草，也为牛儿构筑起一个个柔绵的暖冬。牛儿呀，你真是丰衣足食啊！少年看看自己缀了两块大圆补丁的裤管，想想家里已然好几个月没闻见肉味了，不觉狠狠地咽了把口水。当然，只要牛儿不馋嘴，不偷食田里的庄稼，少年对它仍然是充满怜爱的。这倒不全是因为少年家里的七亩水田要靠它那并不健壮的身子拖犁拽耙，自打它角缠红绸进了少年的家门，就与少年朝夕相伴，风雨不误。牛儿也是有感情的，恰如少年对它的感情。有时候，少年为牛儿捉跳虱、打牛蚊、挠痒痒，牛儿就显得特别乖顺。不过，它也有淘气的时候。比如，少年为它挠痒痒，挠到舒服处，竟刷地冲下一泡又腥又臊的尿尿，熏得少年立马掉转身去，却又咧开缺了门牙的嘴嘻嘻地笑开了；再比如，少年刚骑到它背上，想象着是骑在一匹矫健的马上时，它却颠颠地跑起来，并且三五儿下就把少年颠了下来，少年一屁股跌在地上，痛得龇牙咧嘴，牛儿又不跑了，站在不远处迷离地看着少年。少年和牛儿，恰如一对无邪的伙伴，穿行在一个个露珠明亮的早晨和一个个暮色凝重的黄昏。

在牛儿的一步步进逼下，草们抖颤着夜露，在田埂上密密地挨着、挤着、退让着，很紧张的样子。没有谁知道，青草是否也有知觉，当牛儿坚硬的牙齿咬扯时，是否也会感到疼痛。当然，它们没有嘴巴，即便有知觉，消化痛苦的方式也只能是沉默。若是它们都长了嘴，满地地叫唤起来，又该是怎样一番情景呢？也许牛儿就不敢向前了。可牛儿不吃草，又吃什么呢？少年记得语文课本上有一位伟人都替牛儿讲话了：我吃的是草，挤出来的是奶。这就足以证明牛儿吃草的合理性。所以青草只能一代一代地痛苦下去，又一代一代快乐地生长起来。痛并快乐着,这就是青草的生存哲学。当然,也许草们才不会这样想呢,也许牛儿就是它们心目中矫健的“白马王子”,也许它们在霞光里舒枝展叶、搔首弄姿,全是为了取悦牛儿这位“心上人”呢!

田野上看牛的少年渐渐多起来。因为要上学,大家都起得早,且都在就近的田埂上看牛。少年们相互喊着乳名,交流着夜里的梦境。牛儿们见到自己的同伴,田高田低处,牛哞也高一声低一声地交织着……叫唤了一阵,又埋头吃草,嚓嚓嚓嚓的嚼草声响成一片,在晨光中传扬……

踢踏着牛儿吃草的节奏,太阳终于从岭背爬上来,牛儿瘪瘪的肚皮也隆起来了。少年将牛儿牵往田渠边喝水,咕噜咕噜喝了一阵后,少年觉得自己的肚子也在咕噜咕噜响了,便扯扯牛绹索,说牛儿呀,咱回吧。牛儿却昂起头,赖在那儿不肯动了。

阳光越来越炫目。

剥掉这件外衣

少年贪睡,尤其是夏天,睡眠恍若如期而至的暑期,松懈、悠长。如果早晨是一汪清澈的潭水,少年就是沉在水底的一枚晶莹的石子,有梦,且多彩。母亲挑着畚箕扯猪草去了,少年在睡;父亲别着毛镰割田坎去了,少年在睡;太阳把窗纸舔得汪汪白了,少年还在睡。父亲往牛栏里甩下草捆,便在禾场坪里嘟囔开了:太阳晒屁股了还不起床,像死猪一样!少年讶异于念过县一中的父亲骂起人来竟没有一点书卷气,可见农村这广阔的天地多么磨砺人。因为肚里已囫囵吞枣地咽下了好几本文学名著,言谈举止在沙田村已有些口碑的少年显然不愿接受这等低俗的训斥,便懒懒地爬了起来。

没有书声的早晨是不完整的,也不符合父亲的意愿。少年遂拿了本《语文》,坐在厢房栏杆边有模有样地诵读起来:“……曲曲折折的荷塘上面,弥望的是田田的叶子;叶子出水很高,像亭亭的舞女的裙……”这是朱自清先生的散文名篇《荷塘月色》,少年很爱读。厢房临着池塘,少年一遍遍读下去,竟觉得满池的碧荷越来越像舞女的裙了。若是雨天,少年定会伏着栏杆,看雨点噼噼啪啪打在荷叶上,一闪又滑到水里去了。村里人见少年用功,便夸他。父亲却与人谦虚起来,仿佛被夸的不是少年而是他。少年一边读书,一边偷窥柴屋那边。看到屋顶上的炊烟一绺绺散了,便丢下书本奔过去,因为肚子早就咕噜咕噜唱空城计了。

随着阳光的逐渐强烈,远处山尖上缭绕的云雾终于散去,白昼真正开始了,喧响也从禾场坪里袅袅升起。

最早出声的是鸡。一只母鸡领着一群小鸡,啄完了母亲撒下的剩饭,又在墙角、壕坎边的石缝里啄、啄、啄……其中一只啄到一条小虫,其余的就啾啾啾拢来争,便跑,绕着橘树跑,满院子跑。只有母鸡不跑,蹲在一旁,注视着它的儿女们,很满足、很惬意的样子。牛儿嚼着父亲割来的露水草,探着脖子在栏柱上蹭痒痒。食物在猪的眼里永远是最有滋味的,两只脑袋专注地在一条长长的木槽里左右摆动,挨着了便互相撞,撞得啱啱啱啱叫,完了仍然埋下头哼哼哼吃,挨着了又撞……看猪吃食就会领悟到:吃永远是生活中的头等大事。太阳老高的时候,邻家的黄狗跑过来,趴在篱笆下佯着眼睡觉。少年忽地抛过去一粒石子,那狗一惊,竖起耳朵左顾右盼,未见异常便又耷下头睡。如此反复,少年乐不可支。人毕竟是高级动物,比畜生还是要灵性些。

不出声的是院子里那些植物。虽然不出声,生命的意味却同样精彩纷呈。院墙上,几根青壮的藤蔓驮着一皮皮丰硕的瓜叶弯来绕去,终于稳不住身子翻落墙外,那些瓜叶竟坠成张张笑脸,顾盼生情。葡萄架上,铺摊着一匹春光里织就的绿绸,缀出一吊吊一串串,颗颗粒粒,鼓胀着少女般的青涩。再过些时日,葡萄将由青转白,汁液饱满的甜蜜呼之欲出。父亲说,今年的葡萄当季,若能卖个好价钱,少年下学期的学费就不用愁了。院子两角,各种着一蔸千年矮,枝叶浓密,层层叠叠,大约有近二十年树龄了,比少年还高出一头。最有意味的是壕坎边生长的那一排指甲花,又叫含羞花,阳光照临时,它就勾下头,低捻的模样惹人怜爱;它会结果,空空鼓鼓的小果儿,用手一捏,"啪"的一声响了,漏下几粒黑黑的籽,不用多久,石缝里就会探出嫩嫩的枝叶。无聊时,少年常去捏那些果儿,啪、啪、啪……一个个沉闷的日子就这样一次次地被捏响。

与鸡呀牛呀猪呀相比,少年更迷恋院子里的植物们。它们静静地生长,丝毫不掩饰内心的缤纷,一枝一叶伸展着蹦跳与奔跑。在它们身上,布满了时光小心翼翼的痕迹,缓慢而坚实。它们用静态的喧响与畜生们共同营造着家园的浓度。少年终日沉湎其间,却被幻想和由此派生的慵懒裹缠。他忽略了院子外面更为热烈的阳光和铺黄陈绿的原野。他看到了生命的精度却忽略了生活的宽度,皮肤下面奔突的小兽被禁锢起来,渐渐地偏离了生活主流,像密林里一条迷途的小溪,终日流淌着莫名的孤独和迷惘。有时候,他仿佛看到生活在不远处招手,迈步时却又感到两脚无力。

午后的时光最难捱。闷热的气流一浪一浪往屋里逼,空气仿佛凝固了,一丝风儿也没有。狗垂着舌头,甩着尾巴赫赫地嗅来嗅去。唯有蝉鸣高亢而嘹亮,一声声叫得少年心烦。少年坐立不安。他望望屋外,阳光白花花地晃眼,四周寂无一人。热辣辣的夏日将人类的许多活动删减了。少年觉得没意思，就去了睡房。睡房在里间，光线暗，但凉爽。少年躺在床上读《红岩》，也读《彷徨》、《故事新编》等等。读着读着倦意来袭，就歪着头睡了。

这样的日子过了多久？少年不记得。只知道檐前的滴水一线线凉了，白昼的长度一寸寸短了。

一天黄昏，少年走出院子，徜徉在田埂上。落霞余晖里，倦鸟宿林，燕雀归巢，牛哞长一声短一声地结伴而回，半边夕阳仍然努力地探出西边的山梁，照耀归途，好像始终不放心最后回家的那个人。这浑然天成的和谐景致让少年心生感动。他为自己深陷在少年的慵懒和惰性里而惭愧。为什么不去劳动？为什么不下地帮父母干点力所能及的农活？或是去山里砍几把柴火？少年陷入对自己的深深自责中。与村里其他少年相比，少年对自己的劳动能力是缺乏自信的。同岁的三伢子，挑着大箩筐都能健步如飞；还有友友，扛着百把斤重的柴捆上界下岭如履平地。少年却不能。母亲说力量是造就的，人家劳动得多，力量自然就大。少年振作起来。他去畲里找母亲，要帮母亲淋菜，母亲笑着说不用了，快淋完了；他去山道上接父亲，父亲说你肩膀嫩，还是我自己扛吧。少年突然发现自己已经成了一个局外人。不投入生活，就要被生活遗弃。少年伤感地踝躞在夕光里。他不明白慵懒这件讨厌的外衣如何披裹在自己身上，他发誓要剥掉它，用早起，用劳动，用对生活的拥抱与热爱。

谁来酿制一畦蜜甜的油菜花

从少年的家到沙田小学，约莫有一公里远。少年的家在村东边，学校在村西边，上学途中要涉过浅浅的双江河。双江河其实是叫不得河的，最多只能算作溪。山里人没见过大江大河，但凡比田渠水大的溪流都以河冠名，以为这便是河的样子了。双江河流霞泻翠从南面的山深处来，将沙田村一分为二后，一折弯奔西而去。水浅处，一摊摊大大小小的卵石拱出水面，在阳光下泛着黄铜的光泽。过河时便不用架木桥，踩着一线溜圆的卵石，一蹦一蹦就过去了。也有胆儿小的不敢跳，禁不住先过去的一阵讥笑，只得硬着头皮、麻起胆子跳，一慌神脚底一滑，整个人摔到河里去了，又引来岸上的一顿好笑。衣衫湿了，书本也湿了，泪汪汪地摊在瓦背上足足晒了一天。摔过后竟然把胆儿摔大了，就再也不摔了。

过河上坡，眼前拉开一大片平展展的田野。

这片田野叫“大田”，因为土壤带砂性，又称“沙田”，沙田村即由此而得名。阔大的田野边缘，沙田小学五间四壁透风的木板房毫不起眼地蹲在那儿。1974 年 9 月，学校门口那棵粗大的柚子树上吊着的一块锈迹斑斑的铁片被人十分用力地敲响了。少年的父亲终于在双江河边一棵堆沙的柳树下找到了正在埋头筑沙城的少年，并且一巴掌拍落了少年屁股上颠颠的稚气和顽皮，又一巴掌将少年拍进了沙田小学崭新的识字课本。

大约有五年时间，少年日复一日地往返穿行于这片田野；因而，在少年生命的成长过程中，涂满了这片田野四时的景色。

阳春三月，一脉春水从南边袅袅婷婷地流过来，推开一道道田埂的门槛，将一畦畦瑟缩的春寒漾成一汪汪秀美的春波。阳光暖暖的，田埂柔柔的。少年光光的脚丫印在田埂上，是一长串毕毕剥剥的豆荚花。要是有人在田埂上"哦嗬哦嗬"地扯开嗓门喊了，那就意味着秧田里的秧门要开了。于是，千万根秧苗插进软软的春泥里，触痒了映在水田里的深邃的蓝天。便有媚人的眼神隔着田埂一蔸一蔸地抛，便有山歌冲出嗓门扑楞扑楞地飞——唱着唱着田野上就一畦一畦地绿了。

有一年，一群来支农的城里人，被这含风含情的眼神和歌声迷醉了，竟然忘记了防备水田里那些一翘一拱的黑蚂蟥，待到腿肚上生痛时，已叮上了好几条。妈也——许多片白脚丫儿旋即跳起来，噼噼啪啪地击打着泥浆。天空在旋转，水田在摇晃。他们的脸颊上奔走着一道道惊恐万状的闪电。而田埂上那些呛出了眼泪的妇女们却怎么也不明白，城里人满肚子黑黑的墨水，竟然比不过一条蚂蟥的黑。

稻子黄时，一块块金黄的稻浪在田野上绵延起伏。热辣辣的南风拂弄下，一线线饱满的谷穗仿佛未出阁的少女，羞涩地低下头，等待着锋利的镰刀开口说话。那时的小学只上半天课，每天放学后，少年便与伙伴们一起走进稻浪中，收割着一串串稚气的笑声和生活最初的艰辛。

最让少年迷醉的，是这片田野上盛开的油菜花。

九油十麦。秋收后恰好赶上种油菜。人们又吆喝着耕牛，将刚做完丰收梦的泥土推推搡搡地翻转来，耙碎，耙平，齐整整地锄成行，再在凸行上撒下牛栏肥，就可以播种了。种油菜轻巧、不费力。每年季候一到，少年也跟在母亲身后，一步一侧身地播撒着油菜种子。也真是怪，这些种子平日躺在仓里无声无息，一沾上地气后不出半月，就冒出了星星浅芽。随着节气的推移，又渐渐地由浅绿变成浓绿，顶着三九严寒，一枝一叶地往上蹿。来年二月，一阵能冻死老黄牛的倒春寒，竟然在这片绿野上催开了朵朵金黄，如霞如雾，如梦如烟，报道着早春沁人心脾的甜蜜。

金黄的油菜花给予了少年一种蜜甜的感觉。就像蜜蜂酿蜜一样，他觉得自己也是这种美好感觉的酿造者，他的父亲母亲也是，村里其他的人也是。也许，当时的少年尚未意识到，这片流金淌蜜的"大田"其实就是岁月陈设在他心房里的一页蜜酿,愈是久远愈是觉得香甜。每次走过这片田野时,少年总有一种飘飞感。为了保持这种感觉,少年上学几乎不与别人同行,总是一个人,模仿着电影里马儿奔跑的姿势,在田埂上沓沓沓沓地奔跑着;杆杆油菜也模仿着他的姿势,朝着他的身后沓沓沓沓地奔去。有一回,少年觉得有点累了,就用书包做枕头,躺在一根细草茸茸的田埂上歇息。他看见一线窄窄的天空撩开浓密的油菜花,把那种青翠欲滴的蓝滴到他的脸上、嘴上了;他看见一朵朵油菜花停在半空中,像一只只亭亭的蜜蜂,嗡嗡嗡地叫唤着,却不肯飞走——

少年醒来时,发现自己已躺在家里的那架木床上。屋子里围着好多人。赤脚医生从他的腋下取出体温计:好了好了,总算退了。他的父亲在一旁憨憨地笑了,母亲却扭转头,顺手撩起右边的一只衣角……

时光如流水。流水尽头,是落红缤纷的背影。

如今的村里,青壮年都奔城里打工去了,只剩下一些老人、小孩留守着空旷、寥落的村庄。种田的人越来越少,油菜已经不种了。许多田亩被租出去,或是稀稀地种上一些经济作物,或者干脆就荒了。

站在斜刷着暮晖的田野里四顾,昔日捧金拥翠的田野一片寂静,田埂上杂草丛生。少年觉得,整个村庄就像一只巨大的空巢,陪伴它的只有落日、昏鸦以及无边无际的落寞和惆怅。

谁来酿制一畦蜜甜的油菜花?

为少年,为村庄,为那些老人和孩子们。

好像听见父亲在风中说话

少年的病有点糟糕。

起先只是咽喉疼,但还能说话、进食,加之不断有人说,小孩子喉咙痛,不碍事的,母亲也就没在意,到卫生院随便抓了点药给少年吃。几天后却不见好,且越发痛得厉害,不但粒米不进,连话都说不出来了。面对嘴唇发乌、满脸潮红、全身像开水一样滚烫的少年,母亲慌了。

少年的父亲得到消息赶回家时,已是薄暮时分。带信的人气喘吁吁地跑到岩鹰界山深处的伐木场,找到正在对一蔸老松发狠的父亲:快、快……你的孩子,快要死了!父亲甩下斧头,拔脚便走。回家一见少年的模样,抱起少年就往公社卫生院跑。卫生院那个满脸疤痕的女医生慢悠悠地将手刚搭上少年的额头,就兀地抽回去,对着呆立一旁的父亲大眼一横:快送县医院,我们这里没药了。怎么会没药了呢?怎么就没药了呢?父亲心有不甘地搓着双手，要哭的样子。

从少年的村庄到县医院，十五里山路，天又黑了，父亲一咬牙，背起少年，顶着越来越浓的夜色跌跌撞撞地往前走。好在这条山路父亲走得多，秋收时节送粮，一天要走三四个来回呢，哪儿有个绊绊、哪儿有个坎坎，闭上眼睛都能看得见，何况孩子病成了这样！孩子的病就是照路的灯！父亲背着少年一口气就跑上了会子坳。

从会子坳到县城，一溜的下坡路。

父亲停了停，将少年从背上移到胸前抱着，少年闭着眼，奄拉着头睡靠在父亲的肩上。父亲耸耸肩，喊少年：宇生、宇生……你醒醒好么，跟爹说说话好么，你不要吓着爹爹好么……父亲带着哭腔的声音在晚风中轻轻飘响。少年动了动，却不吱声，不搭理父亲，只顾昏昏沉沉地睡觉。少年越是没动静，父亲越是慌了神，脚板底下来了风似的，嗖嗖嗖地跑得飞快。

少年打小就体质弱，出生时没人在母亲身边照顾，母亲咬着牙自己剪断脐带后就昏了过去。等到父亲喊了接生婆到家时，少年已哇啦啦地在农历十一月的严寒里哭冻了一个多小时，从此落下病根子。伤风感冒、扁桃体炎、肺结核接踵而来，使少年的整个童年时光都弥漫着苦苦的中草药气味。母亲每每回忆起这段岁月时，就会戏称少年为"冒风坛子"。身体佝偻、骨瘦如柴的少年严重地拖累了父亲和母亲。

父亲和母亲具有相同的家庭出身，共同的苦难和厄运催开了他们的爱情之花，1966年农历九月的萧瑟秋风终于使他们携起手来，在自己的掌心里恋取着对方的温暖，在对方的眼睛里放飞着自己的一生。一年后，少年呱呱坠地。这原本是贫寒岁月里酿制的一缕喜悦和甜蜜，却又蒙上病魔的冰霜。少年的父亲背着病怏怏的少年多方求医，母亲则四处问卜……一直到上小学，病才慢慢脱体。少年是父亲和母亲为之生活与奋斗的希望，他们希望自己的不幸不要再在少年的身上延续。不是说出身不由己，道路可选择吗？父亲常常这样念叨着。因此，做过几年民办教师的父亲对少年的管教是极为苛刻和严格的。他希冀着少年读书成材，跳出农门，幸福而快乐地生活着。

清新的夜风吹拂下，少年的体温好像有所降低，父亲的体温却急剧地升起来！他赫赫地喘着粗气，汗珠子扑哒扑哒坠入夜风中，嘴里仍然在不停地喊着少年的名字，不停地说着各种各样的话头，以此引起少年的精神。少年呢，好像听见了父亲在风中的说话声，又好像没听见，始终不吱声。他不断地在做梦，梦见自己被别人追赶，拼命往空中飞，却又飞不动，回头望一下，那追赶他的人就在脚下，伸出的手快要抓到他的脚杆了。他吓得直冒虚汗，心口堵得慌，想喊又喊不出。少年将头抬了一下，换过一边脸，又困了。父亲在奔走中似乎感觉到少年的动静，心头一松，脚底下更快了。

到县医院一诊断，原来是急性扁桃体发炎。打完针，吃过药，观察了一会儿后医生又开了些药，说不需要住院，回去按时服药就行了。父亲将信将疑地背着少年踏上了归程。

月亮终于升起来了。这是一条狭长的山路，皎洁的月光将斑驳的树影投射在路面上，黑森森的，显得有些吓人。父亲折下一条树枝，不停地扑打着前面的路。他仍旧背着少年，口里大声地唱着歌儿给自己壮胆。

也许是在县医院服下的那几粒白色药片见了效，少年的高烧渐渐地开始退了。真是好药啊！每次说起这一夜的经历时，父亲就显出很凝神的样子。但少年仍然不想说话。父亲走一段，就停下来摸摸少年的额头，好了，好了，真的好了，他喃喃自语着。少年虽不想说话，大脑却越来越清醒。他一直在听父亲唱歌。洪湖水浪打浪呀，九九那个艳阳天呀，台湾同胞我的骨肉亲人呀……父亲音质纯正的中音唱得很有韵味，很温暖的感觉，少年很喜欢听。父亲唱一会儿，又摸摸少年的额头。每摸一次唱歌的嗓门就增大了一分。不知摸了多少次，少年烦了，抬起头朝父亲吼了一句：别摸了！父亲却像被定了身一样，兀地站在那儿不动了。骤然而来的狂喜电流般贯通全身。他把少年放下来，捧着少年清白的脸仔仔细细地瞅着——

孩子，你能说话了？你终于说话了！你几天不说话了呢！再说一句给爹听听！好么？

少年像是故意要跟父亲作对：不说，不说，就不说，谁叫你平时总是打我、骂我，在生产队挨了斗，回家就拿我出气，就不说！

父亲忙说，我以后不打你了好么？不骂你了好么？随便他们怎么斗我也不拿你出气了好么？

我不信，那次我撕了女同学的作业本结四角板，你还吊了我半边猪哩！要不是奶奶来救，还不被你打死了。

少年气鼓鼓地，像在开父亲的斗争会。

父亲嘿嘿地笑起来，像一个做了错事的孩子，浑身不自然地站在那儿。少年使劲拨开父亲的手，独自蹒跚着朝前走去。父亲忙向前拖住少年。还是爹背你吧。谁要你背。少年甩开手又走了。少年的性情有点拗，这一点做父亲的是知道的。

父子俩一前一后，相映成趣地走在那条月光幽幽的山路上。

快到会子坳时，要经过一条叫琵琶背的山冲。这条山冲是专门埋伤亡鬼的地方。少年突然害怕起来，他喊了一声爹，转身就扑进了父亲的怀里。

走上会子坳，就望见家里的那盏灯了。母亲还没睡呢。少年嫌父亲走得太慢，拖紧父亲的手催父亲快点走。迷蒙中，听见父亲叫了一声：不好！就一晃一晃地摔倒了。少年赶紧去扶。父亲却一把拉过少年，并伸手在少年的胳肢窝里挠了一下，少年就咯咯咯地笑了起来。少年也不甘示弱，也舞着双手去挠父亲。父子俩在山道上嘻嘻哈哈地闹作一堆。

人生的欢乐时光过得真快。

许多年后，2004年农历十一月初六，祸从天降，为少年遮挡了半世风雨的父亲竟然在家门口遭遇车祸，惨然倒下，再也没能爬起来。少年骤然感到自己的前胸和后背，一下子贴紧了人生路上的茫茫风寒。

有一夜，少年感冒发烧，又病了。昏昏糊糊中，少年好像又听见了父亲在风中的说话声，好像又和父亲一起，手牵手走在那条月光幽幽的山路上，笑着、闹着，翻过了一道道坡、跨过了一道道坎……醒来时才想起，父亲已经不在了！永远地不在了！眼里的泪水就如了河上的秋水，彻夜儿流……

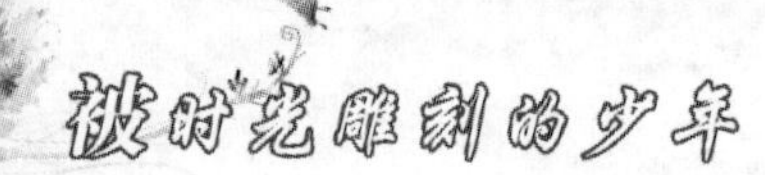

谁叫你是贼

抓住他

2007年正月十四晚九点三十分左右，我在本市某网吧上网。我浏览的网站名叫“散文中国”，这是我常去发帖的一个论坛，许多熟悉和不熟悉的朋友正将过年的喜庆饰衍成文，贴在论坛上。朋友们精彩的文字吸引着我。那天气温回暖，网吧里有点闷，我不自禁地将西装外套脱放在座椅上，目光始终没有离开电脑屏幕。

好像前前后后都有人影在晃。我没在意。网吧原本如此，否则就不是网吧了。

十点四十分，倦意来袭，我才将目光从字里行间拔出，携衣起身离座。

走着走着，总觉得哪儿不对劲，身上仿佛比先前轻便了些。

我下意识地摸了摸上衣口袋，里面竟然空空如也！糟了，我清楚地记得，口袋里装有一个皮包，皮包里有1500元左右的现金、一张余额为8900元的邮政储蓄银联卡、一个USB盘、一张联通卡，更要命的是，我的身份证也在包里，而我的储蓄卡的密码就是身份证上的出生年月日，别人拿了这张卡，只要先试身份证号码，就可以在任何一家银行的自动取款机上取走钱。我大惊！要知道，这些钱可是我大半年的收入啊！我先是跑回网吧，心怀侥幸地在刚才的座位四周细细搜寻，看看是否掉落在地。结果是失望的。我随即找网吧老板反映情况，老板双手一摊：你自己丢了钱包，找我有什么用？

怎么办？我焦灼地在大街上踯躅。

根据银行规定，储蓄卡每天取款的最高限额是5000元。也就是说，今晚零点以前，人家可以从我的卡上取走5000元；过了零点，又可以将剩下的3900元全部取走！

挂失，赶快挂失！我拔脚就往储蓄所跑。

跑了几步又猛然醒悟，现在是晚上，人家不上班呢。

我想起了朋友林的妻子红，好像就在这家储蓄所工作。我赶紧给林打手机。林说你怎么这么不小心呢？我在外边打牌呢，告你号码自己打吧。我随即拨通了红的手机。红已睡了，朦朦胧胧听我说明原委，让我赶紧回家拿存折。

时间就是金钱！我气喘吁吁地跑回家翻出存折，发动摩托车去接红。

赶到储蓄所时，已是十一点四十分，时间过去了整整一个钟头。我卡上那些红艳艳的钞票是否已移情别恋、哗啦哗啦地投入了他人的怀抱呢？我隐隐地担着心。钞票啊，不是我不爱你们，只怪我不小心，没有保护好你们，你们可千万要等等我呀！

隔着柜台玻璃，我紧张地盯着红那张神色肃然的脸，想从上面读出忧喜。

不一会儿，红昂起头：卡上的余额只有3900元了。

我的头嗡地一下大了！该死的贼，竟然如此迅速地破译了我的密码、取走了我的钱！

是个老手！送红回家时，红一路嘀咕。

见我不语，红又说，他绝对想不到你这么快就挂了失，过了零点肯定还会去取钱，市区就四台取款机，你叫几个人去蹲守，兴许能抓到他。

抓住他！我脑子一震，力往上冲。

送红到家后，我给堂弟峰挂电话，让他马上过来，他人活络，熟人多。

不一会儿，峰开着朋友的的士来了。我们相继在建行、工行、农行、邮政的取款机之间往返转悠。

时间过了凌晨两点，我们期望的人却始终没有出现。

峰打了个哈欠，倦意像传染病一样顷刻来袭。忽然，沉寂的夜空"嗤"地撕开一道大口子，接着，雨点夹着雷声劈头盖脸地泼下来。真是屋漏偏遭连夜雨、行船又遇顶头风。我们缩进车内，打开暖气佯着眼睡觉。我的心情沮丧极了。我对峰说，可能没戏了，回家吧。

仿佛有心灵感应，回到家里，母亲居然还没睡。怕她伤心，我本不想与她说，禁不住她一再追问，只好和盘托出。母亲叹了口气，说泄钱消灾，人平安就好。好像是为了宽慰我，母亲又讲起了一件父亲被窃的往事。70年代初的某年年底，生产队分红，连续几年都超支的我们家在这一年居然进了100多块钱，父亲和母亲兴奋得连觉都睡不着。第二天一早，父亲就揣上全部家当进城办年货。在老街转悠了一圈后，忽然发现身上的钱、粮票、布票全都不见了。父亲里三层外三层地将身上的衣服翻了好几遍，却怎么也找不见了，当即气昏过去。几个同乡发现后才将他架回了家。那个年过得呀——母亲揩了揩眼角。

母亲的回忆引起了我对贼的无比愤恨！我发誓要抓住他，剥他的皮、抽他的筋！

第二天醒来，我决定去报案。

刑侦队的领导听完了我的叙述，做完了笔录，并办理了相关手续后，当即派出两名干警随我前往调查取证。

公安的迅速反应让我陡增了抓贼的信心。因为我知道，银行的取款机里都设有视频，只要锁定了取款的时间和地点，就能看到取款人是谁了。我甚至想象，就在那贼自以为得手、窃窃自喜之际，公安人员忽然从天而降，将一副冰冷的手铐套上他罪恶的双手。而原本属于我的60多张红叶子又会哗啦哗啦地飞上我的枝头，向我展示生活的无穷魅力。

到了储蓄所，在邮局安保人员的协助下，取款的时间和地点很快就锁定了。时间是昨晚十点十八分，地点是邮政储蓄的自动取款机。也就是说，在我尚未发现皮包被窃之前，钱就已经被取走了。魔高一尺，道高一丈。我在惊叹盗贼的娴熟手法之余，又为案情的顺利进展而暗自高兴。

然而，不幸的事情很快又发生了——邮政储蓄的这台取款机的视频居然是坏的！图像完全模糊，连人的轮廓都辨认不清。我和两名公安都傻眼了。安保人员解释说，这种现象已有一段时间，我们早已给省局汇报了，可省里的维修人员迟迟没下来，我们也没办法。

我们再去网吧了解一下情况，你自己有了线索，也请及时跟我们联系。走出储蓄所时，公安的话在耳边飘响。我一头雾水，怎么也拧不清。

上车吧，我们送你回家。公安又说话了。

打死他

该死的贼，三十年前你偷了我父亲，差点让他痛不欲生，如今又来偷我……千万别让我逮着，逮着了打死你！一路上，我咬牙切齿。

两位干警在一旁笑了，他们顺着话题，给我讲起了两件打死贼的案子。

——位于本市北部的禾叶村是一个人口不足500人的小山村，这里终年云雾缭绕、鸟雀翩飞、流泉淙淙，大山巍峨的屏障构筑了一方水土的幽雅宁静。

2001年春，一个没有月光的夜晚，一个黑影顺着溪边的小路翻进了杨木生家的竹篱笆，很快又贴近了墙根；只见他猫着腰、屏着气，往睡房的方向慢慢挪……也是合该出事，那晚杨木生喝了啤酒尿多，推开房门恰好与他撞个正着，他大惊，转身夺路而逃。杨木生亦惊得尿了裤裆，却被尿清醒了，遂大喊：抓贼——抓贼呀——歇斯底里的喊声在暗夜的山谷里回荡。

那贼跌跌撞撞往山口的方向拼命奔逃。然而，越来越多的叫喊声和噼噼啪啪的脚步声朝山口堵过来。巨大的恐惧和极度的疲累使贼未跑到山口便扑通倒下了。人们猛扑上去，一阵拳打脚踢。那贼痛得在地上哇啦哇啦翻滚。人们又将他剥光衣服，双手反剪，吊在一根被扳弯的竹竿上。霎时，皮带、鞋底、杉木刺等物什暴雨般疯狂地打向贼赤裸的躯体，一道道血痕渐渐布满了贼的全身。

打死他！打死他！人们狂叫着。

起初，那贼被打得哎哟连天地叫喊，且边叫边哭着求饶。然而，他的哭喊声却仿佛给人们注入了一剂强烈的兴奋剂，反而越打越起劲了——看你叫——看你叫——打死你——谁叫你做贼——打死你！渐渐地，贼的哭喊声由强变弱，进而奄奄一息，最后无声无息了。

良久，人们忽然感觉打击声没有任何回应了，才发现贼已经被打死了。于是，刚才打贼的那股兴奋劲顿时丧失殆尽，大家都感到事情有点过头，出人命了，人命关天哪！公安局要来破案捉人的呢！

这么多人打了，晓得是谁打死的？只要我们不承认，公安局也不可能把全村的人都抓起来吧？有人怯怯地说。

马上就有人补充：听说人的眼睛可以录像，公安局只要把他的眼睛取出来化验一下，就能发现是哪些人打了他。

这个好办！一个愣头青跑出去折来一根树枝，将贼低垂的头颅揪起来，对着两只眼睛一顿乱戳——很快，两只眼睛就成了空洞。人们松了口气。快埋了吧，天亮了就不好了。人们遂将贼的尸体拖到一僻静山谷，找来铁锹七手八脚地挖了坑埋了；却还不放心，怕贼再活过来，便又砍来一棵小杉树，削成尖桩，照着坟堆的中心狠命打下去，直打得杉木桩没进了土里才罢手，才放心地回家睡觉。

后来公安局真的来村里破案了。令人头疼的是，全村人异口同声地都说不知道是谁打死的。

——无独有偶，去年冬天，本市南部的目山村也发生了一起村民群殴一贼致死的事件。事情的开头跟上文所述差不多，一窃贼趁夜色潜入村民家里偷鸡，被村民发现后撵出二里多地，在一冬水田里被活捉了。照样是将贼剥光衣服，捆绑在电线杆上打得皮开肉绽。与上文所述不同的是，此贼居然是个硬骨头，除了疼痛得止不住地呻吟外，自始至终不向村民求饶。他的如此态度惹火了村民们，手上的力量有增无减。

打死他！打死他！人们狂叫着。

直到大家都打累了，那贼也被打得体无完肤了，还觉得意犹未尽，又将贼解下来，丢进了冰寒刺骨的冬水田里。本来那贼还有一口气，丢进水田后，刺骨的寒冷从绽开的伤口渗进体内，抽搐一阵后就一命呜呼了。

事后有人向当地派出所报了案。派出所火速出警，将贼的尸体从水田里捞起来，只见那贼口泛白沫，全身浮肿，两眼睁得滚圆，似乎不甘如此就离开了这暗夜中的可爱的人世。然群情激愤，终致大限提前，奈何？

派出所在进行了初步调查后，将两名为主打贼的村民带回所里进一步调查。孰料，200多名村民闻讯后立即围攻派出所，并叫喊打贼不犯法，逼派出所放人。最后，市政法委组织精干力量前往做工作才疏散了愤怒的群众。

听罢公安的讲述，起初我觉得非常解恨！该打，打得好，谁叫你是贼呢?!打死活该！后来渐渐地觉得不对味了，心里起了一股隐隐的疼。是什么因素促使一种正义的捉贼行为演变成一场群体性的暴力事件呢？在强大的群体暴力面前，作为单个的“人”的贼，显得多么弱小无助，想逃，无路，想斗，势孤。怒火中烧的群体正义像一匹脱缰的野马，在贼的生命原野上肆意践踏。我不知道在更大的范围内，有多少个这样的贼在群体正义的践踏下一命呜呼?!

打死他——多少个正义的喉咙在呐喊！打死他——多少只正义的手臂在挥舞！

我由此想到了二十多年前，发生在中国大地上的那一幕幕批斗和整人的场面，多么相似啊！为什么在经过了二十多年的民主法制和现代文明的洗礼后，这种群体性暴力仍然具有坚韧的一脉相传的因子呢？肯定，我们人性深处的某些东西滞后了。

想到这，我已全然忘却了丢钱的烦恼，甚至于有点后怕起来。觉得眼前霎地涌出黑压压的一大片人群，齐刷刷地对我怒目而视——你居然同情起贼来了?!难道贼不可恨吗？难道贼不该打吗？难道你和你父亲的钱丢了活该吗？

我无言以对。是啊，贼可恨，贼该打，谁叫你是贼呢?!

君不见如今的贼，早已不是当年上蹿下跳、身轻如燕的梁上君子了。而今的贼，胆大包天，肆无忌惮，穿堂入室，如入无人之境。没发现，他还算个贼；发现了，他就是强盗，顷刻就会白刃相向。今年七月的一天深夜，一蒙面贼潜入本市一单身女子的卧室，翻箱倒柜惊醒了女主人；女主人见状非但不惧，反而声色俱厉地斥责，并拼死扯下了盗贼的蒙面纱。那贼原形毕露后恼羞成怒，从衣袖里抽出长刀一顿猛砍，女主人终因力量不敌倒在了血泊中……那贼行凶后逃之夭夭，至今尚未归案。某青年身染重疾，卧病省城。其母回乡四处筹借了三万元医疗费，连夜搭乘卧铺车送钱。下车后发现囊中空空，三万元钱不翼而飞，当场哭死在汽车站……

贼，万恶的贼！你丧尽天良，实在可恨！我们应该用对包括贼在内的一切邪恶的恨来构筑起人类正义的栅栏，哪怕这道栅栏也会偶失偏颇。但是请允许我用我的善良，在这道栅栏上开一朵小花，哪怕它是苍白的，但是一定散发着人性的芬芳。

小心，他来了

他顺利地攀上四楼阳台的防盗网时，刚好凌晨四点。

“四”与“死”谐音，他皱皱眉，心头掠过一丝不快，但很快就在夜风中飘散了。无数次成功的经验让他在同行面前骄傲而自负。在这座小城，在靠黑夜谋生的人群里，他可谓技压群芳、一枝独秀，从未失过手。但他性格孤僻，不愿拉帮结派。他知道树大招风，还是一个人干目标小些，因而，许多青皮后生想跟他，都被他婉言拒绝了。

他左脚踩进防盗网的空格里，稳当后再将右脚从固定雨水管的抱箍上提起，也踩在防盗网上。这样，他整个人就攀附在这家阳台的防盗网上了。由于负重，防盗网发出轻微的“扎扎”声。他很镇静。他知道这座小城的防盗网都是用304号不锈钢管制作的，很结实，不会有危险。他慢慢收起攀爬用的挂钩，系在腰上。而后从肩上取下微型焊枪和气罐，摁燃打火机，将火凑近焊枪口。“噗——”一朵淡蓝色的火苗从枪口吐出来。他转头看看四周，巨大无边的黑暗潮涌而来，夜的寂静让他可以听见自己的心跳。每次出手前，他都要习惯性地这样回望一下，心里就会踏实些。他调正身子，将焊枪端至胸前，背临街道，这样，即便有人经过，也不会发觉这朵小小的暗藏的火苗。

对于这座正在酣睡的城市，对于黎明前最黑暗的时刻，他的出现绝非偶然。也许在同一时刻，就有许多个他在不同的地段、不同的角落开掘着属于他们的生活。尽管这种生活为法制与道德所不容，但疲惫、松弛的黑夜包容了他，一茬茬他在黑暗丰沃的土壤里萌芽、生长。把持在他手里的那团淡蓝色的火苗就像是黑夜里盛开的花朵，有毒，清苦的味儿渗入到整个社会的肌体。

很快，焊枪将防盗网割开了一个小洞，刚好可以钻一个人进去。凭感觉，他知道里边的铝合金窗没有锁。他用手掌轻轻一托，果然，窗户就开了。他将身子一猫，跳进阳台里。阳台连着卧室，紧闭的门窗和落地长帘挡住了里面的一切。他从裤袋里取出微型手电筒——是刚好能照出眼前一小团光圈的那种，一晃一晃地寻觅着能够进入里面那个飘漾着梦的花篮的幽室的途径。他坚信，在这个幽室里他定会满载而归。

他对这家已经踩过三天点儿了。这家的主人好像是位独身女性，高挑、丰腴。他跟踪过她，是工商银行的一个小职员。让他疑惑的是她竟然在这样的豪华地段拥有一套这么大的住房，而且，她的衣着打扮也很奢华，很有钱的样子。最诱眼的是她挎着的那只小坤包，肯定是鳄鱼牌的，他想。他记得他的姐姐也有一只同样的小坤包，是姐姐的领导给她买的，可以这样说，这只小坤包里装着姐姐的一段隐情。当然，他的姐夫是不会知道的，即便有点言语，姐夫也不会相信，因为姐姐在家里是典型的贤妻良母。他也是在某夜的工作中偶尔发现的，当他攀上领导家的阳台时，房里的灯竟“啪”的一下亮了，透过门缝，他惊愕地看见他的姐姐和那位领导正穿衣束带——他的头一下子就大了。从此，他看姐姐的眼神便多了点怪怪的味道，弄得姐姐常常觉得莫名其妙。话又说回来，在如今这个物质充裕、情感饥荒的年代，有点出格的行为也不足为奇。饥荒时，他也向姐姐的坤包里伸过手，但不会太多，毕竟是姐姐嘛。由此及彼，眼前的这个女人会是怎样的情形呢？可能也跟姐姐一样，傍着权贵或者大款吧。管他呢，反正都是不义之财，咱也算是取之有道。通过几天的观察，他发现这几天她一直是孤独一人，觉得机会难得，便确定了今夜的行动。

终于，他听到房里有了响动。接着，灯亮了。他听见拖鞋的哒哒声朝着与他相反的方向响过去。他明白，她要上洗手间了。他听到了自来水漱漱漱的流淌声，同时，从开门、关门的碰撞声里，他听出了这个女人睡眼朦胧、意识模糊。他忽然计上心来。他用焊枪在防盗网上轻轻一磕，一声清脆的响声震颤了夜的寂静。他听见里面小声地“咦”了一下，又静了。他知道这个女人正在紧张万分地进一步倾听，分析响声的背景。一会儿，拖鞋的哒哒声就朝阳台这边响过来。他迅速溜到门背，贴紧墙壁，屏息静气。门轻轻地开了。女人先是探出头望了一会儿，再探出身子，走到阳台的外边，朝着幽暗的夜空四下张望。这当儿，他已然潜入了她的洗手间。她望了一会儿，没发现异常，便伸伸懒腰，回到房里蒙头又睡了。良久，他在确定她已然进入了梦乡之后，才从洗手间慢慢挪出来，晃着手电光，在房里细细地摸索着……

在得到了满意的收获后，他想起了她的那只小坤包。于是，光圈又晃到了床边。蓦地，他看见一截雪白的腿肚露在被子外边，不停地抖。呀，原来这女人已然醒了，已然觉察到了他的存在。他不禁埋怨起自己来，这么不小心，竟然惊动了主人，这是很久以来都没有过的事了。是不是自己的判断力出了问题？或者方法上应该修正了？这样子下去是很危险的。好在眼前的这个女人——他看见她蒙着头，大气不敢出，抱着被子抖个不停，嘴上不由得浮出一朵笑。他想起她饱满的身体，觉得自己身上的某个地方开始膨胀了。该死！犯忌！他忙抑制住漾动的心绪，晃着电光迅速溜出房门。

他骄傲而自大地穿行在小城的夜色里。

小城卑微而谨慎的夜色使他有种微微的战栗感。他爱这小城的夜色，凉凉的、静静的、深深的。他爱这夜色里沉睡的人们。他觉得小城夜色就像一位美丽的新娘，娇媚而动人。但新娘是别人有的，他没有，他只有小城夜色，无边无际的小城夜色呵。

真想推推这座沉睡的小城：小心，他来了。

李新立作品

李新立，甘肃静宁县人。散文、小说作品散见于《中华散文》、《飞天》、《青春》、《岁月》、《百花园》、《江门文艺》等刊物。散文《迷雾中前行》、《回家》入选《散文中国1》一书。

黑暗中行走

车门“咣”地响了一声，关上了。一下子从光亮中跌入黑暗，来不及想起什么，眼前只晃动着金银色的光斑。我小心地站着，脚前好像有一口深不可测的井。上车之前，有人告诉我，车厢的四周有的是座位。我慢慢地挪动着脚，摸到了冰冷的车厢，便背靠着车厢溜下去。凭感觉，我坐在了装满麦草的编织袋上。我不知道车上具体有多少人，但从高低、粗缓的呼吸里断定至少有五六个人坐在黑暗中。他们是不是和我一样，为了方便行走还是为了节省旅费？

黑暗蒙住了我的双眼，但蒙不住我的心。刚上车那会儿，我想到外面的温暖的阳光和阳光普照下的山川田野以及阳光里开心的朋友——包括牵挂着我的朋友。但是，处在黑暗中，我很快安静了下来，明白心想着外面的亮光是很不现实的，这可是心生浮躁的根源呀。我听见车厢里的人们终于耐不住黑暗了，开始有人试探性地说起话来。先是一个人似乎在自言自语：“真黑啊。”便马上有人应和：“是啊，比黑夜还要黑。”“黑夜天上还有星星呢。”几句话后，车厢里马上又静寂了下来。我知道，只这几句话，使车上的人们从内心深处又一次感受到了黑暗的压力。虽然车的马达声响个不停，但我似乎听见他们的心跳声，感觉到他们对黑暗的紧张。

车厢内很静，安静更容易让人想到黑暗，黑暗让我感觉更加安静。我闭上了眼睛。是的，我闭上了眼睛，在黑暗中睁大眼睛，我始终认为那是心里恐慌的表现，尽管谁也看不到谁的面孔。但我感觉到黑暗给车厢内其他同行者带来的内心的不安。很多人的心里并不是平静的，他们睁大着眼睛，想得很多，想得复杂，始终有说话的欲望。于是有人点了一支香烟（香烟很快被掐灭了，因为有人剧烈咳嗽），虽然是想缓解内心的压力，但一闪而逝的亮光让黑暗更加黑暗。我知道，大家过于依恋日日厮守的明亮，不习惯短暂的黑暗。但我守着黑暗带来的宁静，似乎感觉到了一种原始的真实，在黑暗中我失去了欲望，黑暗给我安静，没有白日的喧哗和虚假。是啊，此刻，没有什么比守着黑暗带来的宁静更让我心动了。

外面下起了雨。已经入秋了，中秋节也过去了，下一次雨天就凉一次。雨水打击着车厢，发出“哗哗”声，很大的样子。有人说：“下雨了。”我感觉到很多人不自觉地抬起头，朝天的方向看去。看到了什么？又有人在问同伴

(或许也是问大家):“带伞了吗?”于是,就有人窸窸窣窣地弄自己的伞。这几天里,天一直阴着,一副随时下雨的架势。我什么也没有带。我上路经常什么也不带,一副随遇而安的样子,暴露了我生活上的不周详和懒散。比如说,我不怕迷路,与其焦虑还不如看风景。

可能是雨水的作用,车厢里的空气清新了起来。黑暗中,我闻见了淡淡的花香,不是一缕缕飘浮而起的,而是断断续续的,就像一个深夜,不是随便能够听到天籁之音,而是极其偶然地捕捉到一点点似的。这不是人们喷洒的那种香水的香,而是花的淡香,这不是花苞或者快要凋谢的花的香味,而是正在开放着的花香。黑暗中,我说不清是什么样的花朵,散放出如此清冽的让人神清气爽的香。真的,我对一些事物失去了判断,是不是平时很在意你的人或者在亮光中很在意你的人,在黑暗中却无所谓你呢?人也罢,花也罢,我相信都有欺骗性。想到这一点,黑暗中,我原谅了一切对不起我的人。

车走了好长时间了。现在,大多数人想知道车和自己所在的位置,很多人想到了目的地。有人说:“大概到前梁了吧?”又有人说:“挨时间应该到前川了。”过了一会儿,终于有人说:“车怎么走得这么慢呀。”就忍不住了,盲人一样朝车门那边靠去,使劲把车厢的铁门往开推着。但门却不是轻易能推开的,倒是开了一个极细的缝子。便马上有一条筷子粗细的光条挤了进来,刺在我的眼睛上。黑暗中我虽然眯着眼睛,但还是感觉到了光条的凌利。我偏了一下头,看了一下,不是看光条,而是看光条分割的其他地方,我看到了几盆叫做蝴蝶兰的花摆放在一端,这大概是香的来源吧?光条消逝了,眼前又闪着银色的星星点点。但大自然却扑面而来——阳光,月亮,河流,山川,野树,青草,鸟语,蝶舞,闪电,细雨……

我突然有一种莫名的满足。我多快乐啊,并不是我拥有得多,可能是我的欲望太少吧。假如上天给了我黑暗,我就会把它当白天对待。

雪落有声

往年的晚秋时节，山村里的一些树叶还坚强地挂在树上，猝不防，一场雪就悄无声息地来临了，飘飘洒洒，漫天飞舞。而今年却大不一样，我和许多老农一样，掐着指头计算着冬天走近的日子，想第一场雪来临的样子。但是，第一场雪还是姗姗来迟。

农历的十月初一，在我的印象中，是个落雪的日子。晚上，天很黑，就是我们平常所说的“伸手不见五指”的那种黑。雪下着，但看不见，只能感觉到雪花落到脸上、脖子里的冰凉，也似乎能听见雪花落下去时发出的“嗞嗞”声。习惯里，雪花是多么轻盈啊，轻盈得没有一丝声响，但有重量的东西，都会落地有声。这一天晚上，村子里的很多角落里，燃烧着跳动的火焰，这是乡亲为逝去的亲人送过冬取暖的东西。冬天里，逝去的人和活着的人一样需要温暖，因为就像春天有雷、夏天有雨、秋天有风一样，冬天必然有雪，有雪就有透彻骨髓的寒冷。我跪在地上，看着火苗中的纸灰升腾而起，和雪花一道飞扬，心中就想着，先人们是和雪花一样飞舞着，带走人间给他的温暖的，他们是来去有踪有影。虽然长跪在雪中，心中却有几许感动。

第一场雪没有像过去那样落下，农历的十月初一过去了，我有些失望。如今气候多变，和多变的世事一样。城里，街道两旁的树木上的叶子飘落着，落叶弄脏了优美的环境，有时还落到行人的头上去。当然从落叶中还是感受到了季节的变化，女孩子们褪下秋装，穿上了毛衣毛裙，看上去跟蝴蝶一样。人们没有注意第一场雪已经推迟，雪给生活在城里的人会带来许多不便，除了孩子。但在我的山村，雪该来的时候没有来，乡亲们平时见了面说“吃了吗”，现在见了面却互相说“该下雪了吧”，抬头看着天空说“这死天气”。路上的尘土积了厚厚的一层，有点风或者有辆车经过，就遮天蔽日地扬了起来，空气里充满了呛鼻的焦土味儿。地里的麦苗不愿冬眠似的，一把干枯的叶子中杂着一根半根绿叶儿。有些孩子感冒了，有些老人不断咳嗽着，连麻雀也焦躁不安地在树枝上跳来跳去。

这几天的早上，天是阴沉沉的，可是下午却又放晴了，好像准备了一把雪却又不愿撒下来。我是有耐心的人，并不急躁。总有一天会落雪的，不落雪还像个冬天吗？如果天空的容量超出它的包藏能力，肯定会下雪的。果然，今天，落雪了。早上，我从城市里的一栋楼房里爬起来，习惯性地拉开窗帘，无意中透过窗户朝楼下看了一眼，院子里有些潮湿，起初，以为是下雨了，要不就是雨夹雪。但过了一会儿，就有雪花掉了下来，稀稀拉拉的，大片大片的。我有些惊喜，意外的东西总让人惊喜。我趴在窗前，看着雪花，就像看着一个人，只是静静地看着，不想走进她的空间去惊扰她。大约过了一刻钟，雪下大了起来，纷纷扬扬，中间还卷进一些风，雪花在空中互相碰撞着，穿梭着，宛若听见雪花互相牵手的声音。应该说，雪花是善解人意的，不像雨水，四处横流，一片泥泞。半小时后，雪停了，地上已经是厚厚的一层。天上的云撕开了一丝缝隙，太阳的白光探了出来。我喜欢这样的情境。

楼下不知什么时候聚了几个孩子。他们穿得暖暖和和，戴着手套，在雪中堆着雪人，团着雪球打着雪仗，雪给这些城里的孩子带来了不同于平时的快乐。他们欢快的笑声在楼房中间撞击着。我看着他们，很想下去和他们一起玩耍。我上小学时，书包里的书本不多，学校布置的作业也不多，下雪的日子，一走进家门就扔掉书包，一头扎进冰天雪地。村子里的树上，雪像春天里的梨花一样绽放，不愿迁徙的麻雀就在树上高兴地啁啾。我们在雪地里捉雪花，在雪地里用脚踩出像汽车轮胎的印痕，去山上顺着兔子的踪迹找这豁嘴的家伙。

我像他们这么大的时候，不懂得堆雪人，也不懂得打雪仗。下雪时，我们说是“天上下白面了”，虽然雪比白面还要白，但仍固执地认为白面和雪花一样白。我们小心地到雪地里去，生怕踩脏了雪花。当然也把雪堆起来，但不是堆雪人，是堆起白面，然后把它再分成几小撮，说这堆是分给谁家的，这堆是分给谁谁谁家的，还捧起来送到口里去，雪沾在嘴唇上，慢慢化掉，却感觉不到冰冷。我们也不戴手套，手上皲着口子，刚开始时，雪渗了进去，还有些疼痛，但过一会儿后手就热乎乎的，所以有好长时间都认为雪是热的。山村很会照顾我们这些孩子，空气很硬，雪不容易消融，即便是太阳出来，上学的路上，仍然可以从分成堆的雪旁走过。不像城市里，地下是纵横的供热管网，孩子们堆成的雪娃娃很快会变形。

孩子们，我很想带你们到我的山村去，因为这个时候，我的山村也在下雪，雪盖住了那些绵延起伏的山头，树上挂着一串串冻结了的雪花，还盖住了屋顶，屋顶上有一缕缕蓝色的炊烟升起，在冰天雪地中，在树枝间缭绕飘浮。这些都是让人温暖的情境。我带你们去，一定让你们玩得开心。我们一起去扫雪，去看野兔如何在雪中觅食，一起去山上听麦苗在雪层下面酣睡时的呼吸声。但不能。我熟悉很多家长，这些从山村走出去做了城里人的乡亲们，很快像菌一样适应了城里的生活环境，在这一块土地上疯长，山村逐渐远去，山村的雪在他们心中永远融化。

想想，自己大概是生活在城里的为数不多的农民了。

旧物的光芒

炕 桌

天还没有黑下来，院子里落下一半阳光的暗影，一半若有若无的晚霞。我和哥哥坐在房檐下的台阶上，玩猜过成百遍的猜谜游戏。这些谜语简单得几乎没有道理，但又因为简单而显得难猜。连躲在院外大榆树的麻雀们，也对此议论纷纷。

“谜谜谜，两头细。”这是擀面杖。

“一只黑狗，朝天张口。”这是厨房顶上的烟囱。

“绿公鸡，白羽尾，亲戚来了先杀你。”这是大葱。

“一个木娃娃，亲戚来了先趴下。”这是炕桌。

在厨房做晚饭的母亲，透过窗户，就能看见我们。她听见我们又在说那些谜语，念叨说：“真该做个炕桌了。”

炕桌是用杏木做成的。我家门前有两分左右的土地，里面长了几棵槐树、榆树和杏树，因为小林子的空间还大，就从集市上买来了白杨树苗子，每隔一步栽了一棵。白杨树适应性强，容易扎根生长，春初种下去，仲夏时节，已经在直直的树干上，撒出巴掌大的灰绿色的叶子。这已经算是一片小林子了。南边的一棵桑树，树干直直的，长到碗口粗细时，被人偷了去。小林子里还有一棵樱桃树，不知是什么原因，樱桃总只有麻豌豆那么小，青青的，永远不能熟得透明。倒是那些杏树，每年春天来临时，在枝条上绽放出一团一团的白里透红的花朵。

入冬后，伐了小林子里的一棵七扭八歪的杏树，等风干了，请木匠用它做了一副犁，三只半尺高小板凳，还有一个四四方方的炕桌。炕桌的桌面木料厚实，四条腿粗壮，棱角分明，母亲经常用蘸了胡麻油的布片擦拭着，桌面就逐渐泛出深重的紫光，木头的纹理也清晰可辨，显得古朴而笨拙。

家里来了亲戚或者客人，总是要劝他们上炕坐着，然后把炕桌摆到炕上去。大多数时间里，炕桌放在面柜上，好像一件陈设品，就像那只面柜一样，虽然空着，却似乎证明我们家的家具一样儿也不缺，或者日子过得很滋润。就连我们吃饭，也不去用它——坐在门坎儿上、屋檐下的台阶上，就可以解决吃饭问题。当然，有时，我们拿它当书桌用。弟兄仨头不时碰到一起，并且各自的书也不时掉到炕上，这样也难免发生内战。更让母亲难以忍耐的是，我们竟然在炕桌上面写字算数，母亲终于说："当初没有它，你们咋写字呢？"便不再让我们使用炕桌。我们弟兄便恢复了往日的平静，老老实实地趴在炕沿边做作业。

能上炕桌的，在我的眼中，都是些美味佳肴。一天中午，我们刚吃过午饭，就来了几位亲戚，是我母亲的娘家人。他们原本是去几十里外的集市上，为队里拉运春种的化肥，路过我们家时，想休息一会儿。母亲见多年不见的亲戚来了，显得十分高兴，连忙劝他们脱鞋上炕，并摆上了炕桌，还找出了一包"双羊"牌香烟劝他们抽，很快，屋子里就香烟弥漫。亲戚们围着炕桌抽烟喝水，母亲在厨房点火为他们做饭。半小时后，厨房里透出烙油饼和油炝浆水的香味儿，这些香味儿渗透了全部空气，在院子里弥漫、飘荡。

这时节，我背好了书包，就在大门外站着，要去两里远的小学上学。但是，我的脚却不由我自己支配。从厨房里弥漫出来的气味儿，我，我们，一年中也难得遇上几次！我中了埋伏似的，不能突破香味儿的封锁。我是愿意做俘虏的。那些泛黄的油饼，幸福地躺在一只瓷盘子里，被母亲托着，从厨房走出走进。是的，我听到了盘子落在炕桌上的声响，听见油饼被咀嚼时发出的痛苦的喊叫。后来，我确定声响是从我的肚子和喉咙发出的，便惶惶地走进了院门，站在房檐下，期待着盘子从我眼前经过。显然，母亲并没有发觉我还在家里，当她看见我时，吃了一惊："你咋还不去上学啊？"我盯着地面，没有言语。母亲很快明白了我的心思。她转身走进屋子，给我拿来了一块我想要的东西。但所有的获得都是要付出代价的。这一天，我怕老师打我的屁股，没敢去学校，第二天，因为前一天没有去学校，就更怕老师打我屁股，更不敢去学校。我逃学了。最后，我只好又在村学的二年级上了一年。一直到现在，亲人们说起我的时候，必然要说起这件事："那个时候，娃娃都饿着呢。"

立在面柜上的炕桌后面，会出人意料地放着些糖果一类的东西。是1976年，要不就是1977年的除夕，时间尚早，但天阴着，快要黑下来的样子。和往年一样，肯定会在深夜时分洒下些雪粒。两位哥哥已经提着纸糊的灯笼，在院子里放鞭炮。他们是把整串的鞭炮拆散，一只一只地放，鞭炮"啪"地响一声，我就跺一下脚——鞭炮被藏了起来，不让我放，我很失望和气愤。我翻遍了认为有可能藏着鞭炮的地方，后来爬到面柜上，朝炕桌后面一看，意外地发现，炕桌后面放着一袋儿水果糖和一把红枣。我便偷偷拿了几颗糖，故意在哥哥眼前摆弄。果然哥哥上当了，问："哪来的糖？"我说："拣的。"哥哥想吃水果糖，我就提出用鞭炮交换。

或许，哥哥早就知道这个秘密。这个大年三十儿，我们没有像往年一样等到父亲回家。往年,父亲最迟应该在年三十儿下午回来,糖果和父亲带来的气息,使每个除夕显得快乐无比。可父亲在这天却捎来口信说,领导临时安排他在单位值班了。这个年三十儿,我们比平常多了些失望。天完全黑了,大片大片的雪花飘了下来。我和哥哥趴在炕上静静地看着母亲。煤油灯下的母亲,显得比平常沉静了许多。母亲说:“过年了。”又说:“你们不高兴?年(糖果)就在炕桌背后呢。”我们等于听见了许可的号令,赤着脚跳下炕,纷纷挤到面柜前。母亲从容地从炕桌后面抓出了几袋水果糖,是那种一毛钱一包、一包十颗的水果糖。这个年因此就过得有滋有味儿。

如今,好多人家不用炕桌了。来了亲戚,都坐沙发上,茶儿取代了炕桌。我家的这个炕桌,一直用到2005年。这年,老家在北边修了一排新房子,于是,来了亲戚,他们也不大上炕了,喜欢坐到沙发上。但这个炕桌,仍然摆放在面柜上,散发着紫红色的凝重的光芒。

去年带着宝贝女儿回家后,我鬼使神差地朝炕桌后面张望。这个动作让女儿莫名其妙。她好奇地问我:“爸爸,后面有什么东西?”我说:“后面有宝贝。”母亲不习惯坐沙发,她坐在炕沿上,看着我们的举动,皱纹里露出不易察觉的笑意,或许,我的举动,让母亲找到久违了的温暖。

女儿朝炕桌的后面看了一下:“什么也没有啊。”母亲笑笑说:“刚才你爸爸看了,就不灵验了。你明儿一早看吧。”

女儿的这一夜,想必是在等待中度过的,天一亮,她就去看炕桌的后面。我的母亲,想必也是在兴奋中睡到天亮的,她早早地立在面柜前。女儿从炕桌后面取出一只还冒着热气的玉米棒子,愉快地喊了一声:“耶——”

我的母亲,脸上的笑容十分灿烂。

钟 表

这些年,我拼命地和时间赛跑,总有一种被遗弃的恐慌感。我和朋友不时说起时间,时间,时间。嗯,是的,说起时间,我就会想起那只钟表。

上学时,学校距家约十里山路。山村的凌晨,公鸡醒得早,站在院子里的任何一个部位,伸长脖子“呕呕油油”地叫鸣,就像我们十分熟悉的杨柳青年画上的那只神采飞扬的大公鸡,但我家公鸡的头顶上,没有那红光四射的太阳,因为公鸡叫第一遍的时候,太阳还在海里泡着呢。然后是狗吠了,驴叫了,还能听见村子里谁家的大门开启时发出的“吱吱”声。若是日暖花开时节,有个我们通常叫做“天明鸟儿”的,比公鸡起得还要早,躲在院外稠密的树枝间,“吱——啾啾啾”地唱着,声音清脆绵长,笛声一般好听。这些,都是我们早晨起床的报时器。

事实上，这些物候还是误事。比如，天阴的时候，公鸡的自然钟就会失灵，“天明鸟儿”也会偷懒。再比如，月亮特别亮的夜晚，昏睡的大公鸡突然醒来，一看整个世界通明透亮，以为应该报时，便鸣叫了起来，一只叫了，全村的公鸡就都叫了。山村的月光，也最能迷惑人的感觉。天还没有亮，却看见晨曦从门缝透了进来，在黑暗的屋子里，划着些水纹一样的印痕。这时节，母亲迷迷糊糊地惊醒了，急急地拍着我们的脑袋，叫我们起来：“快，快起来，要迟到了。”去学校的路上，月光使四周十分安静，安静得能听见狐狸在山坡上走动的声音。来到位于镇上的学校，校门还紧闭着，一副沉睡的样子。当黎明来临之前，瞬间的黑暗笼罩住我们以及小镇的时候，才知道不仅仅是来得早了，而是来得太早了。放学回家后，就瓦着个脸，生气的样子让母亲惶惶不安。

同学小灵，是我们当中最先有钟表的，他的父亲在二百多公里以外的一家运输车队开汽车，平时，除了能从油箱里抽出些柴油，用于点灯外，还可以在冬季来临之前，从车上卸下一些黑得发亮的大炭——那是一个多么令人羡慕的职业啊。他叫我们去他家看那只钟表，表摆在桌子中央，头上有两只和自行车铃铛差不多大的碗子。小灵说，时间一到，它们就响，还强调说：“准时得很。”于是，我们弟兄抱怨母亲：“有个钟表不是就能按时走到学校了吗？”

母亲愣了一下，说：“那得多少钱啊！”

母亲虽然这样说，但并不叫我们弟兄失望。不久，父亲就买回了一只闹钟，是红壳子的，长方形。我们十分兴奋，便在桌子上腾出一点地方，把它摆在中央，还在它的左右各摆上一个插了塑料花儿的酒瓶子。好几个夜晚，我趴在炕上，盯着那三只镀了夜光的针，觉得是三只小虫子，互相赛跑。闹钟上面的一只鸡坚持不懈地啄食，发出“嘀哒嘀哒”的声响，好像在我的胸膛走动，竟然令我难以入眠。有好几个清晨，我们弟兄先于闹钟设定的时间醒来，躺在炕上，等待清脆的闹铃声响起。

我相信它一直走得很准，但别人说一直不准确。一天早晨，我们在上学的路上，就我家的钟表走得准与不准，争吵了一路。小灵说：“咱们约好了是早上六时挨家叫同学们走，你却在六时过六分叫大家。”我说：“是你家的表走快了。”吵吵嚷嚷时，一些同学说我家的表不准，一些说是小灵家的钟表不准，甚至还有人说：“嘿，我家的公鸡最准了。”我心里不服，但真的怀疑我家的表走得不准。因为，当挂在墙上的广播报送“现在是北京时间二十点整”时，我和哥哥抢着拧钟表后面的钮儿。

那天父亲回家，我正坐在屋门坎儿上写作业，朦胧地听见父亲问：“这表走得怎么样?”母亲说:“走得好着呢。”我立刻扭过脖子,大声嚷:“啊?根本走不准的。”

父亲“哦”了一声。

钟表是父亲从县城买来的,那时节,他的工资才六七十元,就这个钟表花去了十六元。父亲把钟表装进帆布挎包里,骑着自行车,朝着一百里以外的六盘山脚下的老家前进。一路上,他很是疲乏,但内心却很愉快。就在一个上坡的地方,一辆挂了空挡的手扶拖拉机迎着父亲,冲了过来。他被挂倒了,装着新买的钟表的挎包摔到了路旁的地里。父亲爬起来,拣起挎包,掏出闹钟一看,原本走动的钟表已经不走了。他摇晃了一下,表又走了起来,并且发出了欢快的“滴答”声,他又把表放进了包内。这次事故,摔碎了父亲的眼镜,擦伤了他的右脸颊,还有,他一直推着碰坏了的自行车回到家里。

“表可能是摔坏了。”父亲惋惜地说。走时,他带走了这只钟表,几天后又捎了回来。但修理后的钟表仍然走得不准,它好像和人闹别扭似的,原来是慢几分钟,现在却是快几分钟。

“这也叫钟表呀?!”我们常常对钟表表现出强烈的不满。

母亲说:“有总比没有强吧?亏你们还念书呢。”我们便觉得理亏。几年里,就用减法校对时间。我家的表如果是十二时,那一定是十一时五十五分。

我找到工作的第二年夏天,也骑着自行车从县城出发,赶回距县城一百里的六盘山脚下的老家。半夜里,蛙鸣声或远或近,此起彼伏,恍惚在屋子里、头顶上回响。我突然想起了那只走不准的钟表,便聆听它发出的声响,但没有听到,黑暗包裹着屋子,屋子平静得出奇。天亮后,我瞅着摆在桌上的钟表,问母亲:“没有上发条?”母亲平静地说:“不走了。已经好几年了。”

钟表的确已经不走了,但工艺品似的,仍然占着桌上的那个位置。几年后,年迈的父亲对母亲说:“这只表,修修,或许还会走的。”母亲说:“不用了,娃娃都大了,用不上了。我也闲下来了。”我脱口说:“那还不如把它扔了算了。”母亲惊诧地看着我,好像我犯下了什么不可饶恕的大错似的。这只钟表,母亲在收拾屋子时,用毛巾仔细地擦拭着,上面的瓷器一样的暗红色釉子竟然没有脱落下一片儿,仍然泛着深沉的光芒。

前几年,我的孩子也开始上学了,我和妻子总是先于她起床,为她准备早餐,然后叫醒她,再送她出门。现在,她长大了,虽然学校距家不远,但由于她晚上躺在床上,总要背着我偷偷看书,天亮便不能按时醒来,害得我和妻子仍要先于她醒来,冲着她的房子大喊大叫。这是我和妻子的一块心病。我对妻子说:“给孩子买只闹钟吧?”就为她买了一只钟表,是塑料外壳的,鸭子形状。从此,每到早上六时,钟表就会在孩子的床头上叫响:“呷,呷,宝贝起床;呷,呷，宝贝起床。”

每当这时，我躺在床上，迷迷糊糊地，想起老家桌子上的那只钟表。母亲那时很辛苦啊，白天在生产队劳累一天，本该在晚上好好休息，但为了能在清晨按时叫醒我们，她经常半睡半醒。这只钟表，或许，不仅仅是父亲给我和哥哥买的，可能，那也是父亲送给我的母亲的礼物——这应该是钟表至今仍然摆放在桌子上的唯一理由。

旧房子

院落东西走向，倚山而建。山不高，人们都说，山形酷似安详而卧的虎，于是，山便被叫作“虎山”。虎山多树，山腰上，长满了桃树，山顶上，大多是杏树。春来时节，粉的桃花，白的杏花，宛若悬空了的薄纱，把山坡点染得仙境一般。我家的院落，躺在山湾，就像是躺在温暖的怀抱里。

这座院子是1976年修成的。这一年秋，我们一家，从位于新店的土堡子搬了回来，仓促地住进了新院。院里不大，二分来地，房子不多，有两间正屋，正屋旁边是一间厨房。岁月推移，我们弟兄都长大了，房子便紧张了起来。1982年正月的一天，父亲先用目光，然后用脚丈量着院子，最后，手指着西南角，坚定地说：“要在这里盖一间房子。”父亲很快购置了木料和瓦块，正是桃花、杏花相继开放的时节，请村里人帮忙，几天时间里，就建起了这座房子。房子依然很小，盘上火炕后，几乎无法摆下桌子。

腊月，大哥便在这间房子里结婚。

结婚时，小房子精心布置了一下，就充满了喜气。房子的窗户上，糊上了那种泛着油光的细白纸，细白纸上贴上了窗花。这些窗花，都是父亲从县上的印刷厂买来的，并且，图案明显地挑选过，比如莲藕，石榴，牡丹。屋里的土墙，都拿报纸糊了，白面浆糊的味道直扑鼻孔。炕那边的墙上，钉上去了一张胖娃娃骑鲤鱼的年画，还有一套春夏秋冬的四条幅。靠窗户的墙角处，用一呈三角形的玻璃，做了个悬空的支架，上面搁了一盏清油灯，这只灯，按照习俗，一直燃到天亮。

修建这座小房子时，父亲和母亲经常谈论着一些婚娶的细节，我从他们的言谈中，知道大哥要结婚了。那时我在中学住校，周末回家，碰上大哥，就冲他直笑，笑得他脸红耳赤，生气地说：“你再笑，我就揍扁你！”并且，“一看见你就烦”。当然，他没有揍我，我照旧笑着，一直到他结婚。我喜欢这间屋子，是喜欢从房子里散发出来的香味儿。院门的右手，就是这间小屋，还没有走进大门，就嗅到香皂淡淡的气味，漂浮在空气中。这种香味儿我觉得很熟悉，但就是叫不上名字，一直到农历五月，村北的瓦窑坪上的槐树枝丫上，挂满一串串白中透绿的槐花，半个村庄泡在香气中时，我才知道，从小屋散发出来的气味，是槐花香。

三年过去了，大哥还没有孩子。这对于家庭来说，好像是个大问题，甚至，对于整个村庄来说，也是个较大的疑问。总会有人投来问询的目光，还有人私下里塞来一些药方。为此，父亲和母亲显得焦虑不安。在大哥大嫂求医的过程中，母亲对父亲说："要不，找个阴阳先生算一算？"父亲对迷信不太感兴趣，对母亲的话置之不理，这让母亲更加焦虑。她再次对父亲说："为了他们，咱就相信一次吧。"父亲犹豫再三，终于同意了。母亲托人找来了当阴阳先生的远房亲戚，他在院子的四周溜了一会儿，又用刻有八卦和天干地支的罗盘，在院子里测量了一会儿，下结论说，那间小房子没有修在时辰上，犯"煞"。按照阴阳先生的指点，入秋后，我家的东北边，又修起了一座房子，两间大。腊月，大哥他们便搬了过去。

我住进这间小房子后，墙上又补上去了一些内容，如正面印着明星头像，背面印着流行歌曲的那种图片，还在裱糊墙壁的报纸上，用毛笔七扭八歪地写了"好好学习，天天向上"，"数风流人物，还看今朝"一类的话。可笑的是，我的学习成绩，一直居于下游。冬天时，土炕热乎乎的，我躺在炕上，听见炕洞里那些从山野里扫回来的枯草、树叶，发出毕毕剥剥的燃烧声，就迷迷糊糊地想到了春天的阳光，以及山野里的冰雪的光芒。我喜欢吸着鼻子，嗅那种槐花香。五月的槐花，被做成了香皂，大哥两口子把它洗成了水，洒在了地上，于是，小屋子在很长一段时间里，浸泡在五月的花香里。

我没有数过房子上的木椽有多少，但我算过窗户上的木格子。1984 年(又是一个冬天)，村北的山上，乡、村、社三级组织开展整修水平梯田运动。我随大哥也去了。那是一个多么壮观的劳动场面呀，现场红旗招展，高音喇叭歌声阵阵，别说是参加劳动，就是一旁看着，也不会感觉到寒冷——人们高涨的热情，压过了呼啸的寒风。我的后面，跟着一位和我差不多大的女孩子，由于她的气力不够，取土时，铁锨滑过冰冻着的地面，直接铲在了我的脚后跟上。我受伤后，在炕上躺了近两个月。躺着，是十分无聊的事，睁开眼睛，最先看到的是小房子的窗户。

被我的目光盯过无数遍的窗户是方形的，那些个有棱有角的木条子，互相交错着，组合成三十六个方形的小格子，每个格子的边，约摸十厘米长。很明显，窗户是用白杨木做成的，因为在它的上面，还有天牛幼虫啃出的小洞。大哥搬走后，糊在方格子上的白纸和窗花，被风撕扯得七零八落，我很少去重新裱糊。半夜，合上双扇窗子，冬天的风吹动窗纸，"哗哗"作响。有月亮的晚上，月光带着寒气从门缝进来，借着一丝光线，睁眼发现，头顶上有许多银色的星星眨着眼睛。有一天，一滴水落在脸上，仔细琢磨，才知道那些星星，是屋顶上潮出的水气结出的冰花。

1986年，我离开了老家，小房子便在很长时间里空着。几年后，就做了堆放杂物的仓库。但小屋的土炕还在，墙上的画还在，屋内淡淡的槐花香还在。前年，大哥在院子的北边，重修了一排新房子，前墙全是白色的瓷片贴面，窗户用塑钢材料做成，套在上面的玻璃洁净透亮。新房子建成，大哥捎话来，说要祝贺一下。我站在院子里，从任何一个角度看，那座小房子，实在像是打在新衣服上的补丁。我说："把这间也拆了吧。要不，也修一间像样些的。"大哥说："不急，不急，留着吧。"

或许，大哥有大哥的理由。我曾经揣测，在他的心里，它还是新的？

谚语片断

萝卜：一拌萝卜二拌肉，三拌萝卜吃不够

萝卜这类蔬菜，并不像其他农作物，需要大片大片的种，一般种在洋芋地里。每年春种时节，切成块儿的洋芋均匀地撒在犁沟里，在用耱（农具）把地耱平的时候，就顺便撒上些菜籽儿，其中就有萝卜籽儿。在夏季和秋季里的几个月时光里，它和洋芋一起生长。

收洋芋的季节，也就是收萝卜的时候。洋芋产量上去了，萝卜的产量也肯定上去了——它们跟患难与共的弟兄一样。对于乡亲们来说，萝卜是日常生活中不可或缺的东西，除了生吃以外，还可以切成丝儿，炸熟了做包子、包饺子吃，还可以和洋芋和在一起，做成汤的洋芋菜吃。收下来的萝卜太多的话，就把它们切成片儿，用绳子串起来，挂在院子里的杏树或梨树上，由自然的风慢慢去吹，由东起西落的太阳去晒。每到这个季节，家家的院子里都能看到挂起来的萝卜，日子一样平常。

这样被挂着风干了的萝卜干儿，叫做“干吊菜”，到了没有青菜可吃的时候，泡软、煮熟了吃。每年的正月二十三日这天，是专门吃干萝卜的日子。把煮熟了的萝卜片切成细条儿，用油、醋、盐、蒜或辣椒拌了，吃起来很是可口。传说这一天，天上专管农耕的神要到人间来巡视，看见人们吃这种东西，心生怜悯，就会把福降给人间。原来，这么一个日常的生活细节，也饱含着一个朴素的心愿。

山坡地一般用来种洋芋这类耐干旱、易生长的粮食。在我的村庄，有一个叫羊路咀的地方，种了很多洋芋。春季里如果雨水好，夏天时不要大旱，刚入秋有一场透雨，洋芋的长势会特别的好，夹杂在中间的那些白菜、萝卜也就长得好。收麦时节，洋芋还长在地里，但萝卜的淡绿色的顶儿已经顶出地面，不甘心被埋在地里似的。

二十几年前，收麦时节，差不多正好赶上暑期，我和哥哥就去收割过的麦田里拣麦穗。这是个吃萝卜的好机会。钻进地里，撩起齿形的叶子，把手使劲插进土里，试探萝卜的大小，如果个儿大，且是绿顶的，不但嫩，且辣中带着甜。拔出来后，用叶子擦拭掉上面的泥土，就能闻到它散射着的香味儿。用刀切的不鲜，带有铁腥味儿，何况在野地里不可能有刀。我们的办法是，找一

棵不大的树，把萝卜拿好了，朝树上拌去。用一下拌开的，辣；两下拌开的，辣，且有木感；用三下拌开的，味儿独特，既鲜且嫩。

杏儿：桃饱杏殇，李子吃多撑得慌

西北的春天来得晚些。三月时，桃花、杏花、梨花相继绽放，山野也变绿了，“桃花开，杏花绽，急得梨花把脚拌”，一派热闹景象。人们的眼前全是粉的，白的，绿的。春季过后，花瓣儿雨一样凋谢，原来开过花儿的树枝上，挑着个豌豆大小的绿颗粒儿。

我家的屋后有座山，山不高，人们都说，山形酷似安详而卧的虎，于是，山便被叫做“虎山”。虎山多树，山腰上，长满了桃树，山顶上，大多是杏树。春来时节，粉的桃花，白的杏花，宛若悬空了的薄纱，把山坡点染得仙境一般。开花时节，除了一抬头就可以看见一坡粉红外，一吸鼻子还可以闻见花粉的芳香。最引人关注的是杏树，而那大片大片的桃树的果实却是不能吃的，它们是山毛桃，皮薄核大，专门药用。杏树刚挂上果子时，鸟雀们也喜欢光顾杏，用尖而长的嘴去啄那点绿豆儿，很让人心疼和恼怒。

因为离家近，小小的我，常在傍晚时分，悄悄地顺着雨水吹成的水渠，窜上山去，只要钻进林子，就可以放心大胆地做该做的事了。摘下来的小小的杏子，放进口里一咬，“扑”地一下，全是一包带有甜味儿的水。杏子一天天长大，叶子也一天天稠密，它们隐藏在叶子里面，不仔细看，难以找到。成熟时节，倒是不用花费这些力气的，因为一些熟透了的杏子会从树上掉下来，滚到我家院子里来。

我家门前朝北几十米的叫瓦窑坪的地方，有两棵高大的杏树，挂上果后，我们一群娃娃，常常拿一块土块往下来打。偶尔把杏子没有打下来，却打中了谁的脑袋——受害者的家长绝不容这样的事，免不了双方家长要对骂一阵子的。打下来后，随便在衣服上蹭几下，就往口里塞。虽然酸得直往口里吸气，但还是百吃不厌。往往因吃得太多，牙被酸倒了，回家吃饭，牙全没有了力气似的，合不到一块儿。

杏子好吃，但吃多了伤身体。村子里有好几个和我差不多大的娃娃，因吃杏子过多，每天连饭菜都吃不进去，面黄肌瘦，十分可怜。而正好，一位妇女，胃痛得厉害，送到医院后确诊为急性胃溃疡，大夫打开她的胃，大吃一惊：里面还有囫囵半块的杏子。家里的大人们说：“宁吃鲜桃一口，也不吃蔫杏一背篓，”坚决反对我们兄弟姐妹们吃杏子。长大后，鲜桃吃了不少，李子也偶尔吃一些，杏子却是很少吃的。

上树：上树好下树难，擦了脖子缓三年

我当时爬树有两种目的：一是为了取物，二是为了游戏。

有时，上树是为了它上面的一根枯枝，那可是能当作柴火用的东西。妈妈从地里收工回家时，手里总握着几根干枯的树枝，虽然是几根，集攒起来，就能烧几顿饭。妈妈叮咛说："见了柴火，拣回来，家从细处有呢。"可是，我不是拣，而是上树去取。那棵树上，一根指头粗的枯枝，任风吹打，就是不掉下来，我等着，还不如爬上树去，把它取下来。

有时，是为了捉一只鸟。上学路上，一只鸟在枝头间跳来跳去，你大声喊叫它不飞走，你把鞋子、帽子、书包扔上去，它仍然不走，于是，便以为它是不会飞走的了。同伴们围着树看，我便爬上树去。爬上去了，正得意呢，它却像故意跟你开玩笑似的，"啾啾"地叫几声，"扑棱棱"地扇动翅膀飞走了。

我们还去摘杏子，不是公开的，而是偷偷的。傍晚时分，提上笼子，到山上去，除了可以在雨水吹成的小沟里拣到那些被风摇落的杏子外，还可以爬到树上去，既可以摘下一些鲜杏子，还可以捋下一些树叶——这是猪极爱吃的东西，有一股甜丝丝的味儿。

从树上爬上爬下，衣裤往往撕扯得不像样子，但鞋却是最好的。并不是保护鞋，而是上树时，穿上鞋一定影响上树的速度，便把它脱了下来，扔在了一边。树好上，却难下，往往擦伤腿上的皮肤，血都渗了出来，却不觉得痛。回家，妈妈质问："又打架了？"我边躲着妈妈的目光，边说："没有，是义务劳动弄的。"劳动真光荣。

爬树并不是小孩子的专利，大人们也上树。生产劳动之余，十几个人，甚至几十个人，男人，女人，围着一棵大而高的树，打赌谁上树的速度最快，并且没有擦伤。好胜的男人们，在起哄中抹胳膊、挽袖子。上树的时候是很容易的，他们两手抱紧树干，双脚夹紧树干，"蹭蹭蹭"几下就上去了。但下来时却难得多，因为大人体重，身体下坠着，要掉下去似的。他们为了抢时间，有时干脆从树上溜了下来。因此，擦伤的事情时有发生。有一个大人，下树时擦伤了肚皮，好几天没有参加生产劳动，好多天里，他见了男男女女，都是羞惭的神情。

大家都知道，我以后不爬树了，其原因并不是怕擦伤。那年初夏时节，柳树的枝条十分茂密。捉迷藏时，我独出心裁，爬上树去，躲进枝条中。果然，谁也不容易找见我，包括妈妈。我是在树上睡着了。醒来后，透过枝条和树叶，看见星星一闪一闪的。其实是被嘈杂的声音吵醒的，其中就有妈妈揪心

的呼唤声："新立——新立——"

地软儿：天转转地转转，羊粪变成地软软

地软儿是一种可以食用的菌类，样子像木耳。这种东西，可能生长于夏天，但夏天却找不到踪影。

太阳照不到的阴洼地带，或潮湿的水沟边，都是人们不太愿意去的地方，草也就长得繁茂一些。绵羊却最爱光顾这些不但凉爽，而且食物充足的地方。于是，沟坡和阴洼地带，就成了它们的最佳觅食去处。他们在这里吃草，在这里休息反刍，也在这里拉撒。

秋去冬来，一场霜弑败了所有的青草，这些原来昂着头颅的家伙，俘虏似的心甘情愿地等着冬眠。一场雪飘然而至，苫住了枯草，夏天繁华的痕迹荡然无存。雪的水，滋润着干枯的草和土地。

初春时节，我们要到山上去拣柴草，准备正月二十三日这天的"燎疳（驱逐疾病的民俗活动）"所需。老家北边的小湾儿梁上，有块叫"刀把儿"的地里，是必然要去的地方，那里有几个大的坟区，坟地里长满了野草和山棘。夏天时，绵羊钻进去，只看见一个白白的背，慢慢晃动。而现在，春天冰雪消融时分，拣柴草时，却意外地看见被雪水泡涨的地软儿。太多了，它们黑糊糊地，粘在地皮上。拣回去，泡在水里，有的足有巴掌大。洗净了，做包子吃是十分奢侈的美食。现在，它们走上了城里饭店的餐桌，听说，一斤好几十元呢。

我曾经就地软儿的来历问过一些大人，想写一篇作文，但他们都说不上，便写了一座小桥。倒是我的太太——我父亲的堂奶奶，现在她已经去世多年了，对我说："天转转，地转转，羊粪变个地软软。"我知道并不是这回事，但觉得这个说法很有趣，起码解释了食物与肥料的关系。

射出枪膛的子弹

黑暗，是一个包罗万象的词语。它的含义，超越了它本身所具有的语意特性。

二十多年前，我常在天还没有亮的时节，起床上学。村庄四围的山，黑黝黝地蜷伏酣睡，散布在村庄里的树，黑压压的悄无声息。天上的星星，好像亮在山尖儿之上的灯芯，与我却无限缈远。被黑暗包抄的路，渐渐适应了目光，那些坎坎坷坷，灰暗的是小坑，明亮的是水窝。人还在路上，黎明前的黑暗骤然降临，据说，这个时刻，来人间活动的魑魅魍魉，要进行最后的疯狂；那些下山活动的狼狈，也要赶在天亮之前回家。是的，旁边的、远处的山上，不时传来狐狸类似婴儿的叫声，我的身后，总有踢踢踏踏的脚步声，仿佛有鬼怪尾随着。此时，内心的恐惧，气球一样膨胀。

“打枪吧，打枪”，同学提示说。对，开枪。大人们曾经用不容置疑的口吻，对自己的孩子们说：“不要怕，那些东西，最怕枪的硝烟子味儿。”我们的理解是，只要开枪，就会有呛鼻的硝烟味。我们便把手蜷成枪状，瞄准黑暗中的一切可怕的东西，扣动扳机，于是，“啪，啪啪，嗵嗵，哒哒哒”的声音响成一片。在恐惧后退的过程中，光明也渐渐纷至沓来，我们兴奋了起来，打枪便成了路上的游戏，比谁的枪声最响亮，谁的枪声最像枪声。

其实，对于枪，我并不陌生。枪战游戏，也是我们钟爱的娱乐活动。二十世纪七十年代初期，村子里稍高一些的墙上，都被挖出规矩的圆，圆里书写了许多语录。位于瓦窑坪的养猪场的围墙上，“深挖洞，广积粮，备战备荒为人民”的大字标语，白底黑字，格外醒目。麦割倒后，集训的民兵们，就列队站在这个背景下。他们手中的、肩上的半自动、老七九步枪，以及浑身窟窿烂眼的冲锋枪，闪射出骤然紧张的快意。一边是雄赳赳、气昂昂的民兵，一边是兴奋得不能安静下来的娃娃伙儿。他们开往村北山顶上的一座土堡，娃娃伙儿们开始互相追逐，“叭叭，哒哒哒，叭叭，哒哒哒”，用手作枪，一通乱射。谁都可能被射中，谁都没有倒下去，因为，谁都可能是目标，但谁都不可能是敌人。夜深了，民兵们还没有回家。娃娃伙儿睡在土炕上，梦中恍然听见远处传来“叭叭，哒哒哒，叭叭，哒哒哒”的枪声，醒来，自己坐在炕上，手，仍然握成枪状。

多年后，黑暗中，我竟然习惯于以手作枪。

当然，我不习惯黑暗。有一年去外地几日，晚上踩着楼梯的黑暗回家，开门，扳动开关，灯泡不见亮起来。我借助手机微弱的光线，查看了空气开关，它的按钮指向“关”字。我赶紧把它推向“合”字，但灯泡并没有如我所想，“刷”地一下亮起来，让我的眼睛瞬时睁不开来。出门，碰上本楼的一住户，他也刚从外面回来，我看着他进门后，客厅的灯亮了。我正疑惑，那住户复又从他家出来，喊：“可能你家被停电了！”我家是被停电了——已经超过了交纳电费的时限两天。

房子不大，六十多平方米，我从这间走出来，再从那间走进去，出来，进去，房子突然间空旷了起来。从窗户玻璃透进来的暗光，突然使不多的家具变得扑朔迷离，甚至有了立体感。沙发上的一只玩具狗，电视柜上的两只玻璃杯，电视机上面摆着的一瓶花，这些平时厮守一起的东西，仿佛是用油彩在画布上任意涂抹出的似是而非的静物。

一切声音消逝在黑暗的口袋里。院子里，平时嘈杂的门口，也不见一个人，按理，才晚上九点多，又是周末，门口的大灯下面，一定聚集了许多人。平时，我看见有三摊。一个摊子是下象棋的，全是男的，两个对峙的男人，坐在小木凳子上，外围至少有两层人，一层蹲着，一层站着，他们用这个姿势，可以保持三两个小时不变。但声音不时从人缝中挤出来。“将——”“哈哈——”“看你还有啥妙招！”那种得意，溢于言表，甚至我认为，那个得意是红的。“不要乱捉”，肯定是气极的，狼狈的，如果也要用颜色形容，想必是铁青的。还有一个摊子，男女混杂，玩争上游的扑克游戏，女人的笑声一浪高过一浪，男人贴在鼻子上的纸条，让女人们开心得不得了，以至于让我认为，男人就是让女人们开心的。另一摊，一堆女人，说家长里短，脸上的各种表情丰富得让我无法形容。院子里，那几个玩滑板车的孩子，不时互相碰撞在一起，“妈妈——”他们现在哪里去了呢？安静，让人不安，让人孤寂，昏暗中，我连自己的影子也看不到。我渴望有点声音，就像我当时渴望有一杯开水一样。但我的头顶上，也没有声音，那个带小孩的女人不在，小孩也不在。我迫切希望，头顶那些玻璃弹子在地上跳动时发出的“梆，梆梆，梆梆梆”的声音，再响起来。

我终于摸到了电话簿，给电力值班室打电话，无人值勤守。我四处联系，终于找到了那个停我电的人，我告诉他，我没有欠交电费的记录，现在，我想喝开水，也没有办法。他说：“你明天缴电费，我马上给你送电。”我倒在沙发上。第二天一早，交了电费，再联系，说是三天以后。又一个黑暗的夜晚，电脑、电视这些通往外界的东西，成了无用的摆设，我与世几近隔绝。黑暗中，我喝掉了杯中最后一滴残水。我不自觉的，将双手握在一起，用枪的姿势，指向黑暗。内心的枪声响了，“啪，啪啪”。

“历史上的今天”，这原是某电视台的一个品牌节目。黑暗中，我突然想起这六个字。四年前的这个晚上，我的姐夫被送进医院抢救，两小时后，他从手术台上下来，抬到了病室。深夜，我徘徊在住院部昏暗的走道里，脚步和空旷的楼道碰撞出“咣、咣、咣”的声响，很有些惊心动魄的味道。第三天晚上，他从昏迷中醒了过来。第一反应是愤愤不平，这让守护在一旁的我们，内心不安并且有些吃惊。他告诉我们，手术期间，实施了麻醉后，他除了听见止血钳碰撞声和刀子游走在身体上的声音外，还迷迷糊糊听见了一段对话：“给我开几瓶液吧。”“你们谁还要些啥？”“那就给我也开几瓶液。”是什么液？第二天我从出具的单子上看到，从急救室到病房二个小时里，姐夫共输液七瓶。大家安慰他：“你平安就好，平安就好。话说回来，他们是我们的恩人呢。”虽然如此，是夜，我还是大胆地想：假如我手中有支枪，会干什么呢？

有支枪，我会做什么呢？这次和朋友去外地，去喝酒，我们决心喝醉。我们从中午十二时开始，一直喝到第二天凌晨一时。半途，热情的当地朋友公布第二天的活动内容：打靶！这是一个很刺激的话题，我在兴奋的基础上，再度兴奋了起来。凌晨一时，我们走在街上，那些本来昏暗的路灯，在酒精作用下，变得愈加昏暗。环顾四周，那些从楼房窗户透出的光亮，好像一只只虎视眈眈的眼睛，紧盯着我不放。我暴露在它们的视线中，无处可藏。我从腰间拔出手枪，在街上时而奔跑，时而躲闪到高墙后面，朝黑暗中的暗影开枪，“啪啪，啪啪。”我这样一直回到房间。我不知道我已经醉了。

第二天，我可能还醉着，但我摸到了真枪实弹。在靶场，我趴了下去，用我从电影上看来的姿势，用我自己的经验，朝靶子开枪。先是单发，五枪。最后是点射，十发。那个靶子，虚构的敌人，可惜，我没有一发子弹能击中。我根本不是枪手，本来就不是枪手。我想，我的子弹，或许应该是没有目标的。

下午回家，我还醉着。觉得一切都是虚幻的，我怀疑自己是不是真的打过枪。但摸着衣袋中的几粒弹壳，却仍有余热。

东湖作品

东湖，原名李俊平，男，1967年生于安徽望江。1989年毕业于安徽省财政学校税务专业。2005年开始散文写作。曾发表小说、散文若干。

叙述或者回望

从夏天到秋天

这么些年了，我一直无法拒绝想起那个秋天，以及秋天的夜晚，夜晚的江南。它好像一直就沉淀在我的记忆里，让我怀念，怀念着生命中的失去，失去后的缅怀。那怀念也由一开始钻心的疼痛，到渐渐地被岁月的流光抚平，抚成一丝淡然的追忆；而我内心的跌宕，也同时被一种深深的寂寞替代，替代成一种疯狂的念想。这寂寥会是无数细小的爬虫，游走全身，让我的生命在过往的岁月里不止一次地回望，回望生命里那一抹苍凉。而当那苍凉慢慢爬满我眼角的时候，是谁在看我笑纹如花，而心似沧海呢？

在《哥哥这个词》这首诗里，我曾这样写着哥哥：

摔倒了 会喊他
害怕了 也会喊他
受委屈了 哭向他
被人欺负了 找他

现在我不喊这个词
你不懂我的拒绝
拒绝是一种保留
拒绝是一种怀念
拒绝是一种永远

但现在我不得不从“哥哥”这个词出发，进行一场“蓄谋已久”的、不能自抑的缅怀。

只要眼前出现“哥哥”这个词，我的脑海里就不由自主地出现1994年的夏天，夏天的小镇，小镇上的酒馆，酒馆里的兄弟俩。

哥哥专程到我上班的小镇来看我，他很少饮酒，我也是。但那天哥哥提议，今天我们弟兄俩要好好地喝一下。实际上所谓好好地喝上一场，也就我们俩一人喝了两瓶啤酒。而剩下的时间，都在说话了。哥哥说，他到十月底停薪留职就结束了，他想好了，回单位好好干，不能再让父亲担心了；哥说，父亲也老了，你也要常回家。听哥这样说，我高兴地应声。

哥哥一直是个不安分的人，从小就调皮，力大惊人。当我在双杠上能倒立撑的时候，双手竟不能扳动他一只手。因他的不安分，常惹得父亲生气。比如，在单位好好的班不上，停薪留职到江南做生意；再者，社会上的朋友也是太多。而今天听哥哥说这样的话，我就自然而然地高兴起来。

一餐饭也不知吃了多长时间。我们同时说到了童年。一起去摸鱼，我误入深水，瞬间就不见了。是哥哥沉入水底提着我的头发把我拉上岸；七八个伙伴一起爬行驶的拖拉机，他们爬上了，我在后面哭着追着，哥哥在上面一边喊我跑快点，一边极力伸手想拉上我，结果哥哥从上面摔了下来，头破血流。我说是我声嘶力竭的呼喊穿透了哥哥的思想，进而击倒了他。

哥哥从不哭。从小到大，无论挨怎样的打，不哭。倒是常常气得母亲边打他边哭。夜晚，我和母亲睡一头，哥哥在脚头，母亲会摸着哥哥的脚自言自语："我怎么养你这样的一个犟孩子呢？我打你、你一哭，妈妈不就不打你了吗？"哥哥那头一点动静也没有，也不知他听见没有。

那一个下午，哥哥说的话好像那么多年加起来也没那么多。一直到屋外的太阳慢慢地弱了下去，通向回家的土路也渐渐地显出黄昏的景象，哥哥才离开。

最后一次见哥哥是国庆放假回家。我的女儿刚刚一岁，哥哥架在肩头，她会笑。而待我们搭上了返回小镇的三轮车，哥哥还站在车旁逗了女儿一下。三轮车在乡村的路上扬起了冲天的灰尘，透过浑黄的灰雾，哥哥却还在送别的路旁。

四号晚上夜半，我睡梦中就突然地醒了。一个人打开房门，在单位的院子里转了几个来回，突感莫名的惊悚，就又回去睡下了。却怎么也睡不着了，迷糊到天亮。吃过早饭，就接到家里的电话，说哥哥在江南出事了。我第一感觉想是他一定在山里又和人打架了。

赶到家，从没见过流泪的父亲哭着对我说："你哥一定出大事了，我有感觉。"我劝慰着父亲，会没事的，我一会儿过江到江南去。临走我嘱咐着姐姐，照看好妈妈。

在过江的轮渡上，陪同我们一起过去的一位远房亲戚对我说："你哥昨天晚上就没了。"我听着像是说着别人的哥，而不是我哥，我哥在从江南回家的路上。我甚至想冷笑，我哥才不会那么容易就没了。想到这里，我的脑子里就一片空白了。

我无数次地下过江南，和哥哥一起，和姐姐一起，和童年时所有的玩伴一起。所有的下，都有着不一样的快乐，不一样的心情。一江之隔的江南，这一次的下，我竟没有了心情，没有了我自己。我被车子引领着向江南的更深处而去。

还没到达哥哥的出事地点，天就已经黑了。为什么黑夜这么早早地就来临了呢？太阳走了，月亮也不在吗？我的眼前是无边的黑暗。

一条急转的山道，左边是栽进沟壑的卡车，右边的平坦处用白布掩盖着四具尸体。我不知哪一个是哥哥，我一个一个摸去。我摸到哥哥的时候，手放在他的胸脯上坐了下来，我竟然没有眼泪，不会哭了，像哥哥一样。这是秋天的夜晚吗？为什么我的四周是一片刺骨的寒冰？

一车子六个人，幸存了两个。翻车的刹那，哥哥是睡着的。而时间就是我从床上突然坐起的时候，是哥哥的呼唤吗？第二天早晨，当我看着安静地躺着的哥哥，怎么唤他也不应我了。我的嚎啕像山洪一样来临，哥哥，你怎么能让弟弟面对没有你的天空?! 你又怎么能抛亲别子而离去啊？

在哥哥进山的头天晚上，父亲梦见哥哥死了，早上就赶忙骑着车到哥哥家，对他说："干伢，不要进山，我昨天晚上梦见你死了，哭到天亮。"哥哥说："梦死得生，没事的。"父亲就一上午都在哥哥家，不准他走。直到和哥哥一起做生意的伙伴搭船走了，父亲才回家，并交待嫂子看紧哥哥，不准他离开。哥哥下午才凑足了进山的钱，当他赶到江边的时候，轮渡已离开岸边有些距离了。偌大的轮渡，硬是在哥哥的召唤下，调转船头，靠向了岸边。而此时嫂子也赶到了江边，哥哥已上了船，对嫂子大声地说，这是最后一趟了。这可恶的轮渡，竟调了一个死亡的船头，把哥哥永远地留在了江南的山里。

这个夏天就那么急转弯地到了秋天。来不急的秋意，萧瑟着冬天的冰寒。而我生命的夏天也不可逆转地到了秋季。哥哥，那个秋天我想把它推进夏季的。

我想就那么一直地说着夏天，夏天的小镇，小镇上的小酒馆，酒馆里的兄弟俩。

中年记事

人生的中年是一定要背负许多的。

从父亲摔倒之后，我就一直阴郁着。经常在单位与老家之间奔波，让心常常跃出身体之外，到夜晚一个人慢慢收回，是此刻的中年。

父亲让已多病的母亲照看，本身是一件负担，对于母亲来说。可不这样又怎么办呢？和母亲说过，找个人照看，母亲不同意，说她和父亲都是旧社会吃过苦的人，受不了让旁人服侍的滋味。我说你们俩都是病体相扶，叫我如何放心得下？母亲此时都会声音洪亮地说，孩子，你放心，一时还倒不了。我也就常常地放着心，偶尔地牵挂。可我的牵挂也仅仅是电话里的问询和不间断的回家。回到家，母亲会强拗着让父亲从床上起来，拄着拐杖，走两步。我知道母亲的用意，是想让我不要过分地挂累，像是说，你看看，都好着呢。看着父亲吃力且惶恐地行走，我背过脸，让湿润的眼睛望着村庄的大路。

我离开家的时候，母亲照例要站在门口的大路边。风起的时候，母亲的白发就有一缕飘在额前，似岁月的刀锋。我心里有多少的感慨，此时说出来都觉得浅薄，而我写的一些关于母亲的文字，突然地苍白起来。母亲浑浊的眼睛就这么一直随着我的离开而转移，有一大段距离了，在车子的后视镜里，还见着母亲在路边向着我离开的方向。

父亲生病的心态已不如从前，老着老着，一切的病苦都来了。而一个暮年的老人对病死这个每个人都必须经历的事情，有些许的恐慌。

我也曾对父亲说，生病的人最主要的是对待疾病的心态和如何去和病体作斗争，要配合医生等等，父亲像一个孩子一样听着，无语。在父亲的病床前，我开导着给过我无数次教诲的父亲，母亲在旁边帮着腔说，就是，老头子你听听，不是我每天唠叨，儿子也这样说。可父亲依然在我离开后烦躁着，经常吵着要母亲把电话拿给他，打我的手机。因为工作关系，我会经常开车，有时实在不能即时回复，父亲就会一个劲儿地打。当我电话打通的时候，父亲就问，在哪里？注意安全，工作要搞好等等。我问，你和母亲可好？母亲会适时地接过电话，还是洪亮的声音，说，都好着。母亲的一句“都好着”，让我知道她背后承担了多少的艰难。

于是我常常愧疚着。为自己所谓的事业，在俗世里奔忙。而我的奔忙究竟有怎样的意义，自己都是糊涂的。但我内心里一定一直认为这就是人生的意义所在，在这些所在里奔走，忽略着年衰的父母。而母亲也常常为我这样的认为不断地给我宽慰，让我心安理得。母亲不识字，连电话都不会打。我想，在母亲的世界里，一定有着怨怼存在，她不说，更别说写了。母亲把想我、想我回家的思念都放在我每一次离开家的路旁，让我再一次地重拾，轻轻放在燃着火的灶前。

母亲一直反对父亲不断地打我的电话，父亲就偷偷地打，趁母亲不在身边的时候。其实母亲是怕父亲的电话让我分心，而影响我。母亲的内心里是渴望听见我的声音的，如果长时间她没听过电话，路上有车子经过的话，都会张望，期待着我突然地回家。母亲的心理对于孩子，永远都是矛盾的，她让矛盾一个人在内心里纠缠，任其千疮百孔。我现在才读懂“临行密密缝，意恐迟迟归”的牵挂和无奈。

至今才想起，在母亲的身边，我留给母亲的仅仅是我的童年。而后就一直是求学、工作在外，留给母亲的都是匆匆地来去。仔细算一下，我丢给母亲的是多少离去的背影啊！而母亲的心里又重叠着多少这样的离别呢？

父亲的恐慌，母亲的不言说，实际上是一种渴望，渴望着我的声音和回家的脚步。父亲和母亲在用自己的方式表达，一如无言的大山。而我，在红尘俗世里，追寻着我认为的意义，任岁月欷歔，蹉跎成白发模样。

背上的父母

母亲和父亲在老家里住着。

天还是麻麻亮的时候，我可以这样地遥想：鸡可能刚刚叫过头遍，父亲就起床了；烧好开水，然后泡一杯茶，打开电视机，看午夜以后播放的电视剧的尾子（父亲自己说他也是故事的尾声了）。早间的报道是晚于父亲的，总是会在父亲的等待中到来。而这样的早景使我想着老年的父亲，放下双拐，端坐在靠背椅上，眼睛里在延续夜晚故事的陈年老调，心里在等待着新鲜的事情。而这样的时间流逝，又一如父亲自己。有一点不同的是，父亲在每一天这样开始的时候，是波澜不惊的。

播音员开始播报今天有哪些新闻内容，父亲是认真听的，但接下来，父亲又会在世事的纷纭里打一个长盹。

父亲眯眼低头的时候，母亲起来了。母亲之所以起得比较晚，是因为夜间老是睡不着。母亲起来后，永远是忙碌的。鸡吵着要出埘，猫叫着要吃；地要扫，锅要洗，饭要烧。还有起早打盹的父亲，得再一次唤回，不然又会眯感冒。老屋里，母亲转进转出，骂一句猫，有老鼠你不捉，只知道吵我；再喊一声老头子，你也到外面来转转！光起早有什么用，起来了又睡不如在床上睡。母亲的数落声会让父亲在半醒半梦之间来回折腾。而这样的场景在每天的早上都会重复，日子像卡磁的留声机，在一个圆圈上转了。

吃过早饭，父亲照例要在电视机前端坐，让别人的故事或悲或喜地填满着大片空白的日子。悲亦然喜亦然，只是让眼睛有个落处。母亲是没这份闲工夫的。洗换下的衣，收拾柴火，侍弄后园。母亲的身体近几年一直都不好，我想母亲的病一半是老至，一半是忙碌而落下的。如果恰好做了重活，母亲就会握紧胸口歇会儿，而歇的地点多半在灶间，是不能当着父亲的面这样的。不然，两人就有一番理论。父亲说，你有心脏病，有些事你不能做就不要做。母亲说，我不做你做啊。父亲就有点哑口，他拄着拐杖，母亲说父亲是能说不能行。这样的理论从没改变过各自的生活轨迹，静的还是偶尔在打盹，动的还是咬牙在坚持。

半上午是一定有邻里来串门的。母亲捶着腿拉家常，说是真的不行了，做一点事就汗湿内衣。邻居道，你这老人真不知道享福，有什么事让儿子回来做不就行了吗？母亲说，孩子也有工作，他也忙，我们哪能尽拖累他啊。回想有时在无聊牌桌上的我，惭愧就像水一样漫过。

遇上有阳光的天，邻里走后，母亲会扶着父亲沿老屋的四周走走。父亲是懒得动的，硬是奈何不了母亲的言说。母亲说这大好的天，你不出来活动活动，是等雨天出来吗？东西旧了洗洗晒晒就新了，你说你不多晒晒太阳，不是也会发霉吗？他们常常会为生活中的小事争吵一番，有时甚至很激烈，闹到一天不说话的地步。回家了，母亲会在向我叙述他们的生活中提到，父亲则一直保持着沉默，要么眼睛望着电视机，如果里面正好是唱京剧的话，他会跟调哼几句。我知道父亲的心里在嘀咕：在孩子的面前说什么呢？我走了以后，他们正好借这个老话题又可以理论一番了。

说实在的，我曾为着父亲和母亲的磕碰郁闷过，回家也数落过他们。而我意想中的人生暮年应是静静地对坐，相敬如宾。直到听了母亲出院时，医生交待的一番话，我才醒然。医生对母亲说，你这心脏病不能憋闷气，不能过度劳累，注意休息。母亲接道，有时也是让老头子气的。医生说，适当的争吵还有利于你的心脏的。原来，是斗争才让生命充满活力啊。

中饭母亲会做得很晚，吃过中饭差不多都午后两点了。收拾完碗筷，母亲会来到门口的老梧桐树下。手中的扫帚拢着树下的落叶，然后直腰，扫帚撑地，遥望着大路，哪一辆车会把母亲的期盼停在家的路旁呢？

在诗里我这样承诺着母亲：把年少虚幻的表达/ 统统塞进母亲的灶堂/ 不做流浪歌手/ 不让娘依门期盼。可我的诗终究还是变成了一种表达，所有的游子谁又能不在母亲的期盼里呢？

风起了，会撩动母亲的白发。刚扫拢的黄叶，向着母亲白发飘动的方向散去。整个午后的光阴，都成了母亲的守候。在电话里曾嘱咐过母亲，妈，风大的时候你不要长时间在门口张望。母亲就沉默在了电话那端。而我空空的心绪在母亲的沉默里被一种异样填满。无论多大了，只要母亲在，我就是母亲的孩子。从母亲的心里来到这个世界，母亲用臂膀搂在怀里，用背带背在背上，我却一直在坚持着离开；于是母亲又把离开的我深深地牵挂在心里，不曾放下。这世界对于离开是有太多的恨的，唯有母亲对于孩子的离开是不曾怨怼的，只有祈求般的挂念。

而我呢，只把一个小小的我留给了母亲，留在了母亲的心里，继续踢踏着母亲。只在母亲需要的时候，把母亲背在背上，任黄昏的夕阳，在母亲的守望里渐渐沉落。

蓦然回首

人有时会不自觉地对生命突然地就有了回望。

有的人回望得早点儿，有的人晚点儿。不是不去回忆，只是有时想，回忆又有什么意义呢？回忆只是一种记起、一种感慨罢了。

好像谁说过，人一回忆就老了。当然，老了并没什么不好，而年轻也不是什么都好。关键这一切，应是自然而然地到来。来到生命里的一切，无论它以怎样的形式出现，都是生命里必然的承受。而我恰好在这不大不小的时候，在这样一个午后四点钟的光景，突然地想起了这些，不禁对自己生命的历程就有了一种回首的渴望，一种夹杂着说不清是什么情绪的回眸。

当这种情绪到来的时候，我还一点思想准备都没有。我回眸，是要探寻点什么呢？对自个儿的生命来说，现在是不老也不年轻的年岁。按老话说是不惑了，可这不惑能给定个什么起点呢？没有不惑的年代，我想对于人来说，又哪有不惑的人啊。因为世事皆有惑，有惑才有味啊。都明白了，过谁的光景呢?！其实尘世的奔波，都是在惑里忙，在惑里奔走，越忙越惑，越惑越奔忙而已。

而这种不经意的回望还是有区别于回忆的。回忆是主动地想起了某一个片段，是甜蜜也可能是喟叹。

一个人的回望，是从生命的起点开始，一路略加停顿，像某些黑白的电影，晃过或幸福或酸楚的画面；而某种画面的定格，有时竟清晰得像一幅油画，有的却又像电影的老胶片，闪动着一些模糊的白光。回望的背后，既不是那种锥心的疼痛，也不会有特别的甜蜜或幸福，竟然是一种平淡的寂寥。这寂寥也仅仅是回望时的心境，和对生命里一切发生的一种自然反应。这种回忆总在你毫无防备的时候来临，你不知道会在生命的哪一个拐角处和你相遇。

相遇过后，首先想起的可能是童年；也可能是最初爱过的那个人，以及爱人雨中打着花折伞渐行渐远的背影；还可能是寂寞青春的午后，一个人坐在学校的操场边，任毒辣的太阳暴晒着年轻的面庞，想些像漂浮的白云一样的事。

这些幻灯片似的画面一会儿在童年的某个角落，一会儿又切换到通宵夜读的学生时代。一个人日后的人生就和童年及青少年时代有了密切的联系，这种联系的中间有一根无形的线，把一个个自己串联在了一起。相对于每一个自己，都有一些人生的五味存在，每一个阶段现在想来竟都是匆匆。

曾经以为那些年少的梦想会是一种永不放弃，曾经以为爱过的人会牵手终身，结果都在岁月的更替和自己人生的一个一个成长的连接中消失；还以为会是一种永久的痛，但痛是慢性病，医治它的不光是时间，还有遗忘。没有过不去的事，只有过不去的自己。

光线有一点暗淡了，回忆却越来越浓。

走过的青春，一点点地沉落，在过往里不发出一点声响，一如最初的电影。往事一旦和你相逢，就攥紧你不撒手，像一个深闺中的妇人，已寂寞得太久。

也有一些嗔怪的，说，往事是你的，不和你唠叨又和谁去唠叨呢？

心是早就静下来了，一任往事肆无忌惮地在周身蔓延。遭遇的回望，点滴着打开。而再一次的打开，竟是一个不断地离开、不断地到达的自己。离开的背后是亲人牵挂的眼光，更多出现的是母亲的身影。父亲是我主动想起的，这多少让我有点愧疚。也可能是每一次的回家都要喊"妈妈"的缘故。生命是从妈妈的怀里来，人生里的一切惊吓都会从喊着妈妈开始。这又让我有点释然。

对母亲的回望会从童年开始。更多的是挨着母亲的打，然后就是在母亲的背上或者怀里。母亲老了，再也不会打我了，想起来让我有点悲伤。吮吸在母亲的怀里是模糊了。但童年的每个夜晚到来的时候，依稀记得自己高兴的模样，因为又可以贴近母亲，把手放在母亲的乳房上，静静地入眠。

从入眠的回忆中醒来，是一个个不同模样的母亲，怎么一下子成了白发模样？这让我又无端地生出感慨。一次回家，不见母亲，就一直寻到江边的树林，大声地喊着妈妈。母亲真的在远处应声，顺声望去，是手中拾着枯枝的母亲。这个画面在我心里已飘荡了好多年。

此时的回首会突然地切换到某个城市，城市的夏天，夏天的街头，街头人群里背着吉他穿行的青涩自己。然后什么都没有了，我给自己留下了一个背影。而回忆里我看见更多的也是自己的背影，且都是匆匆的模样，是我的正面一直在前行，还是它拒绝和我面对呢？

黄昏是在我不知觉的时候降临的。远处有灯火亮起，所有的回望此时汇集在一起，加快了速度，一个个重叠着，又慢慢地退让到另外的角落。

夜色是无法阻挡的。你关上最严密的窗，也挡不了夜色的进入。就像生命的历程，停不住。人们对付黑夜是点一盏灯，而对人生的某种夜色来说，也需要一盏心灯的。其实我们每个人的心里都有一盏灯存在，只是需要我们用回望来擦亮。而回望是否真的能擦亮往事，是否会让心里的灯比以往更明亮，我又突然地有了怀疑。但这一切并不能阻挡这一场相遇的回眸，而回眸的刹那，窗外早已灯火阑珊，那人不在，只有一个和往事相逢的自己。

年　味

入冬天一冷，穿上厚厚的棉衣，再等雪花一飘，天就突然地低了许多。一进腊月，就离年不远了。孩子们扳着手指头数，今天初一，明天初二，后天初三，外后天初四，等着盼着年的来临。

“大人望插田，小孩子望过年”。年的即将到来，在孩子们的心中是怎样的一种令人心动的时刻啊。平时吃不上的东西，在过年的时候父母会想尽办法备上，平常的旧衣在腊月三十的晚上可以换上新装。

条件稍微好点的人家，会在腊月的某一个日子请来本村的裁缝。裁缝的徒弟则在那天的清早把缝纫机和其他物件挑进家门。父亲会及时地为裁缝的徒弟敬上一支烟，小师傅红着脸不接，父亲会一再地说：“拿着、拿着！”小师傅呵呵地笑着把烟接过夹在耳朵上。我们几个小孩子围着小师傅转，一会儿看看这，一会儿摸摸那，看着摸着小师傅就有点恼了，父亲呵斥道：“一边去，不要在这碍事。”

在裁缝师傅来家之前，父亲会帮着小师傅布置好一切。小师傅要把缝纫机安顿好，把机头装上，膏上油试试运转的情况；父亲则用家里的四条长凳和一块大木板搭起一个临时裁衣的铺子。早饭快熟了的时候，大师傅才会踱着方步走进家门。

吃过早饭，大师傅就按照父亲的吩咐一个一个给我们量体。量到腰部的时候，我就会扭着屁股笑，母亲恰好走过，一个巴掌会落在穿着厚棉裤的屁股上。姐姐就一个劲儿地催，小弟，你快点。但真到量她的时候，她又忸怩起来。大师傅的皮尺从她胸部读尺码的时候，她的脸比要裁的红褂子还要红。我偷偷地看见小师傅的脸也红了，他低着头转一边去了。

做好的新衣服，母亲会在一个好天里一件件洗了，棉质的衣服就用煮饭的米汤浆一浆，晾在竹篙上，然后一件件收好，放在木箱里，在过年的那天再拿出来给我们换上。

此时的我们一边数着日子，一边心急火燎地等年的到来。有时会趁母亲不在家的时候，拿出新衣服穿一下。姐姐看见了，赶紧说：“快脱下，妈妈一会儿就要回来，看你不驮打。”我们穿在身上显摆的时候，母亲也没回来。姐姐看着我们，挺不住了，也拿出她的红褂子穿上，可此时我们竟听见了母亲进门的声音。姐姐飞快地脱下红褂子，可越是着急越出问题，褂子的扣眼挂上了门后的铁钉，一个不易觉察的闷声，让姐姐的脸和她的新衣服一样，从母亲进门的那刻起，由惊惶失措到惶恐的沮丧。母亲看见这一切，一个毛栗就上了姐姐的头，姐姐看着手里划破的新衣服，眼里噙着泪水，恨恨地望着我们，倒忘了母亲打她的痛了。

过了腊月初十以后，家家就开始熬糖了。母亲在锅台上，姐姐则在灶下塞火。熬糖特别讲究火候，母亲一边用锅铲伺候着糖块，一边嘱咐姐姐什么时候把火掏小一点。如果大火时间长了，就会把糖块熬成焦炭，什么也做不成了。我和哥哥就一直蹭在旁边，伺机偷吃着母亲早已准备好的熟冻米、花生米和芝麻。母亲熬糖的时候是无心管我们的，姐姐老是沉不住气，用灶前火一样的眼光射我们，我们则视而不见。

熬好的糖稀要迅速地舀起放入早就准备好的盛着冻米、花生米和芝麻的盆里。此时我们不能添乱了。母亲舀一瓢冷水放在手边，糖稀放进盆里后先用勺子搅拌均匀，然后手在冷水里浸湿，快速地插入盆里，使糖稀和冻米、花生米、芝麻彻底地融合在一起。母亲的手要不断地蘸冷水，稍微够不着的时候，我就会端起瓢送近母亲的手边。待揣得差不多的时候，要从盆里取出来，放在团蒲里，趁热的时候把它们规成长方形，然后用湿毛巾搭在上面。一个个全部整好，母亲的额头上就布满了汗珠。这一切都要在很短的时间内一连串地完成。母亲擦汗的时候，我们就已闻到各种糖的香味儿了。

接下来就是切糖了。切糖也有很多的讲究，糖块热了切不成型，凉了一切就碎。而什么时候切全凭母亲的手感。母亲要切了，我们就围成一圈，蹲在旁边看着，如果切碎了一块，就异口同声地喊道："妈妈，快点切，快点切！"母亲捋一下袖子说："你们这些伢子，我只有一双手啊，怎么快得起来？"母亲虽然这么说，但手上还是加快了速度。切碎的糖块母亲会叫我们吃，并问着怎么样，我们咂着嘴说："好吃，真香。"母亲这时就会笑了，我们仨就幸福地看着母亲，傻笑着。

做好衣服熬好糖，年就真的离我们近了。某一个黄昏，天空慢慢地飘起了雪花。腊月的晚上很少有串门的，早早地就关起了大门，点起了煤油灯。喜欢挤在母亲坐着的火桶里，看母亲一针一线地为我们赶制着新鞋。灯暗了点的话，母亲就取下灯罩，用手上的针挑着灯芯，然后罩上，再旋出点灯芯，堂屋里一下子就亮了许多。姐姐在旁边学着打毛线，她晃动的针几次差点刺到我的脸，气得我把她的旧线球偷偷丢到了地上。母亲常常把做鞋的针从头发上划一下，我想问为什么，可我的眼睛睁不开，就伏在母亲的腿上睡着了。

第二天起来，满眼的白。原来下了一夜的雪，门口都厚厚的。不用母亲叫，我们就铲起门口的雪堆起了雪人。小手冻红了，背心却热乎乎的。手冷得受不了的时候，我要放入哥哥的背心暖和，哥哥不干，我就到灶口去烤，烤得双手像水洗的一样。等手慢慢烤干的时候，双手竟有钻心的疼痛。出来，对着门口的雪人，我傻傻地看着。想着，年怎么还不到来啊？

二十四过小年，打洋尘，炸肉圆，磨豆子，打豆腐。老磨在我们还没起床的时候就响了，姐姐牵磨母亲添豆子。打豆腐有许多的工序，磨好的豆子用桶装好，然后拿来木制的四角架系在堂屋的横梁上，再把四方的老布系上成一个兜，磨好的豆子舀进里面，适当添点水反复搓揉，底下用木盆接住，这叫洗浆。洗过浆的豆渣搓成球状，搭起梯子放上屋顶，日晒夜露，到来年开春青黄不接的时候，拿下剥去表层，用蓝边碗装着，再舀点开锅的米汤放入，配好佐料，放在焖饭的锅边一炖，饭好了豆渣也香了。就着热饭，夹一筷子在饭头，那种香味都能吞下一碗饭。

洗好的浆要在大锅里烧开。点卤是关键，点好了就是一锅好豆腐，点不好就泡汤了。点好的豆浆用缸装着养着，此时叫豆腐脑。早早地我就拿好了碗，放点糖在里面，等缸里面养成豆腐脑的时候舀上一碗，喝着一年只能吃上一回的豆腐脑。

养好的豆腐脑就要压了，压好了才成为豆腐。母亲会用筲箕装上五六块，让我送去对门的三奶家，三奶奶乐呵呵地说："我也过上有豆腐吃的年了。"

打好了的豆腐，装在瓷缸里，用清水漂上，留着过年新鲜吃。其余的炸成生腐，做成豆腐圆子，还要霉成豆腐乳，来年就又是一品菜了。

二十五六一过，孩子们在家待不住了，相互聚集到一起，比说着将要穿的新衣，谁要是比着家里已有的比同伴少了一样的话，立马红着眼回家，吵着母亲或者父亲要。运气好的要上了接着回来炫耀，不好的就传来了挨打的哭叫声，一声紧似一声地响在腊月的天空。大人们依旧是忙碌的，有也忙无也要忙着，所以说年忙呢。孩子们则不管这些，二十七，等不及；二十八，眼等瞎；二十九，精神抖。到了三十夜里，打着灯笼满屋走了。

还没点灯，就催着母亲给我们换上新衣新鞋，那白白的鞋边爬满着母亲细细的针脚。刚穿上脚的时候还知道爱惜，三十晚上一疯，不是新衣服上被炮竹炸了一个洞，就是鞋面上再也找不到母亲的线脚了。

年，年年都在过，过年的味道随着年龄的增长，是一年年的不同。恍惚间，真正的年的味道，只停留在童年等待的腊月里，在姐姐脱下红褂子的那一瞬间，也仿佛那焦急等待而到来的年才是年的味道。

月 夜

有月亮的晚上我都想出去走一走，怕辜负了这美好的月色。一个月份也就那么一个多星期的时间，月亮像恋爱中的少女，由怯怯的羞赧，到缓缓地与你亲近；由弯弯的浅笑，到盈盈地满面迎着你。我也像一个恋爱中的少年一样，恋着月儿。云像管教严的母亲，不断地阻挡着我和月儿的见面，可月儿的痴情总能挣脱牵绊。如果某一个夜晚，明知月儿会早早地到来，在小路上不见月儿照我，风儿会带信说，云又把月儿关家里了。我会慢慢地等，等云累了，要瞌睡了。月儿会小心翼翼地出门，擦去奔波的疲惫，朗亮地走进我的心中，我又怎能不醉呢？月儿高高在那，竟惹得星星因看到我们的约会而眨着调皮的眼。

我这样地恋着月儿，总觉得有点自私。

月儿只要在，都会轻轻抚我，像老祖母，像母亲，像姐姐的手，让我安静，让我内心充满爱恋，让夜晚温暖而不孤单。尽管月夜带给我的记忆不全是美好，可我恋着月儿却是由来已久。

童年时家里穷，为了节省煤油，晚上一般不点灯。只要天上露出小小的月牙，几个小伙伴就出去疯玩。一边跑一边唱："月儿月儿像摇篮，我到天上跟你玩。"现在想来，那时的儿歌竟也唱出了月儿的寂寞。而我们只管一代一代地传唱：月亮月亮弯弯，我们上去板板，嫦娥嫦娥姐姐，什么时候下凡。有多少期盼就有多少遐想，有多少遐想就有多少企盼啊。而待到月明如昼时，我们的快乐不亚于逢年过节。

夏天的晚上，家家门口都摆放着几张凉床，躺在凉床上看星星，听大人说些鬼故事，吓得和月亮一起藏起来，等着恐惧慢慢消失。等到月儿露出圆圆的笑脸，又和伙伴们赤着上身，重新打闹着相互追逐。母亲会逮住我们说："当心月亮照黑了皮肤，变不白的。"挣脱母亲的手，依然昂着头看着月亮边走边唱："月亮公公跟我走，走到南京去打酒，你一盅我一盅，我俩喝得醉哄哄。"突然，"哗啦"一声，我们全跌进了水沟。

我的家在长江的边上，翻过大坝，穿过防护林，就是东逝的江水。少年时读书读到"江天一色无纤尘，皎皎空中孤月轮。江畔何人初见月，江月何年初照人"，懵懂中竟也读出千古的寂寞来。

于是在夏夜一个圆月的晚上，一个人借着月儿的光亮，壮着胆来到江边。

圆圆的月儿朗朗地高挂在远天，铅色的江水无声地东去。对面的江南，山一座一座，相望无语，黑漆漆的，像村里的柴垛。身后的防护林里偶尔有惊醒的夜鸟飞出，不叫，直扑棱棱飞出又飞回。江心有停航的夜船，远远地在视线里遁入江南的山中。如果不是偶尔的灯闪，还真以为就是江心的孤岛。斜对岸是一个叫东流的古镇，山上的宝塔直攀夜空，能听到月儿的私语吗？我抬头望月，低首看水，想着月儿你能看见的，江水如何拍打着江南的岸。站在江边的沙滩上，夜风卷起细浪温柔地舔舐脚尖，悄悄地退去又回，不知疲倦。低头挽起裤腿的时候，见月儿在水面上漂着，刹那之间就被浪揉碎了。原来只有水能永久地拥你在怀中啊。江畔何人初见月？江水不语向东流。

还是月夜，清冷的秋天的月夜。我赶到江南的山里，哥哥静静地躺在大山脚下，零碎的月光洒了一地。我疯狂着双手企图抓住月光的碎片，握住的却是窒息的疼痛，风摇月移，带走我无法的挽回，力争拒绝的现实像月光一样洒在我身上。抬头望月月不语，俯首喊人人无声。我不禁怨月，你这贫血的光。

这么多年了，月儿还是照常来赴每一个约会。我来了，她在，我不来她依然在。她把夜晚点缀得那么温馨从容，乌云遮不住她，有缺她依然求圆。

月儿依然朗朗地高挂着，唱着念着月儿的人儿都逐渐地远去，唱月的童年望月的少年也慢慢地变成了记忆。而今对月吟哦着“此时相望不相闻，愿逐月华流照君”，是要寄托怎样的一种情思呢？

母亲的后园

不止一次地和母亲商量着，不要再和父亲在老家里住了，搬到小城和我住在一起。可母亲总有许多的理由拒绝：到城里住不惯了，不自由了，和父亲在老屋里住了一辈子了等等。我说你们离我那么远，我担心啊。母亲说，不要担心，我们都会好好的。

其实我知道，母亲还有一个没有说出口的，也是最不愿离开的理由，母亲舍不得老家屋后几分地的菜园。

老家的老屋差不多和我同龄。屋后就是一个大大的菜地，菜地的后面是个方塘，长年都蓄有水。水塘的旁边栽有杨树、桑树。杨树不怕水，是屋建好时母亲栽上的，老老的枝桠垂满整个塘面。桑树是野长的，一到五月就挂满着诱人的桑葚，惹得孩子们常常越过篱笆爬上树吃。因为踩坏了篱笆，又很危险，母亲曾砍断过桑树；但要不了几年又茁壮出一棵，砍了又长，母亲就随它了，到现如今桑树依然还在。少了的只是，再也没有会上树吃桑葚的孩子了。

后园的菜地，四季母亲都会种上各种各样的蔬菜。猪啊鸡的常把这当成免费的快餐，后园的四周就筑起半坝，坝上栽上密密的篱笆树。一到春天，篱笆树茂密的从园内看不见园外路上的行人。

大胆的鸡会努力想进来，飞在半空中就被篱笆树夹住了，旁边没飞的就一个劲儿地叫着，好像提醒着主人，狼来了。

一旦进来了，它们就不客气了。悄没声响地一块地一块地啄食，专搞破坏似的，不放过一棵新栽的菜秧。母亲如果稍不当心，它们的扫荡就会成功。这时，母亲都会拿着扫把适时地出现在菜园，一边撵着一边骂：你说说你们这些发瘟的东西，放着门口好好的稻子不吃，做么事非要来糟蹋我的菜园。母亲边骂边把手中扫把砸向慢吞吞不想出去的家伙，其他的见母亲发怒了，都惊恐地叫着，急忙忙扑打着翅膀，还是晕头转向找不到出口。母亲则自言自语，你说你们呆不呆，呆不呆啊。最后那些呆鸡都跟着一个不呆的钻出了园，母亲就会拿一把草堵住它们的出口。

每次回家看看，大声地喊着母亲，都会听见母亲在后园里应声。母亲好像没有空闲的时候。我曾经责备过母亲，我说你腿不好，少忙点多歇歇不好吗？母亲说，我这腿一歇下来就痛，活动活动就不痛了。知道母亲是个闲不住的人，我也懒得再说了。回到家见母亲在后园，我也就在菜园里四处看看，当看到禾架边母亲的脸，竟洋溢着少有的幸福，我似乎明白点了什么。

后园的菜母亲是吃不了的，但不会让一块地荒着。于是母亲常常要父亲打我的电话，回家带菜。可新鲜的蔬菜毕竟不能长留，所以每次带回家的菜都是浪费的多，利用的少。我说与母亲听，母亲不语；我说妈，你以后少种点，你和大俩够吃就行了，不要考虑我们。母亲像没听见一样，依然侍弄着她的菜园，且菜的品种还越来越多。

春暖的时候，园里的荒秽母亲会选一个好天收拾了。垄一块地翻松、碎土、平整，撒下各种各样的种子；接下来母亲会忙上一段时间，要仔细规划好每一种菜秧日后生长的地方。牵藤的靠近篱笆，黄瓜架和豆角架要分开搭，透风；辣椒和茄子可以紧挨着，葫芦要靠近柴房，丝瓜蔓得让它能攀上树；西红柿不能栽在低洼处，水一渣就会死。特别是南瓜藤，它爬起来就不顾其他，昂着头肆意前行，母亲说，得把它种在后园的塘边，这样它就小心多了。还有瓠子、冬瓜、扁豆、四季豆这些牵蔓的都要预先想好。

而这一切，母亲要在一边翻地的时候一边安排好它们成长的位置。同时还要准备好各种肥料：鸡粪、猪粪、灶灰。事先用土拌好，待各自的节令来临的时候，撒下，栽上菜秧。这时候的母亲几乎不离开后园了，像幼儿园的阿姨看孩子一样看护着她的菜苗。谁渴了送上水，谁长慢了施点肥，谁要吐丝了赶紧搭起架子；丝瓜要上树，摔一次母亲就扶一次；葫芦要靠墙，母亲就搭起竹桥；黄瓜开花扁豆爬，茄子长个辣椒花满地。葫芦蔓上了柴房顶，冬瓜藤却迷失了方向，只有豆角蔓亲密地纠缠在一起，窃窃私语。

蜜蜂总能找到母亲的后园，有时待在花蕊里不想出来，母亲恰好经过的话，会轻叫一声飞出，稍作选择又钻进一朵花里。也有不多的几只粉蝶，在后园里翩翩翻飞，在篱笆上落一会儿就走了。等天一热，粉蝶就数不清了，一群一群的，落下像菜花儿一样，会分不清哪是花哪是蝶。蜻蜓好像偏爱后园的篱笆树，一个个不失横地落着，瞪着外星人似的眼睛，守护着母亲的后园。

吃不完的菜，能变成干菜的母亲都尽量做成。茄子切成丝，用烧开的水过一遍，摊晒在太阳下，晒干，用方便袋装好。豆角、扁豆也这样。黄瓜掏去囊籽，切成四块，过一次开水，放大太阳底下晒上几天，软软的能闻出香味，用玻璃瓶装上倒进酱油封好口。辣椒红了，摘下不能水洗，用干布一个一个擦拭干净，去籽剪成片，用盐拌一下放进蒜子装在瓦罐里；冬瓜和南瓜，母亲会叫隔壁左右的谁家需要就上后园里摘。如果还是剩下的话，母亲就在里屋用砖码一池子，从江边的沙滩上背来细沙添进，南瓜和冬瓜放在里面到冬天都不会烂。做好这一切，母亲就常常依门盼着，盼着我什么时候回家，带走她所有的精心准备。

秋天了，我又一次站在母亲的后园里。一些牵藤的作物都慢慢地黄着、枯着。老丝瓜在树顶垂吊，像一截枯枝；空心菜此时却开着好看的五片白花，老葫芦也静静地躺在房顶的瓦缝里，黄瓜是心老体不衰，那么灿烂地耀眼；豆角像一节旧绳，又像一段心事。看着母亲的后园，我突然明白，每一种生物都有开花的理由，每一朵花开都有结果的渴求；不是每一种生物都有花开，也不是每一朵花开都能结果，而生存的价值就在这攀登飞藤中了。

我一直以为懂着母亲，懂着母亲的坚韧，懂着母亲的爱。可直到读懂母亲的后园，我才真正地明白母亲。

老同学素描

茅光乐

1986年的夏天。上数学课的时候，老师在黑板上讲“排列组合”，并且说不同的组合会有不同的效果和含义。我看着座位前茅光乐稀稀朗朗的毛发发呆，然后窃笑。从本子上撕一张纸，把“茅光乐”三字当题目做。我用列举法得出“茅光乐”最多可以构成六个不同的组合。写好以后，就把纸条传给了茅光乐。不过传过去的纸上“茅光乐”让我换成了“毛光落”。

纸上是这样写的：毛光落、毛落光、光毛落、光落毛、落毛光、落光毛。你的名字无论怎么变化都只有一个意思，就是你的头上不再有毛。

茅光乐刚摊开纸条，他同座的萧辉就探过头，一下子笑出了声。萧辉的笑声把数学老师引了过来，纸条被老师收去了。我心想完了，茅光乐下课一定会找我拼命的。

茅光乐刚上高中的时候，个子就大，头顶的毛也很稀松。平时寡言少语，很少和同学们交流。也许是过早的谢顶，他有着深深的自卑。上体育课，他一跑步，向后伏着的头发就耷拉到前额，常常碍着他奔跑的视线，这样就影响到他前进的速度。体育老师说，茅光乐，你那么长的腿怎么跑起来还没小个儿的萧辉快？我看到了茅光乐涨红着的脸。

体育老师忽略了他的头发，同时忽略的还有整个一个内心有着斗争的茅光乐。

数学老师下课把我请到了他的办公室，劈头就问，毛光落不同的组合是一个意思吗？你的语文怎么学的呢？我拘谨地站着。我想一定是毛光落的组合特例把他说的推翻了。老师接着教训，光落毛等于落光毛吗，嗯？我表面上谦恭，内心里哼唧：光落毛到最后当然等于落光毛，真不知你语文怎么学的。我没敢说出来，但我想我心里的活动一定是发展到了脸上。只听数学老师说，在这里好好写份检查，还奚落同学！

我没有要奚落茅光乐的意思，只是觉得好玩，但我觉得还是有点对不住茅光乐。

过了两天我才知道，茅光乐在我写检讨的时候，找过数学老师，说是他让我这样写的。怪不得我敷衍了事的检讨，老师只扫了一眼，就让我回到了教室。

再看见茅光乐稀落的后顶，我也笑，但笑里真的一点都没有轻佻的成分了。我有点喜欢茅光乐了，尽管他看起来还是那么老相，走起路来躬着个背，学习成绩也不太好，家里条件是那么的差，但这一切都不妨碍，不妨碍我认为茅光乐是个很不错的人。

高中毕业以后就没见过茅光乐。只听说他补习了一年，又没考取大学，就回家务农了。

时光只晃了一下，二十年就过去了。其间发生了太多的意料之外的事，改变着我们。唯一自然的是青春的流失，而具有代表性的是我的头顶渐渐地稀落起来，让时间的梳子也梳成了毛光落。

这二十年中一直没见过茅光乐。还是听说，他在家结过婚生过孩子后，就出外打工去了。经过这么多年的打拼，现如今在外地拥有一家公司，公司的名字叫“毛光落装饰有限责任公司”。

我对茅光乐拥有一家公司并不感到惊讶，一个真实的人只要努力迟早会有点建树的。我奇怪的是他干吗取了“毛光落”这个名字，是对青春的纪念吗？还是对我们那段懵懂岁月的感怀？和谈起茅光乐的那位同学谈心，他说茅光乐喜欢“毛光落”这三个字，有光明磊落之意。听后我怔了一下，数学老师说的排列组合还真有点道理。

萧　辉

萧辉是我们班最矮的男生。一米五几的身材，身体胖乎乎的，脸上红扑扑，一笑两个酒窝，像一个半大的小男孩。他说初中他就有这么高，上高中就不想上了。

萧辉写得一手漂亮的钢笔字，作文也写得特别的棒，常常会得到戴老花眼镜的语文老师的赞赏，说他日后在文学方面能有造化。于是他写作文的劲头就更足，并且对我说，他要立志成为一个作家。听他这样说，我们自然而然地就成了好朋友，因为我的梦想也是这样，我只在心里念叨，没勇气说出来。那时作家在我的眼里，是多么伟大而又神圣的称呼啊。

有一个周末，萧辉力邀我到他家去玩。他父亲是养蜂的。一到他家，就调了一大杯蜂蜜水让我喝，一口气喝下去，甜得我嗓子说话都有点哑。他找出他写的小说给我看，说这是他的创作，一个长篇，到高三就可以写完。我先是惊讶，接着问，你哪有时间看课本啊？他说，创作不能等，课本可以慢慢看。他妈妈下地干活还没回来，萧辉就鼓捣了饭菜，我吃了多少，记忆里没什么印象了。其实，我们对往事的搜寻，如果要记叙的话，真的只能想起一些零碎的片段。自己的身体是怎样地穿过那段模糊的岁月，是很难清晰了。

上数学课，萧辉看琼瑶；老师在讲台上讲英语，他低着头看《卓娅和舒拉的故事》。茅光乐憨厚地用肘子触一下他，他惊张地望老师一眼，以为怎么了。下课他看着《月朦胧、鸟朦胧》，眼睛湿润地对我说，我也要有爱情！我要去爱一个人，把她写进我的作品里。我听了，很感动。一下子就遥望了很远，很向往地想，我们会有爱情！多美好的以后啊。

高考准考证发下来后，萧辉兴奋地说，东湖，我在你的后面！考数学和英语的时候，你要帮我一把。想起他家的蜂蜜水，我慎重地点了一下头。

数学考试我一路顺利地做下来。大概考了四十多分钟，萧辉用脚不断地踢我的屁股。回头看了一下他，满眼焦虑和期盼。我示意他等一会，继续做着。不一会，他又在踢。我有点不耐烦，赌气地抬高自己的试卷，让他看。这时监考老师过来，拍了我一下，接着用笔在本子上记着什么。我放下试卷，脑子里就模糊一片了，心想，完了。我数着做过的题目，累加着分数，78 分。告诫自己静下来，往下做，但怎么也不能平静了。我陷入了在当时那个年龄无法自我调整的困境。

高考结束，因数学分数只有 78 分，我上了一所中等院校。萧辉接着读他的高四去了。

在外地读书时，收到他的来信，说着他的苦闷他的作家梦。我曾寄了本三毛的《梦里花落知多少》给他，是想他能在梦里醒来。但高四他还是落榜了，接着读高五。来信说，只差一点他就达线了，外语拖了后腿。高四他攻了一年数学，高五他专攻外语了。但高五他还是差一点，咬咬牙读了高六。只听说他再复读，之后就没有什么联系了。

高六那年他上了江西的一所高等院校。而我也开始在单位上班了。后来呢？后来的事都是慢慢听说的。听说他毕业后留校任教，而且混得很不错；还听说他娶了一个漂亮的妻子，但不和他回老家。

很有点想见他，但一直没见过。只在听说中知道，知道着他人生的些微变化。而听说的事情对于一个人的人生来说，往往是不大靠得住的。真实的人生细节，该是怎样的心潮澎湃啊！即使是听说，却没听说他是否还在写字的听说。也许，我们都在各自的听说中吧。

记得是谁说过，人生中有时一件细小的事就会改变方向，而给你一个不同的人生。还真是。比如语文老师对萧辉的夸奖，比如萧辉在我后面狠命地踢我屁股的那几脚。

柳如梅

柳如梅和我一个村。高二暑假，我骑着自行车到她家去玩，见她家的大门开着，就没下车，箭直骑进她家。不想撞见柳如梅正和高我们一届的本乡男生在亲嘴。他们闪电似的分开，柳如梅笑着和我打招呼，倒是那位男生脸一直红到颈脖。

柳如梅好像要留我吃饭的，但我想留下只能增添尴尬，寒暄了一番，就离开了。

本来我是有话要和柳如梅说的。我们共同的一个初中的男同学，中考进了一所粮校，经常和我通信。可放假之前我收到他的一封信，里面的内容却是写给柳如梅的，有许多的爱意和相思之苦。我又不能直接告诉我那位粗心的同学，怕羞着他。想他写这封信一定是鼓着十足的勇气，掂量了再掂量，结果在关键时候却出了错，很是为他惋惜。在柳如梅家看到那样的场景，就打消了我问她是否收到错信的念头。

高三挺紧张的，柳如梅坐在前排，埋头苦学。萧辉下课后，老是拉着我谈文学。我是愿意谈的，但我不能忘记父亲每次到学校来看我的眼睛，那里有太多的期盼，很重。临近高考的两个月，晚上我基本上就不睡觉了。有一次在去食堂的路上碰见快走的柳如梅，我问，跑那么快干吗？柳如梅说，东湖，你考上大学是没有问题，我要抓紧呢。

考完政治的那晚，柳如梅在女生宿舍和同学对考题。对着对着发现有一大题她一点印象都没有，好像根本就没做，一下子就晕了过去，不省人事。有同学喊，我和力一起去了。在老师家借了张凉床，和力用手把她抬到了县医院。不久柳如梅就醒了，没事。只是吓的。

柳如梅那年考得特别好，进了北京一所重点大学。临走的时候，到我家来了一趟，羞赧地一笑。我们一起长大的，我知道她笑的内容，有被我撞见的亲热，有对题后的不省人事。

毕业后，柳如梅分到一自治区的一个处里当办事员。因路途遥远，她几年才回家一次。第一次回家是毕业三年以后，有孩子了。她说在底下一个县级市里挂职副市长。再一次见她也是几年后，我问她还在挂职吗？她说不是，已回处里。我说升了吧？她笑着说，副处长。

应该又是几年后了，我在老家过春节。到姐姐家去，在路上遇见一豪华车，听见车里有人喊我，一看，是柳如梅。穿着黑色的毛料大衣，眼镜后面的眼睛很有神。她伸过手要握，我笑着说，我们握什么手啊，干脆拥抱吧。柳如梅说，去你的。说着竟然拍了一下我的肩膀，说，你怎么还是一点没变。我说，你这是习惯性动作吧，算我倒霉，又挨了领导一下。

从那以后就没见过柳如梅了。听说她已当了处长，拍我肩膀的时候就是了。以后陆续的几年里，柳如梅把家里的人都叫到她居住的城市里去了。

柳如梅肯定不再是那个对着试卷会晕倒的柳如梅了，当然更不可能是趁父母不在家而偷偷接吻的柳如梅了。但又不能否认那都是曾经的柳如梅。柳如梅没什么错，错的只是时间。我们能说时间有错吗？不能的。只是我们每个人都穿梭在既是自己又不是自己的岁月长河中。当然，柳如梅的丈夫也不是当初的那男生了。